CW01096275

Lisa Travé

Im Herzen Thailands

Eine Reiseerzählung

Bibliografische Information der Deutschen Nationalbibliothek: Die Deutsche Nationalbibliothek verzeichnet diese Publikation in der Deutschen Nationalbibliografie; detaillierte bibliografische Daten sind im Internet über dnb.dnb.de abrufbar.

Text: © 2020 Lisa Travé
Foto: © Lisa Travé
Herstellung und Verlag:
BoD-Books on Demand, Norderstedt
ISBN 9783751950534

Reiselust

Flugzeuge in Lisas Kopf. Zarte Kondensstreifen weben einen Teppich aus Weltenmuster und lassen ihre Gedanken langsam abschweifen. Der Blick in den grauen Himmel über Berlin fördert ihr Fernweh zusätzlich. „Warum arbeitest du nicht weiter? Vergiss nicht, du musst die Präsentation bis übermorgen fertig haben", melden sich die kleinen grauen Zellen mahnend zu Wort. „Ach was, nicht so wichtig", hält das Gefühl schmeichelnd dagegen, „da draußen wartet doch schon das nächste Reiseabenteuer auf dich".

Es braucht nicht viel, um Lisa zu überzeugen. Die Energie kribbelt nur so in ihren Fingern. Rasch schließt sie die Präsentation und beginnt sich durch das Netz zu klicken. Organisierte Gruppenreisen? Auf gar keinen Fall. In dieser Masche verheddert sie sich sicher nicht. Am besten gefällt ihr die Vorstellung, eine Reise mit etwas Nützlichem zu verbinden. Aber was, bitte schön ist nützlich? Und welches Land würde sie reizen?

Thailand vielleicht? Dort ist sie jedenfalls noch nie gewesen. Goldene Tempeldächer, Palmen, Sonnenschein. Ja, Thailand würde ihr sicher gefallen.

Hoffnungsfroh vertieft sich Lisa in die Seiten der Unternehmen, die wohlorganisierte Auslandsaufenthalte mit Freiwilligendiensten in Hilfsprojekten anbieten. Unglaublich, was es da nicht alles gibt. Unterrichten im tibetischen Kloster, Baumpflege in Ecuador, Schildkrötenschützen auf den Galapagosinseln, gesunde Ernährung auf den Fidschi-Inseln. Ziel dieses Projekts ist die Vermittlung von Wissen rund um das Thema Ernährung, Bewegung und Gesundheit. Die Liste wird immer umfangreicher.

Aber je länger Lisa surft, desto mehr breitet sich Ärger in ihr aus. Sie runzelt erbost die Stirn.
Nein, so hat sie sich das nicht vorgestellt. Vier Wochen lang an einer thailändischen Schule im Unterricht helfen, in einem Mehrbettzimmer wohnen und dafür noch 985 Euro zahlen. Die Kosten für den Flug nicht mitgerechnet. Das kommt ja überhaupt nicht in Frage. Vor lauter Empörung fegt sie beinahe die Kaffeetasse vom Schreibtisch. Vier Wochen Elefantenwaschen in Indien für 640 Euro sind dagegen ja geradezu ein Schnäppchen. Da wäre es doch einfacher, das Geld gleich zu spenden. Oder einen Inder für die Elefantenpflege zu bezahlen.
Die Nachfrage nach solch hilfreichen Erlebnisreisen muss ja groß sein, denn sonst könnten die Agenturen nicht diese Preise verlangen.
Entweder als Touristin die Wirtschaft fördern oder Arbeit gegen freies Wohnen. Es braucht einfach eine klare Rollenverteilung. Geben und nehmen. Vorteile für alle Beteiligten.
Die Klingeltöne des Smartphones lenken Lisa vom Bildschirm ab.
„Hi Sophie, schön, dass du anrufst. Alles klar bei dir?"

„Ja, ich wollte nur fragen, ob du nicht Lust hast, gleich mit mir einen Wein trinken zu gehen."

„Gute Idee. Ich ärgere mich gerade sowieso nur am Computer herum."

„Sollen wir uns um 19 Uhr im „Secco" treffen?"

„Gerne, bis gleich dann. Ich freue mich. Ciao."

Frustriert klappt Lisa ihr Notebook zu und beschließt, das Thailandprojekt erst einmal auf Eis zu legen.

Doch schon wenige Tage später führt ein Treffen mit ihrer Freundin Ploy dazu, dass Lisa sich unerwartet schnell wieder mit ihrer Reise befasst. Ploy ist Thailänderin und hat vor Jahren ein kleines – sehr erfolgreiches – thailändisches Restaurant am Prenzlauer Berg eröffnet.

Hähnchen-Saté mit Erdnusssauce. Ihr Lieblingsgericht. Köstlich. Lisa läuft das Wasser im Mund zusammen, wenn sie nur daran denkt. Leider sind es noch drei Stunden, bis zum Treffen. Viel Zeit für ein Gespräch wird Ploy zwar nicht haben, aber für ein schnelles Essen reicht es immer, und so bleiben die beiden Freundinnen wenigstens in Kontakt.

„Stell dir vor, die nehmen noch jede Menge Geld dafür. Da kann ich das Geld doch besser direkt spenden", berichtet Lisa über ihre Suche im Internet und ertränkt dabei ein Häufchen Reis in Erdnusssauce. Ploy nickt zustimmend.

„Ich möchte die thailändische Kultur kennenlernen, ohne als typische Touristin im Land herum zu reisen. Und außerdem möchte ich vor Ort eine Unterstützung anbieten, die auch tatsächlich gebraucht wird. Ich möchte keine Scheinbeschäftigung für gelangweilte Europäer."

Vor lauter Rechtschaffenheit strafft Lisa den Rücken.

„Weißt du was?" Ploy fischt mit den Essstäbchen geschickt ein Stück Hühnerfleisch aus ihrer Suppe. „Mein Bruder Tong ist Lehrer an einer Grundschule auf dem Land. Der würde sich bestimmt freuen, wenn du ihm beim Englisch-Unterricht helfen könntest. Er fragt mich schon lange, ob ich nicht jemanden kenne, der das macht. Er möchte, dass die Kinder mal einen europäischen Akzent hören und motiviert werden, Englisch zu lernen. Seine Frau ist auch Lehrerin dort. Du könntest bei ihnen wohnen. Sie haben Platz genug." Ploy strahlt und beginnt, begeistert von ihrer Familie zu erzählen.

Lisa spürt ein leichtes Ziehen in der Magengegend. Nervös zwirbelt sie eine Strähne ihres blonden Haars. Unsicher unterbricht sie Ploys Redefluss.

„Moment mal. Ich kenne deinen Bruder doch gar nicht, und Lehrerin bin ich auch nicht. Außerdem spreche ich kein Thai." Vielleicht war es doch ein wenig großspurig, so vorschnell über die organisierten Aufenthalte zu urteilen.

Doch Ploy wischt ihre Bedenken einfach vom Tisch. „Mein Bruder spricht gut Englisch, und er erwartet sicher keinen perfekten Unterricht von dir. Die Kinder sollen einfach nur mal eine Europäerin kennenlernen."

Weitere Argumente werden ausgetauscht, und schließlich ist Lisa überzeugt. Ihre Zweifel an der Unternehmung schmelzen wie Schnee in der Sonne. Gut gelaunt verabschiedet sie sich von ihrer Freundin. „Tolle Idee. Ich freue mich."

Einige Monate später ergibt sich überraschend eine Gelegenheit, den Reiseplan in die Tat umzusetzen. Ein Kunde ist ganz plötzlich abgesprungen, und so bucht Lisa ohne zu zögern einen Flug nach Bangkok. Allerdings keinen Direktflug. Air China ab Frankfurt mit Umstieg in Peking. Das ist billiger.

Je näher der Reisetermin rückt, desto aufgeregter wird sie. Als selbständige Beraterin ist sie Profi, aber sie hat noch nie Kinder unterrichtet.

„Oh je, wie soll das nur funktionieren?" wendet sie sich an ihre Freundin Barbara, eine Lehrerin aus Leidenschaft. Die Zweifel in ihrer Stimme sind kaum zu überhören. „Das schaffe ich bestimmt nicht."

Barbara versucht, Lisas Bedenken zu zerstreuen. „Sei nicht so selbstkritisch. Du musst die Kinder einfach begeistern und dazu bringen mitzumachen. Ich bin überzeugt, du schaffst das."

Tja, leichter gesagt als getan.

Bei der anschließenden Suche im Netz findet sie schließlich eine Seite speziell für den Englischunterricht mit Kindern. Viele spannende Spiele werden ganz genau beschrieben. Begeistert beginnt Lisa ihre Vorbereitung. Sie druckt bunte Karten mit einzelnen Buchstaben, Tieren, Farben und Vielem mehr aus, lässt sie laminieren, kauft einen kleinen, gelben Softball, eine Weltkarte und etliche Tüten mit Süßigkeiten.

Bleibt das Problem der Geschenke für die Großen. Was soll sie bloß einem thailändischen Lehrerpaar mitbringen, das – nach Aussage von Ploy – schon alles hat?

Vor den Toren Bangkoks

Ein melodiöser Ton lässt Nuh zusammenzucken. Mit spitzen Fingern, um die frisch lackierten Nägel nicht zu ruinieren, greift sie vorsichtig nach ihrem Handy. Auf dem Display erscheint das Foto einer breit lächelnden Thailänderin. Ein Anruf aus Deutschland. Ihre Großtante Ploy.

„Oh, ich grüße dich, Tante? Wie geht's dir?"

„Prima, und wie läuft es so bei euch? Was macht dein Söhnchen?"

„Pat ist richtig gut in der Schule, er spricht sogar schon Englisch."

„Gratuliere, er wird später sicher einmal Chef."

„Ist es sehr kalt bei dir in Deutschland? Ich habe im Fernsehen gesehen, dass es viel Schnee gibt."

„Hier in Berlin schneit es gerade nicht, aber kalt ist es, brrr. Ach Nuh, liebe Cousine, kannst du mir einen Gefallen tun?"

„Aber klar doch, Tante, jederzeit. Wie kann ich dir helfen?"

„Sonntagabend in zwei Wochen kommt meine Freundin Lisa in Bangkok an. Kannst du sie vom Flughafen abholen und am nächsten Morgen nach Larang bringen? Tong wird sie dort abholen."

Nuh räuspert sich: „Gar keine Frage, das mache ich doch gerne für dich. Schick mir bitte noch die genaue Zeit und schreib mir den Namen auf, damit ich sie am Flughafen auch finde."

„Gute Idee. Da bin ich aber froh, dass es klappt. Ganz lieben Dank, Nuh, und Gruß an alle."

„Wie war dein Tag, mein Lieber?", zwitschert die zierliche Nuh, als ihr Mann das Haus betritt. Kla ist kein sonderlich attraktiver Mann. Nicht sehr groß, mit leichtem Bauchansatz. Gesichtszüge, an die man sich schon nach kurzer Zeit nicht mehr erinnert. Aber er ist fleißig und arbeitet viel und lange im Büro eines großen Bauunternehmens. Nuh muss deshalb nicht arbeiten und Pat kann auf eine Privatschule gehen.

Er verzieht das Gesicht. „Naja, mein Kollege ist krank und wir haben gut zu tun. Und bei euch? Wie läuft's in der Schule, Pat?"

Kla tätschelt seinem Sohn liebevoll den Rücken.

„Hmm." Das Klicken der Spielkonsole ist trotz des laufenden Fernsehers deutlich zu hören. Klick, klack. „Gewonnen!" brüllt Pat. „Super, 103 Punkte."

„Hör mal, Kla. Tantchen hat mich heute angerufen. Sie schickt demnächst neuen Besuch aus Deutschland."

„Ok", Kla seufzt ergeben. „Das heißt also wieder stundenlang im Stau stehen. Einmal Flughafen und zurück." Außerdem würden sie ihr eheliches Schlafzimmer für eine Nacht räumen und dem Besuch anbieten müssen.

11

Warum sollten eigentlich immer sie sich um den deutschen Besuch kümmern, denkt Kla leicht erbost. Wahrscheinlich, weil sie als einzige so ein schönes ruhiges Haus am Stadtrand besitzen. Er versucht, sich seine Gereiztheit nicht anmerken zu lassen. Seine hübsche Nuh würde ihn sowieso wieder um den Finger wickeln.

„Nein, heißt es nicht", versucht Nuh ihren Mann zu beschwichtigen. „Die Ankunft ist am Sonntagabend, also wenig Verkehr. Anderthalb Stunden, mehr werden wir bis zum Flughafen nicht brauchen. Allerdings wünscht sich Tantchen, dass du den Besuch am nächsten Tag nach Larang fährst. Das machst du doch?" Sie sieht Kla mit ihren Rehaugen an und senkt den Blick.

„Was? Larang? Das sind 300 Kilometer hin und 300 Kilometer zurück. Und das an einem Montag. Ich muss mir dafür freinehmen! Kann Madam nicht den Bus nehmen?" Klas Laune sinkt immer mehr in den Keller. Nuh sieht ihn bittend an. Resigniert fährt er fort: „Ok, dieses eine Mal noch. Aber ich tue es nur für dich." Er ringt sich ein Lächeln ab.

„Hey, Besuch aus Germany", ruft Pat aus dem Hintergrund, „dann kann ich ja mein Englisch ausprobieren, und vielleicht bekomme ich ja auch was Schönes mitgebracht."

Berlin adé

„Meine Cousine Nuh holt dich dann vom Flughafen ab. Hier hast du ein Schild mit deinem Namen auf

Thailändisch. Nuh spricht nämlich kein Englisch, und so kann sie dich besser finden." Ploy reicht Lisa ein Stück Papier. „Hier hast du noch die Telefonnummer und die Adresse von meinem Bruder in Pataimani. Falls etwas nicht so klappen sollte. Ach ja, und diese Tüte ist für meinen Papa. Nimmst du sie bitte mit?"

Du meine Güte. Klein, aber superschwer. Mindestens zehn Kilo. Hoffentlich wiegt der Koffer dann nicht zu viel. Lisa runzelt die Stirn.

„Und was kann ich deiner Cousine als kleines Gastgeschenk mitbringen?" Sie möchte schließlich nicht als geiziger Gast in Erinnerung bleiben.

„Du brauchst nichts mitzubringen. Wirklich nicht."

In der Tür dreht sich Lisa kurz um. Die Bemerkung platzt einfach so aus ihr heraus und lässt sich nicht zurücknehmen: „Nuh. Was ist das denn für ein Name. Klingt ja beinahe wie Muh. Thailändische Namen habe ich mir irgendwie anders vorgestellt."

Ploy ist nicht gekränkt. Jedenfalls sieht sie nicht so aus. „Gar nicht komisch. Das ist ihr Spitzname und bedeutet Maus oder Mäuschen. Natürlich haben wir Thailänder auch „richtige" Namen, aber die sind viel zu lang, und wir benutzen sie so gut wie nie. Schon als Baby bekommt jeder Thai einen einsilbigen Spitznamen. Möglichst aus der Tierwelt, um die bösen Geister in die Irre zu führen. Muu bedeutet übrigens „Schwein" und kommt auch ziemlich häufig als Spitzname vor. Findest du Ploy eigentlich auch komisch?"

Lisa spürt wie ihr die Röte ins Gesicht steigt. Sie schüttelt verlegen den Kopf.

Ploy bedeutet Edelstein. Hübsch, nicht wahr? Also dann, gute Reise, und grüß alle schön von mir."

In der Nacht vor der Abreise schläft Lisa schlecht.
Immer wieder wacht sie auf und kann die Gedanken, die wie aufgeschreckte Vögel in ihrem Kopf herumflattern, einfach nicht einfangen. Was mache ich nur, wenn mich niemand in Bangkok abholt? Vielleicht verpasse ich auch in Peking den Anschlussflug. Bei der kurzen Umsteigezeit wäre das ja auch kein Wunder. Warum habe ich nicht einen Direktflug gebucht? Na, weil du nicht elf Stunden am Stück mit all
den typischen Thailand-Touristen zusammensitzen willst, meldet sich der Verstand, jetzt hellwach. Air China mit Umsteigerisiko bietet bestimmt interessantere Sitznachbarn. Habe ich auch alles Wichtige eingepackt?
In zwei Stunden klingelt der Wecker, und noch immer wälzt sich Lisa mit klopfendem Herzen von einer Seite auf die andere.
Unausgeschlafen und dementsprechend schlecht gelaunt schleppt sie ihre Siebensachen nach unten. Der Taxifahrer wartet bereits auf der anderen Straßenseite. Der laufende Motor hinterlässt kleine Abgaswölkchen in der kalten Luft. Grußlos hievt der Fahrer das Gepäck in den Kofferraum und schaut Lisa fragend an. „Zum Flughafen." Kurz angebunden kann ich auch, denkt sie angespannt.

Das Taxameter, dessen Zahlen sich in leise klickenden, Sprüngen weiterbewegen, während der Mercedes gefühlt gerade in der längsten Rotphase von ganz Berlin steht, macht sie ganz nervös. Unruhig rutscht Lisa auf dem grauen Polster herum.

„Wohin geht's denn?", fragt der wohlbeleibte, in eine braune Lederweste gezwängte Taxifahrer in gleichgültigem Ton.

Auch das noch, bloß keine dieser Nullachtfünfzehn-Konversationen wie beim Friseur. „Wohin schon. Urlaub natürlich", entgegnet sie fast schon unhöflich und nestelt in ihrer Handtasche. Der Fahrer dreht das Radio demonstrativ lauter.

Welche Strecke fährt der denn? Misstrauisch schaut Lisa auf die Straßenschilder. Sie liebt es, Karten zu lesen und fühlt sich jedem Navi – zumindest innerstädtisch – haushoch überlegen.

Ach so. Hier sind wir. Ihr Puls beruhigt sich wieder.

Endlich erreichen sie den Flughafen, und der Taxifahrer wuchtet den schweren Koffer auf den Bürgersteig. Mit quietschenden Reifen fährt er los.

In der gläsernen Schiebetür der Abflughalle erscheint für eine Sekunde Lisas Spiegelbild, bevor es von der Türautomatik in zwei Teile gerissen wird. Graue Softshell-Hose, hummerrote Fleecejacke, bunter Schal und schwarze Turnschuhe. Nicht besonders stylisch, aber praktisch. Der große Reiserucksack und die schwarze Gürteltasche machen jeden Anschein von Eleganz ohnehin gleich zunichte.

Sobald sie das Flughafengebäude betritt, bessert sich ihre Laune schlagartig. Lisa fühlt sich plötzlich unbeschwert und entspannt. Wie aus der Zeit gefallen. Ein Gefühl, das sie zu ihrem Bedauern auf Bahnhöfen nie befällt. Keine Verpflichtung außer der, rechtzeitig zum Boarding am richtigen Gate zu erscheinen. Kein Zwang, mit anderen in Kontakt zu treten. Unabhängig sein. Herrlich.

Die – teils exotisch klingenden - Flugziele auf den elektronischen Anzeigetafeln versprechen unendlich viele Möglichkeiten. Dringende Durchsagen, hektische letzte Aufrufe, hastende Menschen. Lassen Sie Ihr Gebäck nicht unbeaufsichtigt. Gute Idee! Vergnügt und mit Genuss beißt Lisa in das mit Käse belegte Croissant. Selbst der an Flughäfen üblicherweise völlig überzogene Preis kann sie nicht aus der Ruhe bringen.

Die aufgeladene, flimmernde Atmosphäre umgibt sie wie eine schützende, transparente Blase.

Frei. Lisa fühlt sich einfach nur frei.

One night in Bangkok

Der Umstieg in Peking verläuft reibungslos.

„Bitte schnallen Sie sich an und stellen Sie die Rückenlehnen senkrecht. Wir werden in Kürze in Bangkok landen", schnarrt die Stimme der Stewardess aus dem Bordlautsprecher. Während das Flugzeug die letzten Meter auf der Landebahn zurücklegt, werden schon die ersten Gurte mit metallisch klingenden Schnappgeräuschen geöffnet. Die hastig wieder eingeschalteten Smartphones produzieren Plingtöne, die von den Mitreisenden wie langersehnte Regentropfen in der Wüste begrüßt werden. Die Nabelschnur zur Welt ist wieder intakt. Lisa fühlt sich nach den Stunden im engen Sitz wie gerädert. Kein Wunder. Immerhin ist sie schon zwanzig Stunden unterwegs und im Flugzeug schlafen klappt bei ihr leider nicht.

Die Schlange am Zollschalter ist erstaunlich kurz, und auch der Koffer läuft zügig vom Gepäckband. Eine hervorragende Organisation hier in Thailand. Da bin ich aus anderen Ländern aber ganz anderes gewohnt, stellt Lisa zufrieden fest. Der Flughafen Suvarnabhumi ist ein riesiges, glitzerndes Shoppingcenter. Aber die Geschäfte interessieren sie nicht. Vielleicht auf der Rückreise. Jetzt ist dafür keine Zeit. Sie wird schließlich erwartet.

Ihre Selbstsicherheit schwindet angesichts der vielen Ausgänge. Oje. Welche Tür nehme ich bloß?

Krampfhaft umklammert sie die dünne Seite mit ihrem Namen. Es ist ein komisches Gefühl, mit einem erhobenem Blatt Papier durch die Menschenmenge zu gehen, den Blick suchend auf die vielen winkenden Thailänder gerichtet, die ihre Gäste abholen wollen.

Da! Noch ein Stück Papier mit bekannten Buchstaben: „LISA". Gott sei Dank! Erleichtert strebt Lisa dem Grüppchen entgegen.

Mit einem strahlenden Lächeln, das im nächtlichen Bangkok die Sonne aufgehen lässt, umarmt Nuh sie wie eine lang verschollene Verwandte. Ein zwölfjähriger Junge mit Harry-Potter Brille verneigt sich leicht: „Hello, my name is Pat."

„Hello Pat, I'm Lisa", grüßt sie zurück. Der unscheinbare Mann an Nuhs Seite lässt dagegen jeden Überschwang vermissen. Er schenkt Lisa ein schmales Lächeln, schnappt sich den schweren roten Koffer und verlässt seine Familie und den Gast im Schlepptau zielstrebig die Ankunftshalle.

Die fehlenden Sprachkenntnisse auf Seiten der Erwachsenen werden erfreulicherweise durch den kleinen Pat kompensiert, der mit dem fremden Gast sehr ernsthaft Konversation betreibt und seinen Eltern stolz als Übersetzer zur Seite steht.

Das Parkhaus im Flughafengebäude ist hoffnungslos überfüllt.

„Hey! Nuh und Pat, helft mir mal den Wagen hier wegzurollen. Wir kommen sonst nicht aus unserer Parklücke", ruft Kla.

Was machen die da bloß? Lisa ist doch etwas irritiert. Die können doch nicht fremde Autos einfach so hin und her schieben. Andererseits ist es natürlich auch eine Unverschämtheit, uns so zuzuparken. Wir sollten dem Parkhauswächter Bescheid sagen.

Nach einigem Hin und Herschieben ist die Lücke endlich groß genug zum Herausfahren. Beim Verlassen des Parkhauses liest Lisa auf einem Schild, dass das Parken auf dem Mittelstreifen genauso erlaubt, ja erwünscht ist, wie das dadurch regelmäßig erforderlich werdende Wegschieben des störenden Fahrzeugs. Ihr deutscher Ordnungssinn gerät wieder ins Lot.

Sie macht es sich neben Nuh auf dem Rücksitz des noch sehr neu wirkenden, klimatisierten Wagens bequem.

Erleichtert lehnt sie sich zurück und beginnt die Fahrt durch das nächtliche Bangkok zu genießen. Kla benutzt die Schnellstraße, die sich auf hohen Betonstelzen durch das Stadtgebiet schlängelt. Es ist erstaunlich wenig los auf der Straße. Das liegt wahrscheinlich an der hohen Mautgebühr, mutmaßt Lisa. Immer wieder halten sie an einer Kontrollstelle, und Kla muss sein Portemonnaie zücken.

Da! Endlich taucht sie auf, die City, das Herz von Bangkok. Hochhäuser ragen wie dicke Buntstifte in den nächtlichen Himmel. Bizarre Lichtkonstruktionen schicken funkelnde Neonblitze in die Nacht. Laserstrahlen tasten wie Finger über Glas und Stahl. Und Werbung, überall Werbung, die von den riesigen Hauswänden lockt.

Das ist also Bangkok. Ein Magnet. Traum und Ziel so vieler junger Menschen vom Land, die hier auf eine bessere Zukunft hoffen.

„Kommt! Kommt nur und macht hier euer Glück", klingt es verlockend und setzt sich in den Köpfen fest.

„One night in Bangkok and the world's your oyster. The bars are temples but the pearls ain't free". Der bekannte Popsong kommt ihr in den Sinn und leise beginnt Lisa zu singen. „Gefällt dir die Stadt?" unterbricht Pat den Gesang.

„Ja, es ist einfach fantastisch."

Kla reicht gerade wieder einen Schein durch das Autofenster. „Ganz schön teuer, so ein kleiner Gefallen", schießt es ihm durch den Kopf. Aber dieser Gedanke verliert sich schnell wieder in den englischen Satzfetzen, die durch den Wagen fliegen.

„Ach ja das hier soll ich dir noch von Ploy geben." Fast hätte sie es vergessen. Der Umschlag verschwindet rasch und diskret in Nuhs riesiger Handtasche. „Oh, vielen Dank." Nuh strahlt.

Nach knapp zwei Stunden Fahrt biegt der Wagen ab in eine kleine Siedlung und passiert ein Pförtnerhäuschen mit Schranke. Vereinzelte Kokospalmen stehen in winzigen Gärten vor den einstöckigen Häusern. Die zarten Farben der Fassaden lassen sich im Licht der Straßenlampen nicht eindeutig erkennen.

„So, da sind wir." Kla öffnet die Heckklappe und hievt den schweren Koffer heraus. Kein Autoverkehr ist zu hören, nur die Geräusche einer tropischen Nacht. Grillenzirpen und das Rascheln der Kokospalmen.

Peinlich berührt mustert Lisa ihre Socken, die dringend gewaschen werden müssten. Sie stellt ihre schwarzen Turnschuhe zu den anderen Schuhpaaren auf der Veranda und betritt erst dann das Haus.

„Hier, das ist dein Zimmer", präsentiert Pat stolz das Elternschlafzimmer mit einem riesigen Bett darin.

„Wir schlafen in meinem Zimmer nebenan."

Gut, dass ich ein Handtuch mitgenommen habe, denkt Lisa erleichtert und sieht sich in dem kleinen rosa gekachelten Badezimmer um. Das gehört in Thailand scheinbar nicht zur Grundausstattung für Übernachtungsgäste. Die heißen Wasserstrahlen wirken belebend, und jetzt freut sie sich auf ein leckeres Häppchen. Sie liebt die thailändische Küche.

Im Wohnzimmer läuft bereits der Fernseher, und Pat sitzt an der Spielkonsole, als Lisa frischgeduscht aus dem Bad kommt.

Die Familie hat offenbar bereits zu Abend gegessen. Nuh lächelt und führt sie zum Esstisch.

Den ganzen Morgen lang hat sie überlegt, was sie dem Gast aus Deutschland denn zum Essen anbieten könnte. Zeit genug hat sie ja. Sie braucht nicht zu arbeiten, und muss sich nur um Pat und den kleinen Haushalt kümmern. Natürlich sorgt sie auch dafür, dass Kla trotz des anstrengenden Jobs seine gute Laune behält und weiter klaglos genug Geld für ihr komfortables Leben heranschafft.

In einem der zahlreichen ausländischen Filme, die sie leidenschaftlich gerne anschaut, hat die blonde Schauspielerin für ihr Leben gern Spaghetti mit Tomatensoße gegessen. Daran hat sie sich erinnert, während sie das Bett für den Gast frisch bezog. Die Soße gibt es schon fix und fertig im Supermarkt zu kaufen und Nudeln sind schnell gekocht. Einfach ideal.

„Oh, Spaghetti mit Tomatensoße, wie lecker", Lisa täuscht Begeisterung vor. Schade, nichts Thailändisches. Na denn. Der Hunger treibt es rein. Unter Nuhs aufmerksamen Blicken beginnt sie langsam zu essen.

Der lange Weg nach Larang

Am nächsten Morgen wacht sie viel zu spät auf. Kla sitzt bereits fertig angezogen vor dem Fernseher und schaut sich missmutig eine Talkshow an. Er wartet schon seit zwei Stunden darauf, dass der Gast endlich aufsteht und sie die weite Fahrt nach Larang endlich hinter sich bringen können.

Nuh lächelt, dirigiert ihren Besuch mit einer einladenden Geste an den Esstisch und reicht ihr fürsorglich eine Schüssel. Lisa zuckt zusammen. Was ist das denn? Der intensive Stallgeruch vertreibt jegliches Hungergefühl. Glitschige Graupensuppe mit fettem Schweinefleisch zum Frühstück!

Die thailändische Küche ist eine der delikatesten und aufregendsten in der ganzen Welt, hat sie einmal in einem Reiseblog gelesen. Aber so etwas Ekliges hatte sie dabei nicht vor Augen. Am liebsten hätte sie den Teller weit von sich geschoben. Ihre Gastgeberin scheint nicht gerade eine begnadete Köchin zu sein. Ich bin Gast hier und nicht Kundin - Lisa versucht mühsam, sich wieder in eine positive Stimmung zu bringen. Außerdem muss man offen sein für fremde Gebräuche, also ran an die Suppe.

„Mmmh, das schmeckt gut, aber es ist viel zu viel. Ich kann morgens noch nicht so viel essen."

Da Pat als Übersetzer fehlt, er ist schon längst in der Schule, versucht sie sich mit Mimik und Gesten verständlich zu machen.

Nachdem Lisa tapfer einige Löffel von dem schrecklichen Essen heruntergewürgt hat, scheint ihr der richtige Zeitpunkt gekommen, die kleinen Gastgeschenke zu überreichen. Ein Berlinkalender, eine ganz spezielle, deutsche Seife und einen Schlüsselanhänger mit dem Bild vom Brandenburger Tor.

„Oh! Danke, vielen Dank." Nuhs Freude scheint echt zu sein.

Sie ist doch eigentlich richtig lieb und behandelt mich wie eine Freundin, die sie schon lange nicht mehr gesehen hat. Lisas gute Laune steigt.

Als sie endlich aufbrechen, trippelt Nuh auf hochhackigen Schuhen zum Auto, um ihnen zum Abschied lächelnd nach zu winken.

Hübsch ist sie ja, muss Lisa neidlos anerkennen. Schmal, kerzengerade Haltung und so glänzendes, langes schwarzes Haar. Das Schönste aber ist ihr Lächeln. Sie winkt zurück, bis das Haus nur noch als kleiner Würfel zu sehen ist.

Als der Wagen aus ihrem Blickfeld verschwunden ist, seufzt Nuh erleichtert auf. Vergnügt summend schließt sie die Tür und beginnt damit, das Haus wieder in Ordnung zu bringen. Gleich wird ihre Freundin auf ein Schwätzchen vorbeikommen. Eine gute Gelegenheit, gleich brühwarm alles über den Besuch erzählen.

Obwohl die Straßen sehr gut ausgebaut sind und Kla zügig unterwegs ist, kommt Lisa die Fahrt endlos vor. Vielleicht liegt es aber auch daran, dass sie nicht dieselbe

Sprache sprechen und Mimik und Gestik bei zwei nebeneinander Sitzenden im Sog des Straßenverkehrs untergehen.

Fasziniert blickt sie aus dem Fenster. Bangkok haben sie schon lange hinter sich gelassen. Die vierspurige Schnellstraße führt jetzt schnurgerade durch die von Landwirtschaft geprägte Gegend. Kleine grüne Palmenhaine unterbrechen die teilweise schon abgeernteten Felder. Warum sind die Bäume links und rechts der Straße eigentlich fast kahl und bedecken mit ihren braunen, vertrockneten Blättern den Boden? Liegt es am Herbst? Gibt es hier in Thailand überhaupt so etwas wie Jahreszeiten? Oder haben die Autoabgase die Bäume zerstört?

Dass es seit Monaten nicht mehr geregnet hat und deshalb auch der Reis auf den Feldern durch die wesentlich genügsameren Zuckerrohrpflanzen ersetzt worden ist, wird Lisa erst später von Tong erfahren.

Schade, dass es im Auto keine Straßenkarte gibt, an der sie sich orientieren könnte. Schon als Kind gehörte Kartenlesen zu ihren Lieblingsbeschäftigungen während langer Autofahrten. Deshalb hat sie wohl auch als Erwachsene den Ehrgeiz entwickelt, für jede noch so kleine Tour einen Verbesserungsvorschlag parat zu haben. Nicht immer zur Freude ihrer Mitfahrer.

Gerade passieren sie einen großen See – vielleicht ein Stausee? – und verlassen das flache Land. Die Straße steigt leicht an. Am dunstigen Horizont sind Hügelketten zu erkennen.

Kla scheint ebenso wenig entspannt zu sein wie seine Beifahrerin, er schaut starr geradeaus.

Die Strecke zieht sich und Kla trommelt ungeduldig auf das Lenkrad ein. Die Zeit will einfach nicht vergehen, obwohl er das Gaspedal doch schon bis zum Anschlag durchdrückt. Wenn sie wenigstens plaudern könnten. Aber so? Wieso kann er auch kein Englisch wie sein Söhnchen? Aber wann soll er das auch noch lernen?

Sein Handy klingelt. Es ist Tong.

„Hallo Kla, wie geht's? Wo seid ihr gerade?"

„Kurz vor Larang."

„Wunderbar. Du, ich komme nicht aus der Schule weg. Die neue Direktorin... Könntest du Lisa bitte noch bis Pataimani bringen? Ist nicht mehr weit."

„Hmm. Wenn's sein muss", knurrt Kla missmutig.

Es folgt eine kurze Wegbeschreibung.

„Bis gleich." Scheinbar ungerührt legt Kla das Handy wieder auf die Konsole. Er versucht, sich seinen Ärger nicht allzu sehr anmerken zu lassen.

Drei Stunden sind sie bereits unterwegs. Jetzt endet die Schnellstraße, und die Landstraße beginnt.

„Nicht mehr weit, Tong hat gut reden. Bei dem Tempo bin ich heute Abend noch nicht da", murmelt Kla vor sich hin, während er halsbrecherisch versucht, einen buntbemalten Lastwagen mit meterhoch gestapeltem Zuckerrohr zu überholen.

Nach einer weiteren Stunde ist es endlich geschafft und Kla biegt auf den Parkplatz einer Tankstelle, die an einem neu aussehenden, blumenbepflanzten Kreisverkehr liegt.

Hitze schlägt Lisa entgegen, als sie die Tür öffnet und vorsichtig aus dem kühlen Wagen steigt. Kla telefoniert und überquert dabei wild gestikulierend den Parkplatz. Dann winkt er. Ein knallroter, ziemlich großer Pickup biegt aus dem Kreisel ab zur Tankstelle und hält an.

„Hello! Welcome!" Mit einem warmherzigen Lächeln kommt Tong auf sie zu. Es ist genau das gleiche Lächeln wie bei Ploy. Unglaublich diese Ähnlichkeit! Tong kommt Lisa gleich vertraut vor. Er ist ein ganzes Stück kleiner als sie, mit ihren für thailändische Verhältnisse stolzen 1,74 cm. Sein ehemals schwarzes Haar schimmert silberweiß in der Sonne. Für einen Mann Ende fünfzig ist das ja wohl nichts Ungewöhnliches.

Die beiden Männer wechseln kurz ein paar Worte. Dann wird der Gast in Tongs Obhut übergeben.

Kla hebt den Koffer auf die Ladefläche des Pickups. Er kann es kaum erwarten, wieder in seinen Wagen zu steigen. Lisas Dankesbekundungen wehrt er mit einem Handwedeln ab. Er lässt die Tür zufallen und verschwindet, kleine Staubwölkchen hinter sich lassend, im Kreisverkehr.

Die Dorfschule

Endlich kann sie sich wieder verständlich machen. Lisa ist erleichtert, als Tong sie mit seinem wunderbar asiatisch gefärbten Englisch fragt, ob alles okay sei.

„Ja, alles prima. Danke."

Wie soll man einschätzen, was dem anderen im Kopf herum geht, wenn man keine gemeinsame Sprache spricht. Kla hat zwar gelächelt, aber was genau das hier in Thailand bedeutet, ist ihr nicht ganz klar.

Schon sehr bald wird sich herausstellen, dass Tong als Einziger in ihrer Umgebung fließend Englisch spricht und die nächsten drei Wochen voller Begeisterung in seiner Dolmetscherrolle aufgehen wird.

„Wohin fahren wir?"

„Na, zur Schule. Dort essen wir erst einmal etwas. Du hast doch bestimmt Hunger."

Direkt zur Schule. Oje, da hätte ich mich aber ein bisschen mehr zurechtmachen können. Wenigstens die Haare, fährt es Lisa durch den Kopf.

Der Weg führt durch kleine Dörfer mit auf Stelzen gebauten Holzhäusern. Vereinzelt sind aber auch einstöckige Ziegelbauten mit großen überdachten Terrassen zu sehen. Überall herrscht geschäftiges Treiben. Ob an den Verkaufsständen am Straßenrand oder vor den Häusern. Niemand sitzt untätig herum. Und wenn mal nichts zu tun ist, hält man ein angeregtes Schwätzchen mit dem Nachbarn.

Tong überholt zahlreiche knatternde Mopeds. Eine Frau hält ihr kleines Kind vor sich auf dem schmalen Sitz, während das zweite Kind sie von hinten umklammert und versucht, sich vor dem staubigen Fahrtwind zu schützen. Aber mit dem Nachwuchs ist die Transportkapazität des Zweirads noch lange nicht ausgeschöpft. Große Einkaufstaschen und ein Hühnerkäfig baumeln ebenfalls an der Lenkstange. Lisa zuckt zusammen, als das Moped direkt vor ihnen beim

Abbiegen leicht in Schieflage gerät. Der Blinker wird natürlich auch nicht benutzt. Tong beobachtet seinen Gast aus dem Augenwinkel und muss über die aufgeregte Deutsche schmunzeln. Wozu sich ärgern. Irgendwie klappt es doch immer. Und Haltung bewahren ist in Thailand ein Muss.

„Da vorne ist es", Tong zeigt nach rechts. Eine hellgrün gestrichene Mauer taucht auf. Ein Torbogen mit bunten thailändischen Schriftzeichen. Kinder kommen über den Schulhof gerannt und bleiben neugierig stehen. Tong parkt den Wagen unter einem Wellblechdach neben dem großen Gemeinschaftsgebäude mit der Schulküche.

„Sawat dii kha!" Eine etwa vierzigjährige, rundliche Frau mit dickem braunem Pferdeschwanz tritt mit breitem Lächeln aus der Küchentür. Die Handflächen zum typischen Gruß, dem Wai, aneinandergelegt.

„Das ist Nam, die gute Seele unserer Schule, und das ist Lisa aus Deutschland", stellt Tong den Besuch vor.

„Sawat dii kha!" Lisa versucht ebenfalls eine formvollendete Begrüßung hinzubekommen. Schließlich hat sie sich auf die Reise vorbereitet. Trotzdem bleibt das Gefühl, irgendwie die falsche Höhe erwischt zu haben. Der Wai drückt die sozialen hierarchischen Abstufungen aus und je höher der gesellschaftliche Rang der zu grüßenden Person ist, desto höher werden auch die Hände zum Gruß erhoben. Was soll's, der gute Wille zählt. Und Ausländern sieht man bestimmt so einiges nach.

Innerhalb weniger Minuten hat Nam ein paar Schälchen mit Gemüse, Reis und Hühnchen auf einem Tisch aufgebaut, der vor dem Gebäude im Schatten steht. Dort weht wenigstens ein kühles Lüftchen, bei der Hitze ganz angenehm. Nach und nach schlendern die Lehrer und Lehrerinnen vorbei und werden von Tong vorgestellt. Unter ihnen seine Frau Trang, die ebenfalls an der Schule arbeitet. Sie betreut die ganz Kleinen.

„Ausgerechnet heute müssen wir bis 17 Uhr hierbleiben. Es gibt eine große Besprechung mit der Direktorin wegen des Schülerausflugs und des Children's Day nächste Woche. Da ist noch viel vorzubereiten. Aber Nam wird sich solange um dich kümmern", erklärt Tong entschuldigend und verschwindet mit den anderen in einem der hinteren Schulgebäude.

Bierprobe

Mit einem breiten herzlichen Lächeln reicht Nam einen gefüllten Teller über den Tisch. Lisa findet sie auf Anhieb sympathisch. Leider machen sich auch hier die beiderseits, fehlenden Sprachkenntnisse bemerkbar. Sie lächelt zurück, und langsam kommt die Kommunikation mithilfe von Gesten und Zeichensprache in Schwung. Die Luft flimmert, es wird immer heißer. Lisa fächelt sich mit einer Serviette ein kühles Lüftchen zu. Sofort springt Nam von ihrem Stuhl und schleppt aus der Küche einen Ventilator heran, den sie direkt neben dem Tisch aufbaut. Wunderbar, so lässt es sich aushalten. Lisa lächelt dankbar.

Nams Gedanken scheinen sich derweil zu überschlagen. „Kannst du dich bitte um unseren Gast kümmern, bis wir mit der Konferenz fertig sind?", hat Tong sie vorhin gefragt. Sie freut sich, dass Tong ihr das zutraut. Aber sie ist ja auch sonst für alle hier an der Schule da. Nicht nur als Köchin. Sie liebt ihre Arbeit und zusammen mit den Lehrern und der neuen Direktorin sind sie wirklich eine tolle Truppe.

Ein bisschen aufgeregt ist sie schon. Eine ganz schöne Herausforderung, wenn man keine gemeinsame Sprache hat, um sich zu verständigen. Sie überlegt angestrengt, was sie jetzt als nächstes machen soll, damit ihr Gast sich wohl fühlt.

Plötzlich ist er da, der rettende Einfall. Sie wird ihre Cousine anrufen. Pum hat mit ihrem Mann lange Zeit in London gelebt und spricht ein perfektes Englisch.

Nam reicht Lisa ihr Handy, sie hält es zögernd ans Ohr.

„Hallo?"

„Hallo, hier ist Pum, ich bin die Cousine von Nam. Geht's dir gut? Nam möchte wissen, ob du gerne Bier trinkst?"

„Ja, schon. Wieso?"

„Sie holt euch gleich ein paar Bierchen."

„Um diese Zeit? Es ist doch noch ziemlich früh. Und was wird Tong dazu sagen, wenn ich mir schon am Nachmittag ein Bier genehmige?"

„Kein Problem, wirklich nicht. Tong trinkt auch gerne mal ein Glas. Viel Spaß noch in Thailand. Sawat dii kha."

Und schon hat sie aufgelegt. Sehr merkwürdig, dieses Gespräch. Nam schaut Lisa fragend und erwartungsvoll an und führt die Hand mit einer imaginären Bierflasche an den Mund. „Okay?"

„Okay."

Sie klettert schwungvoll auf ihr kleines rotes Moped, an dem vorne am Lenker ein Metallkorb hängt und fährt unter fröhlichem Geknatter vom Schulhof.

Erleichtert lässt Lisa ihre Mundwinkel wieder auf Normalniveau sinken. Sie ist zwar ein meist frohgelaunter Mensch, aber dieses dauernde Lächeln ist dann doch gewöhnungsbedürftig. Sie muss permanent aufmerksam sein, um nicht als mürrische Deutsche dazustehen. Ganz schön anstrengend.

Keine fünf Minuten später biegt das rote Moped wieder um die Ecke. Im Korb klirrt es leise.

Stolz wie ein General, der seine Truppe inspiziert, schaut Nam auf das eindrucksvolle Bierbuffet, das sie inzwischen auf dem Tisch aufgebaut hat. Sie kennt die Vorlieben dieser Farang noch nicht und möchte unbedingt eine gute Gastgeberin sein. Sie wird Lehrer Tong bestimmt nicht enttäuschen.

Eine Halbliterflasche Chang-Bier, sechs kleinere Flaschen Leo-Bier und drei Dosen mit Singha-Bier sind doch wirklich eine beeindruckende Auswahl.

Lisa mustert das Getränkeangebot. Die Mengenverteilung der Biersorten lässt durchaus Rückschlüsse auf Nams Lieblingsbier zu. Trotzdem versucht sie, bei der Bierprobe vorbehaltlos mitzuwirken.

Zisch! Der erste Kronkorken rollt über die Tischplatte. Chang-Bier. Die Beiden prosten sich zu.

Mmh. Nicht schlecht, aber ziemlich stark. Herrlich. So ein kühles Bier erfrischt doch ungemein. Lisa langt noch einmal zu und fühlt, wie der Alkohol sie langsam entspannt.

Plopp! Es folgt die Flasche Leo-Bier. Angenehm leicht. Das schmeckt schon viel besser.

Zu guter Letzt öffnet Nam noch eine Dose Singha-Beer.

Leichte Alkoholwölkchen wabern watteweich in Lisas Kopf. Die Hitze macht sich zusätzlich bemerkbar. Trotzdem ist sie noch in der Lage, sich von Nams kleiner Schauspieleinlage faszinieren zu lassen.

„Chang-Beer", sagt Nam mit leicht drohendem Unterton, neigt dabei den Kopf, legt beide Hände unter die rechte Wange und imitiert überzeugend Schnarch-Geräusche. Bei einem Reis-Bier mit über sechs Prozent Alkohol durchaus nachvollziehbar.

„Leo-Beer", ihre Stimme bekommt einen leichten Singsang-Tonfall während sie aufsteht, die Arme wie Flügel ausbreitet und über das ganze Gesicht strahlt. Fünf Prozent Alkohol, leicht wie Limo. Damit kann man sich in ungeahnte Höhen schwingen.

Das Singha-Bier wird pantomimisch etwas stiefmütterlich behandelt, was vielleicht auch mit dem recht hohen Preis zusammenhängt.

So, jetzt muss sich Lisa entscheiden, welches Bier die nächsten drei Wochen ihren Weg begleiten wird.

„Leo, very good!" sie lächelt bierselig und klopft sich auf den Bauch. „Leo", wiederholt sie, um dem Ganzen Nachdruck zu verleihen.

Die richtige Wahl ist getroffen. So prosten sie sich durch den Nachmittag, der denn auch sehr harmonisch verläuft.

Wie Kaugummi zieht sich dagegen die Sitzung des Lehrerkollegiums in die Länge, die Wirkung des erfrischenden Leo-Bier hat sich bei den hohen Temperaturen rasch verflüchtigt. Als gute Gastgeberin besteht Nam darauf, Nachschub zu holen, und knattert ein zweites Mal mit ihrem Moped los.

Eine Batterie leerer Flaschen ziert den Tisch, als Tong und Trang endlich aus der Besprechung kommen.
„Na, ihr scheint euch ja gut unterhalten zu haben", schmunzelt Tong. „Vielen Dank, Nam. Bis morgen."
Die beiden packen ihre Sachen in den Pickup, winken Nam zu, und für Lisa startet die letzte Fahrt des Tages.

Der erste Abend im Dorf

Es dämmert bereits, als Lisa den Kreisverkehr wiedererkennt, an dem Tong sie mittags abgeholt hat. Ist das wirklich erst heute Mittag gewesen? So viele neue Eindrücke, reichlich Bier und noch dazu die Wärme, sie fühlt sich erschöpft und hellwach zugleich. Eine kühle Dusche wäre jetzt nicht schlecht.
„Da vorne ist es!"
Tong zeigt nach links auf ein Haus direkt an der Straße und steuert den großen Pickup gekonnt in die schmale Zufahrt neben dem Haus.

Es ist inzwischen dunkel geworden, man kann nicht viel mehr als die erleuchtete Eingangstür erkennen. Schnell werden die Schuhe abgestreift und ab ins Haus. Eine kleine Küchenzeile, massive Bänke aus schön poliertem Holz entlang der Wände und in der Mitte ein großer Tisch. Ein riesiger Flachbildschirm hängt an der Wand, neben Fotos der inzwischen erwachsenen Kinder und einem großen Poster mit dem thailändischen Königspaar. Über eine schmale Treppe gelangen Lisa und Tong in den ersten Stock.

„So, da wären wir", Tong rollt den Koffer mit Getöse über den kleinen Flur und öffnet eine Tür. „Dein Zimmer. Ganz für dich allein und sogar mit eigenem Bad. Aber komm, auspacken kannst du später, wir wollen erst mal etwas essen. Du bist bestimmt hungrig."

Sie klettern die Treppe wieder hinunter und verlassen zu Lisas Erstaunen das Haus.

Trang verschwindet kurz im Nachbargebäude und kommt mit einem zylinderförmigen, zugedeckelten Bastkorb zurück. Im Gänsemarsch geht es durch einen stockfinsteren Garten zu einem an den Hof angrenzenden Haus. Fast schon automatisch streift Lisa ihre Schuhe ab, bevor sie einen dämmerigen, recht großen Wohnraum betreten, in dem sie von einer knochigen Frau mit dunklem Haarzopf offenbar schon erwartet werden.

„Das ist Trangs Schwägerin", erklärt Tong. „Sie kocht manchmal für uns, wenn wir wegen der Schule keine Zeit haben. Setz dich doch."

Verschiedene Schalen werden flink auf den Tisch gestellt. Lisa erkennt gehacktes Fleisch mit Basilikum, Sojasprossen mit Erdnüssen, Gemüsecurry, grünen Papayasalat, gebratenen Fisch. Der Bastkorb enthält den typischen Klebreis, der im Nordosten Thailands bei keinem Essen fehlen darf. Ob hier jeden Abend so üppig gegessen wird?

Trang beobachtet ihren Gast aus den Augenwinkeln. „Schmeckt es dir?" fragt sie etwas zögernd. Aus ihrem Tonfall spricht Sorge.
Was wird Lisa wohl essen wollen? Hoffentlich nichts Deutsches, wie Wurst, Brot oder gar Käse. So etwas hier auf dem Lande aufzutreiben, würde wirklich schwierig sein. Ja eigentlich sogar unmöglich. Ploys deutscher Ehemann hat sich immer deutsches Essen mitgebracht. Da war er nicht sehr flexibel.
„Köstlich, einfach köstlich."
Lisa schmeckt es, aber sie merkt die Müdigkeit in allen Knochen und das dauernde Lächeln droht ihr langsam zu entgleiten.

„Khop khun kha. Danke!"
Wenig später verabschieden sie sich mit einer leichten Verbeugung und einem Wai von der Schwägerin und verschwinden in die Nacht. Im Gänsemarsch geht es zurück zum Haus. Auch wenn es schon spät ist, möchte Lisa unbedingt noch ihre Gastgeschenke loswerden.
„Hier, ich habe euch noch eine Kleinigkeit aus Deutschland mitgebracht."

Sie überreicht Trang eine Schachtel mit zwei edlen Porzellaneiern, zart bemalt mit dem Brandenburger Tor. Pfeffer- und Salzstreuer.

„Und für dich einen Bildband über Berlin."

Tong und Trang lächeln und legen die Geschenke beiseite, ohne einen Blick darauf zu werfen.

„Oh, vielen Dank. Das wäre doch nicht nötig gewesen."

Nein, das wäre es wirklich nicht, denkt Lisa selbstkritisch. In Thailand würzt man sein Essen mit der salzigen Fischsoße, wie sie eben sehen konnte, und zum Lesen hat hier auf dem Lande ohnehin kaum jemand Zeit. Da hat sie wohl nicht gerade die sinnvollsten Geschenke mitgebracht.

„Gute Nacht. Hab einen schönen Traum und wenn du etwas brauchst …"

Lisa schließt ihre Zimmertür und lässt sich mit einem leisen Seufzer auf das Doppelbett fallen.

Ihr Blick wandert durch den großen Raum, der mit Schränken vollgestellt ist und von einer Energiesparlampe in das dafür typische grellweiße Licht getaucht wird. Zu müde, um die Wände nach Mücken oder sonstigem Getier abzusuchen, geht sie mit ihren Waschsachen direkt ins Bad.

Eine Toilette mit Sitz, aber keine Spülung. Dafür steht direkt daneben eine riesige blaue Plastiktonne, bis zum Rand gefüllt mit Wasser und einer kleinen Plastikschüssel zum Schöpfen.

Ganz schön luxuriös, so ein eigenes Bad. Lisa hält sich zufrieden den kleinen Duschschlauch über den Kopf.

Uups! Das Wasser ist zwar nicht eiskalt, aber doch ziemlich frisch. Es kommt direkt aus dem Wassertank neben dem Haus. Morgen wird sie sich alles genauer anschauen, jetzt ist sie einfach zu müde dafür. Sie schlüpft unter die dünne Bettdecke und versucht einzuschlafen. Die Zeitverschiebung macht sich bemerkbar. In Deutschland ist es jetzt erst früher Nachmittag. Irgendwann schläft sie doch noch ein.

Was ist das? Ein blechernes Klappergeräusch lässt sie aus dem ersten Schlaf wieder hochschrecken. Ein Einbrecher? Ihr Herz schlägt schneller. Da, wieder ein Klappern. Es hört sich an, als ob jemand direkt unter ihrem Zimmer im Hof ist. Vorsichtig schleicht sich Lisa zum Fenster und schiebt die altersschwachen Lamellen ein wenig in die Höhe.

Direkt unter ihrem Fenster liegt die große offene Küche, und sie erkennt die Hunde aus dem Nachbarhaus, die in Eimern und Töpfen stöbern, um noch etwas Leckeres zu finden. Erleichtert atmet sie auf. Okay, kein Einbrecher. Beruhigt kriecht sie wieder unter die Bettdecke.

Die Ruhe währt nicht lange.

Mitten in der Nacht fängt plötzlich ein Hahn an zu krähen und weitere Hähne stimmen in den ohrenbetäubenden Lärm ein. Wieder schreckt Lisa aus dem Schlaf und Ärger kriecht in ihr hoch. Der Puls jagt. Wenn das hier jede Nacht so geht, werde ich nie ein Auge zubekommen. Auf was habe ich mich da bloß eingelassen? Wahrscheinlich bin ich ruck zuck mit den Nerven fertig.

Lisa kennt sich genau. Wenn sie zu wenig Schlaf bekommt, ist sie sehr dünnhäutig und alles andere als frohgelaunt. Mürrisch tastet sie nach den Ohrstöpseln, die immer griffbereit auf dem Nachttisch liegen, und versucht wieder einzuschlafen.

Morgenstund hat Gold im Mund

6.45 Uhr. Die Harfenklänge des Smartphone-Weckers reißen Lisa aus dem Tiefschlaf. Sie fühlt sich wie gerädert. Verschlafen tappt sie ins Bad und dreht den Wasserhahn auf.

Ihr Blick verharrt auf der Wand oberhalb des Waschbeckens. Plötzlich ist sie hellwach und springt mit einem unterdrückten Schrei erschreckt zurück. Was ist das denn?

Aus einer der zur Belüftung eingebauten Maueröffnungen hängt das nackte, kalkweiße Hinterteil eines Geckos, groß wie eine Hand. Noch starr von der Kühle der Nacht, regt er sich nicht.

Iiieh! Mühsam fasst sie sich wieder und flitscht dem Gecko, der aussieht wie Gollum in „Herr der Ringe", mit Daumen und Zeigefinger auf sein Hinterteil. Zack! Weg ist er, nur um wenig später vor Erregung keckernd seinen Kopf durch die nächste Öffnung zu strecken, wohl um zu sehen, wer ihn da so respektlos behandelt hat.

Hoffentlich ist das hier kein kleiner Zoo. Lisa schaut sich vorsichtig um. Für eine genaue Inspektion reicht leider die Zeit nicht. Sie hört Tong schon fröhlich ein Morgenlied pfeifen.

Was soll sie nur anziehen? Die Auswahl ist begrenzt, denn sie reist gerne mit leichtem Gepäck. Wie es scheint, hat sie trotz sorgfältiger Planung wie meistens die falschen Sachen mit. Lisa wühlt im Koffer und entscheidet sich schließlich für einen schwarzen, knielangen Rock und ein dottergelbes T-Shirt mit halblangen Ärmeln. Das wird für eine Lehrerin ja wohl seriös genug sein. Sie schnappt sich die Tüte mit den vorbereiteten Lernmaterialien und steigt langsam die steile Treppe hinab in die Wohnküche. Über den Bildschirm des großen Fernsehers flimmern die Werbebotschaften. Bleichcreme für eine helle Gesichtshaut. Die braucht sie bestimmt nicht.

Tong und Trang sind schon fix und fertig angezogen. Beide tragen die gleichen türkisfarbenen Polohemden. Tong mit schwarzer Stoffhose, seine Frau mit schwarzem Rock und Blazer. Die vorgeschriebene Schuluniform für den Mittwoch.

„Guten Morgen! Gut geschlafen?" grüßt Tong hellwach und fröhlich, während Trang ihr einen Becher mit Kaffee reicht.

„Ja, sehr gut. Bis auf die Hähne, die die ganze Nacht gekräht haben", entgegnet Lisa offen und undiplomatisch.

Tong zeigt seine weißen Zähne und lächelt breit.

„Ja, ja die Hähne", wiederholt er, ohne weiter auf das Thema einzugehen.

„Übrigens", fügt er hinzu, „wir frühstücken morgens nie. Es ist einfach zu früh. Aber wenn du etwas möchtest? Trang macht dir gerne etwas."

„Nein, danke", erwidert sie schnell und ergänzt nicht ganz wahrheitsgemäß: „Zuhause frühstücke ich auch nicht."

Wenn sie schon über die lauten Hähne meckert, möchte sie nicht auch noch den morgendlichen Rhythmus der beiden durcheinanderbringen, und außerdem hat sie im Moment vor lauter Aufregung auch wirklich keinen Appetit.

Trang lächelt erfreut. Das ist ja wunderbar. Damit hat sich das Thema Frühstück ganz zwanglos erledigt.

Die Morgensonne scheint trotz der frühen Stunde schon recht intensiv, als Lisa blinzelnd aus dem Haus tritt. Ein Papaya-Baum mit tiefgrünen Blättern beschattet den kleinen Vorplatz. Direkt vor der Tür steht ein uraltes orangefarbenes Auto. Der Farbe nach zu urteilen aus den Siebzigern. Wie es scheint, wird hier nichts vorschnell entsorgt.

Ein Lastwagen, die offene Ladefläche vollbesetzt mit Menschen, donnert dicht an ihr vorbei. Erschrocken weicht sie zurück. Sie hat doch tatsächlich ganz vergessen, dass in Thailand Linksverkehr herrscht und deshalb den Kopf automatisch in die hier falsche Richtung gedreht.

Der durch die Fahrzeuge aufgewirbelte Staub liegt überall. Auf der Bank vor dem Haus, auf den vor der Tür abgelegten Schuhen, hartnäckig setzt er sich in jeder Ritze fest.

Fegen hilft da nicht viel. Zeit, dass es endlich mal wieder regnet, denkt Trang. Nachher glaubt unser Besuch noch, es wäre hier nicht sauber genug.

„Kommt ihr endlich", ruft Tong. Er sitzt schon abfahrbereit hinter dem Steuer. Lisa öffnet die hintere Tür, um auf den Rücksitz zu klettern.

„Nein, nein. Du sitzt hier vorne neben mir. Trang sitzt hinten."

„Aber…"

„Das ist okay so." Trang schiebt ihren Gast sanft zur Seite und schlüpft in den hinteren Teil des Pickups. Diese Sitzordnung wird die nächsten drei Wochen unverändert bleiben.

Aller Anfang ist schwer

Die Fahrt zur Schule dauert etwa zwanzig Minuten, um Punkt acht Uhr erreichen die drei das Schulgelände. Die meisten der neunzig Schüler sind schon da und wuseln geschäftig umher. Es gibt einen regelmäßigen Putzdienst, die Schüler sind abwechselnd für die Sauberkeit auf dem Schulhof verantwortlich.

Der elfjährige Mii fegt mit seinem Freund gerade leere Papiertüten zusammen, als er die fremde Frau aus dem Wagen steigen sieht.

„Kuck mal, da!" Er stößt seinen Freund mit dem Besenstiel an. „Ist das die Ausländerin?"

Lehrer Tong hat ihnen allen zwar erzählt, dass eine ausländische Lehrerin an ihre Schule kommen würde, aber das hat er sofort wieder vergessen. Schließlich gibt es hier wichtige Arbeiten zu erledigen. Lehrer Tong hat ihm aufgetragen, die eine Wand im großen Saal frisch zu streichen. Das gefällt ihm viel besser, als unverständliche englische Wörter zu lernen. Nach der Schule wird er dem Zimmermann in seinem Dorf helfen oder in der großen Reismühle arbeiten. Wozu braucht er dann überhaupt Englisch? Spaß haben mit seinen Freunden und ab und zu ein paar Baht verdienen, so sieht ein gutes Leben aus.

„Ja, ich glaub schon. Die ist ja weiß wie Milchpulver", flüstert Miis Freund. „Und so riesig. Die ist ja größer als Lehrer Tong."

„Good morning, teacher!", rufen beide lautstark, als Tong zu ihnen herübersieht, und fegen dann weiter in aller Ruhe den Abfall zusammen.

„Da kommt unsere Direktorin", ruft Tong aufgeregt, als ein kleiner roter Flitzer mit quietschenden Reifen vor dem Schulgebäude hält.

„Lisa, sag „Sawat dii kha" zu unserer Direktorin!" Er stupst sie auffordernd in den Rücken. Wie in ihrer Kindheit. Komm Lisa, mach einen Knicks und sag der Tante Guten Tag, waren die Worte ihrer Mutter, wenn Besuch kam.

Die Tür geht auf und dem Wagen entsteigt mit prinzessinnenhafter Attitüde eine schlanke Frau mit langen, glatten, dunklen Haaren. Tan, die neue Direktorin.

Sie ist erst seit einem Monat an dieser Schule, hat sich aber schon gut ins neue Kollegium eingefunden. Der Respekt und die Freude seiner neuen Chefin gegenüber sind von Tong ganz offensichtlich nicht gespielt.

Gestern war alles so schnell gegangen, und Lisa hatte noch keine Gelegenheit gehabt, die Direktorin persönlich kennenzulernen.

Flott sieht sie aus und so jugendlich. Die dreiundvierzigjährige Tan trägt ein himmelblaues, aufwendig besticktes Kostüm. Strahlend kommt sie auf Lisa zu, um sie überschwänglich zu begrüßen:

„Sawat dii kha. Herzlich Willkommen. Ich bin Tan und ich freue mich so, dass du da bist."

Tong muss übersetzen, denn auch die Direktorin spricht leider so gut wie gar kein Englisch. Trotzdem versucht sie tapfer, das Ganze mit ein, zwei englischen Vokabeln zu garnieren.

„Sawat dii kha!"

Lisa hält die aneinander gelegten Handflächen hoch an die Stirn. Immerhin ist die Direktorin die Ranghöchste hier in der Schule. Leider weiß sie nicht, wie sie sie angesprochen hat. Hat sie „Du" gesagt oder ist „You" eher formell gemeint?

„Ich freue mich auch sehr, dass ich hier sein kann. Eine wunderschöne Schule".

Tong betrachtet die Begrüßungsszene aufmerksam. Mit einem breiten Lächeln versucht er, seine leichte

Anspannung zu verbergen. Lisa ist sein Gast und er fühlt sich verantwortlich für ihr Benehmen. Bis jetzt läuft alles bestens. Ihm fällt ein Stein vom Herzen.

Tan mustert den Besuch unauffällig. Die Haut so weiß und glatt, stellt sie mit einem Anflug von Neid fest und fährt dabei unwillkürlich mit der Hand über ihr eigenes Gesicht mit den zahlreichen, zarten Aknespuren. Erstaunlich, dass Lisa braune Augen hat. In den Filmen waren die Augen der blonden Frauen immer blau. Sie wendet den Blick zu Tong.

„Wir sehen uns später."

Tan klappt ihren Sonnenschirm auf und stöckelt ohne Eile über den Hof zu ihrem Büro.

Siri

Klack! Klack! Klack! Siri tritt voller Energie in die Pedale ihres klapprigen, alten Fahrrades. Der einstmals blaue Lack ist zwar schon an vielen Stellen abgeblättert, aber immerhin, es funktioniert. Der Weg zur Schule ist nicht sehr weit, aber zu Fuß gehen? Dann müsste sie ja morgens noch früher aufstehen.

Der trotz Sonnenscheins recht kühle Fahrtwind streicht über ihr üppiges, schwarzes Haar, das den Schulregeln entsprechend kinnlang und schnurgerade abgeschnitten ist. Damit es sich nicht immer wie ein Vorhang über ihr Gesicht schiebt, hat sie eine dicke Strähne mit einem Blümchengummi hochgebunden.

Siri summt gutgelaunt vor sich hin, stellt sich auf die Pedale und legt an Tempo zu. Sie möchte auf keinen Fall zu spät kommen. Es gefällt ihr sehr, zur Schule zu gehen und zu lernen. Sie ist die beste Schülerin der 5. Klasse, und das soll auch so bleiben.

„Was für ein Glück, dass wir für Siri kein Schulgeld zahlen müssen", hat Mama gestern noch zu Papa gesagt, während sie einen kleinen Riss in Siris Schuluniform flickte. „Sie ist doch so klug, unsere Tochter. Sie wird bestimmt einmal in einem schicken Büro in Bangkok arbeiten."

„Und hoffentlich einen reichen Mann heiraten", hat der Vater leise gemurmelt, aber Siri hat es trotzdem gehört.

Ihre Eltern halten sich gerade mal so über Wasser. Mama steht immer sehr früh auf, um beim Aufbau der Marktstände zu helfen. Dafür bekommt sie zwar nur wenige Baht, kann aber oft kostenlos Lebensmittel mit nach Hause nehmen. Papa hilft einem Bauern bei der Zuckerrohrernte auf den Feldern. Auch keine nennenswerte Einnahmequelle. Aber irgendwie schaffen sie es immer, die Schulkleidung und die Bücher zu bezahlen. Lernen ist wichtig. Siri als ihrem einzigen Kind soll es einmal besser gehen, betonen sie immer wieder. Dafür würde sie später auch gut für ihre alten Eltern sorgen.

„Ja, noch müssen wir kein Schulgeld zahlen", hat Papa erwidert. „Aber wer bezahlt später das College? So viel Geld haben wir nicht."

„Ach mein Lieber, bis dahin fließt noch viel Wasser in unseren Dorfteich."

Mama hat sich leicht verneigt, als sie an der kleinen, hölzernen Buddha-Figur vorbeiging, um ihre Schlafmatten auszurollen.

Siri winkt ihren beiden Freundinnen zu, während sie durch das große Tor auf den Schulhof rollt. Sie stellt ihr Rad ab und versucht mit leicht gesenktem Kopf rasch an der fremden, blonden Frau vorbei zu huschen, die etwas verloren auf dem Hof herumsteht. Doch sofort wird sie von Tong gestoppt, der sie ermahnt:
"Siri, sag Good morning zu unserer neuen Lehrerin"
„Good morning, teacher." Sie errötet bis in die Haarspitzen.
Das war ja auch wirklich unhöflich von mir, schämt sich Siri für ihr respektloses Verhalten. Aber wer ist diese Frau überhaupt?
Ah, die ausländische Lehrerin. Jetzt fällt es ihr wieder ein.

Sie schlendert hinüber zum fahrenden Minikiosk. Ein kleiner Verkaufsstand, montiert auf ein dreirädriges Moped. Frau Phaem verkauft dort jeden Tag Suppen, kleine Snacks, Süßigkeiten und Getränke an die Schulkinder.
Nicht alle haben genug Geld für solche Extras, aber es sind doch noch erstaunlich viele Kinder, die bei ihr ein Frühstück oder ein zweites Mittagessen kaufen.
Phaem kann von diesem Geschäft recht gut leben. Ihr Sohn geht in der Nachbarstadt auf eine kleine Privatschule. Die Schulgebühren sind natürlich ein

Batzen Geld, aber dafür spricht er jetzt schon recht gut Englisch. Er könnte sich sicher mit dieser Ausländerin unterhalten. Und er hätte ihr freundlich klarmachen können, dass es immer einen guten Eindruck macht, Ältere höflich zu grüßen. Aber diese Farang hier, die schaut einfach an Phaem vorbei.

Morgenappell

Lieber Himmel! Lisas Blick fällt auf den rollenden Verkaufsstand. Jetzt essen die Kinder auch hier mitten in der Provinz die ungesunden Schokoriegel und Instant-Nudeln. Genau wie auf deutschen Schulhöfen. Nur hat dort nicht mehr der Hausmeister den kleinen Nebenverdienst, sondern Rewe oder Aldi.
Die Sonnenbrille hat sie heute Morgen leider nicht mitgenommen. So entgeht Lisa in der blendenden Sonne, dass die drahtige kleine Verkäuferin auffordernd in ihre Richtung nickt.

Plötzlich schrillt eine Glocke, alle eilen zu der riesig großen, braunen Rasenfläche – vermutlich der Sportplatz – direkt neben dem Schulhof. Alle Schüler stellen sich klassenweise in Reih und Glied auf und blicken in Richtung Fahnenstange. Neunzig Kinder, alle gleich gekleidet in knielange schwarze Hosen oder Röcke, pinkfarbene Blusen oder Polohemden, weiße Söckchen und schwarze Halbschuhe. Die sportliche Variante der Schuluniform.

Zwei größere Jungs stemmen ihre Füße in den Boden, legen ihr ganzes Gewicht nach hinten und ziehen schweratmend an dem dicken Seil, das die thailändische Nationalflagge an die Spitze der Stange befördern soll.

Geschafft! Fünf horizontale Streifen - rot, weiß, blau, weiß, rot - bewegen sich leicht im Wind.

Dann wird ein Lied angestimmt.

Pon, ein schwergewichtiger Vierzehnjähriger, groß wie ein Bär, aber mit dem Verstand eines Achtjährigen, starrt unverwandt auf die Fahne im strahlend blauen Himmel. Seine Wangen wirken durch den militärisch kurzen Haarschnitt noch runder. Er hat den Mund weit geöffnet und singt aus voller Brust, die rechte Hand aufs Herz gelegt:

„Thailand vereinigt Fleisch und Blut der Thailänder. Jeder Zentimeter Thailands gehört den Thais. Das Land hat seine Unabhängigkeit gewahrt, weil die Thais stets vereint waren. Die Thais leben in Frieden, aber sie sind keine Feiglinge im Krieg. Niemandem werden sie erlauben, sie ihrer Unabhängigkeit zu berauben. Noch werden sie Tyrannei erleiden. Alle Thais sind dazu bereit, jeden Tropfen ihres Blutes der Nation zu opfern, für Sicherheit, Freiheit und Fortschritt – Gewinne."

Das ist Phleng Chat Thai, die thailändische Nationalhymne.

Darauf freut sich Pon immer ganz besonders, wenn er morgens von seiner Mutter zur Schule gebracht wird. Singen! Ja, das kann er gut, alle loben ihn immer wegen seiner schönen, tiefen Stimme. Er könnte den ganzen

Vormittag so hier stehen, inmitten seiner Freunde, und einfach nur singen. Den Unterricht mag er nicht. Alles viel zu schwer. Aber Lehrer Tong, ja, den mag er.

Ein allgemeines Gemurmel breitet sich aus, angeleitet von einer Schülerin mit Mikrofon.

Lisa hat sich seitlich bei den kleineren Kindern aufgestellt und versucht angestrengt zu verstehen, was gerade auf diesem Platz vor sich geht. Das mit der Nationalhymne kann sie sich ja noch zusammenreimen. Aber was passiert jetzt?

Yok, ein schmales hochaufgeschossenes Mädchen mit feinem, schwarzem Haar, umklammert krampfhaft das Mikrofon. Es ist eine Ehre, hier zu stehen und den Mitschülern die buddhistischen Texte vorzubeten. Trotzdem, sie ist kein Mädchen, das gerne im Mittelpunkt steht. Am liebsten wäre sie unsichtbar. Sie konzentriert sich auf den Text. „… und ich gelobe, mich sozial und höflich gegenüber meinen Lehrern und Mitschülern zu verhalten.", trägt sie mit zittriger Stimme im Singsang vor.

Gleichzeitig – wie bei einer Choreographie - drehen sich alle Schüler zu ihrem jeweiligen Nachbarn in der Reihe und grüßen sich gegenseitig mit einem Wai.

Danach folgt erneut ein Lied. Was kann das denn nun wieder sein? Lisas Blick macht die Runde und bleibt an dem nicht zu übersehenden Pon schräg vor ihr hängen.

Sein Gesicht glänzt vor Freude und Inbrunst, als er erneut seine Stimme erhebt.

Phleng Sansoen Phra Barami. Das Lied zu Ehren des Königs darf bei der morgendlichen Zeremonie natürlich nicht fehlen. Sein König und die Königin. Überall in der Schule hängen die offiziellen Fotos. Pon sieht sie sich so gerne an. Das Paar ist so prächtig angezogen. Wie im Märchen.

Die letzten Töne sind eben verklungen, da ergreift Tong das Mikrofon und hält eine kurze Rede. Aus dem Fluss der thailändischen Wortmelodie taucht plötzlich Lisas Name auf. Wie auf Kommando wenden sich alle Köpfe in ihre Richtung. Tong winkt sie zu sich heran:
„Komm, komm! Du musst jetzt auch noch ein paar Worte zur Begrüßung sagen."
Er drückt ihr das Mikrofon in die feuchte Hand.
Etwas nervös ist sie schon.
„Mein Name ist Lisa und ich komme aus Deutschland", beginnt sie ungewohnt zögerlich und etwas hölzern. Die Kinder schauen erwartungsvoll zu ihr auf.
„Ich bin das erste Mal in Thailand und freue mich sehr, hier an dieser wunderbaren Schule zu Gast zu sein. Wir werden zusammen Englisch lernen und bestimmt viel Spaß miteinander haben. Ich wünsche uns allen noch einen herrlichen Tag. Vielen Dank."
Keiner versteht etwas, aber alle klatschen höflich. Tong fügt noch zwei Sätze hinzu und schickt die Schüler dann auf den großen Sportplatz, den sie einmal laufend umrunden müssen, bevor der Unterricht beginnt.

„Meinst du, die kommt auch zu uns in die Klasse?"

Keuchend versucht der für sein Alter recht klein geratene Chi mit seinem besten Freund Kim Schritt zu halten.

„Bestimmt."

Der Zehnjährige ist einer der besten Schüler in Klasse 4 und hat ein entsprechend selbstbewusstes Auftreten.

„Meinst du, wir können sie überhaupt verstehen, die ausländische Lehrerin?"

Chis Stimme klingt verzagt.

„Warum sollen wir sie denn nicht verstehen?"

„Na ja, in Englisch bin ich doch nicht gut. Ich kann fast gar nichts."

Chi verzieht ängstlich das Gesicht.

„Selbst schuld. Wenn du dauernd diese blöden Filme guckst, lernst du nie was."

Wie die meisten Kinder sitzen auch Chi und seine Geschwister zuhause oft stundenlang vor dem Fernseher, um mit Leidenschaft „Lakhon" zu sehen, eine thailändische Seifenoper.

„Die neue Lehrerin ist bestimmt streng. Die schaut so ernst."

„Jetzt hör doch endlich mal auf damit! Wir werden ja sehen", ruft Kim leicht genervt, legt auf den letzten Metern einen kleinen Sprint ein und lässt den zweifelnden Chi hinter sich zurück.

Der erste Unterricht

Die Klassenräume von Prathom 4 bis 6 sind im ersten Stock des mittleren Gebäudeflügels untergebracht. Davor zieht sich eine Holzveranda über die gesamte Länge des

Gebäudes. Aus den Räumen, die nur durch dünne Wände voneinander getrennt sind, hört man Lachen und Gepolter.

Einige Schüler lehnen lässig am Geländer der Veranda und beobachten Lehrer Tong und die Neue.

„Achtung! Sie kommen."

Aufgeregt verschwinden die Schüler in ihren Klassenzimmern.

Lisa wäre fast über die Armada von schwarzen Halbschuhen gestolpert, die unterhalb des Treppenaufganges mehr oder weniger ordentlich aufgereiht stehen. Die Schulräume dürfen nur mit Socken betreten werden. Es ist ihr ein Rätsel, wie die Kinder in diesem gleichförmigen Wust ihr eigenes Paar Schuhe wiederfinden können. Für die Lehrer gilt das Schuhverbot aber glücklicherweise nicht. Mit Schuhen fühlt sie sich irgendwie sicherer.

„In welcher Klasse fangen wir an?", erkundigt sie sich bei Tong und versucht sich ihre Aufregung nicht anmerken zu lassen. Den Beutel mit den Lernmaterialien hält sie so fest umklammert wie einen Rettungsring.

„In Prathom 4. Ich gebe Englischunterricht in Prathom 4 bis 6. Da sind die Kinder so zwischen neun und dreizehn Jahre alt", erklärt Tong rasch, bevor sie den Klassenraum betreten.

Der Lärm verstummt augenblicklich. Stühle scharren über den Fußboden aus abgetretenem, graublauem Linoleum, als die Kinder alle gleichzeitig aufspringen und hinter ihren Stühlen Haltung annehmen.

„Good morning, teacher!" ertönt es lautstark aus vierzehn Schülerkehlen.

„Good morning, students", erwidert Tong. „How are you"?

„I'm fine", brüllen die Kinder zurück. „And youuu"?

„I'm fine. Das hier ist Lehrerin Lisa. Sie wird euch heute unterrichten."

„Good morning, teacher!", rufen die Kinder, diesmal zu Lisa gewandt.

„Good morning, students."

Ihr wird es heiß und kalt. Wie, unterrichten? Direkt so? Quasi ein Kaltstart? Sie atmet tief durch. Wie gut, dass ich mir schon vorher ein paar Dinge für den Unterricht überlegt habe. Also dann, nichts wie los.

Da bin ich aber gespannt, wie es so laufen wird mit Lisa im Unterricht, denkt Tong. Es ist auch für ihn ein Experiment, eine völlig fremde Person in sein Haus und in seine Schule einzuladen. Als durch und durch positiv eingestellter Mensch ist er guter Dinge, dass es klappen wird. Seine Schwester Ploy wird ihm schon die Richtige geschickt haben. Sie hat eine sehr gute Menschenkenntnis. Obwohl, manchmal ist sie schon etwas zu vertrauensselig.

Tong wird im nächsten Jahr seinen sechzigsten Geburtstag feiern. Grund genug, langsam etwas kürzer zu treten. Aber er ist nun mal Lehrer mit Leib und Seele und liebt seine Schüler. Aufhören, dass kann er sich gar nicht vorstellen.

Wirklich schade, dass wir für unsere Dorfschule so wenig Geld von der Regierung bekommen. Bedauernd blickt er auf den Gebäudetrakt gegenüber, dessen Obergeschoß wegen Baufälligkeit nicht mehr betreten werden darf. Dabei repariert er schon sehr viel selbst.

Seinen Schülern möchte er trotz knapper Finanzen eine gute Ausbildung mitgeben, und so ist er auf die Idee gekommen, eine ausländische Aushilfslehrerin einzuladen. Das wird sicher auch bei den Eltern und dem Dorfvorsteher Eindruck machen, so dass sie ihre Kinder weiterhin in seine Schule schicken werden und nicht in die nächste Stadt.

„Okay", Lisa strafft den Rücken „wir werden als erstes mit einer kleinen Gruppenarbeit beginnen. Rückt die Stühle zusammen und teilt euch in drei Gruppen auf."

Die Kinder schauen verständnislos und beginnen miteinander zu tuscheln. Tong übersetzt und unterstreicht seine Worte mit ausladenden Armbewegungen. Stuhlbeine scharren über den Boden. Diskussionen. Endlich haben sich drei Grüppchen formiert. Die Mädchen drängen sich verunsichert um ihren Tisch.

„Jede Gruppe überlegt sich drei englische Wörter, okay?" Wieder übersetzt Tong, und nach kurzem Palaver stecken die Schüler endlich die Köpfe zusammen und überlegen.

Chi kippelt mit dem Stuhl, kaut an seinem Bleistift und schaut hilfesuchend zu seinem Freund. Kim ist schlau, dem fällt bestimmt etwas ein.

„Apple, dog, cat", schlägt dieser auch sofort vor. "Habt ihr sonst noch eine Idee?"

Kim sieht kurz in die Runde. Meine Güte, manchmal sind seine Freunde aber wirklich schwer von Begriff. Er braucht oft mehr Zeit, ihnen bei den Aufgaben zu helfen, als selbst etwas zu lernen.

„Wieso sollen wir uns etwas ausdenken? Ich verstehe das nicht", flüstert Noy Na ihrer Freundin zu. Sie nestelt nervös an ihrer Haarspange und streicht sich das feine, glatte Haar hinters Ohr.

„Ich schau mal im Buch nach."

Sie kramt verstohlen in ihrer Tasche, um das Englischbuch auf ihren Schoß zu legen.

„No, no, no!" Lisa wedelt scherzhaft drohend mit dem Zeigefinger.

„Kein Buch, bitte. Schreibt einfach auf, was euch so einfällt."

Sie erwartet keine kreative Glanzleistung, sondern will mit dieser Übung einfach nur herausfinden, welchen Wortschatz die Kinder überhaupt haben.

„So. Fertig? Gruppe eins. Was ist euch denn so eingefallen?"

Sie schaut auf Chi, der vor Schreck in sich zusammensinkt. Kim rettet ihn wieder einmal. Er richtet sich auf, hebt selbstbewusst den Kopf und lässt die Worte wie Knallfrösche in den Raum springen:

„Apple, dog, cat!"

„Wunderbar."

Übertrieben enthusiastisch wendet sich Lisa zur Tafel, um die Worte dort wie kleine Kunstwerke zu platzieren.

„Gruppe zwei. Was habt ihr herausgefunden?"

„Car and..", ruft ein Schüler und lässt seine großen Vorderzähne blitzen.

„Icecream!"

Sein Nachbar stößt ihm den Ellenbogen in die Seite, um auch zum Erfolg der Gruppe beitragen zu können.

„Wow!"

Sie schreibt die neuen Wörter an die Tafel.

„Gruppe drei?"

Nun sind die Mädchen an der Reihe. Alle senken schüchtern den Blick, als wäre die Antwort in die Tischplatte geritzt. Keine will anfangen.

„Ihr habt doch bestimmt ein Wort gefunden", versucht Lisa es in ermutigendem Tonfall.

„Apple", piepst Noy Na schließlich.

„Prima. Apple. Das hat doch wunderbar geklappt."

Insgeheim hat sich Lisa eine etwas größere Ausbeute gewünscht. Na ja, aber auch aus wenig Ton lässt sich etwas Hübsches formen, beruhigt sie sich selbst und geht zur nächsten Übung über.

Puh! Erleichtert beginnen die Schüler zu tuscheln.

„Siehst du. So schwer war das doch gar nicht", meint Kim versöhnlich in Richtung Chi.

„Und jetzt", ruft sie die Kinder zur Ordnung. „jetzt spielen wir Alphabet-Rennen. Ihr bildet zwei Teams, Team A und Team B und stellt euch hintereinander in einer Reihe auf."

Stimmengewirr. Stühle und Tische werden zur Seite gerückt. Die Zusammensetzung der Teams wird lautstark diskutiert. Einige deutliche Worte von Tong, und endlich stehen die Schüler ordentlich aufgereiht.

„Sobald ich „los' sage, rennt der Erste aus der Reihe zur Tafel und schreibt den ersten Buchstaben des Alphabets auf. Übergibt dann den Stift an den Nächsten in seinem Team und stellt sich hinten an. Der Nächste schreibt dann B und so weiter. Das Team, das als erstes das Alphabet richtig an die Tafel geschrieben hat, gewinnt."

„Habt ihr verstanden?"

Alle nicken und sind gespannt wie die Flitzebogen.

„Eins, zwei, drei und los!"

Die ersten Schüler kritzeln ihre Buchstaben schon an die Tafel. Dann gerät Team B ins Stocken. Hilfesuchend wendet sich Chi, der gerade an der Reihe ist, von der Tafel ab. Seine Gruppe brüllt ihm ganz aufgeregt den fälligen Buchstaben zu. Er zögert. Schreibt. Korrigiert. Die Truppe hinter ihm wird immer lauter.

„Nun mach schon, Chi."

Schließlich gibt er auf und reicht den Stift an den Nächsten weiter. Das Getümmel ist unbeschreiblich, aber alle sind voll bei der Sache und wollen für ihr Team siegen.

Irgendwann stehen die Buchstaben mehr oder weniger richtig, wenn auch nicht unbedingt vollständig an der Tafel.

Lisa korrigiert, zählt die Punkte und kommt zur Freude aller über ein kreatives und flexibles Bewertungsmodell auf einen Punktegleichstand.

„Yeah!"

Die beiden Gewinnerteams recken stolz die Fäuste in die Luft. Ein kurzer Blick auf die Uhr. Geschafft.

Mann oh Mann, die können ja wirklich wenig. Da werde ich meine Spiele wohl etwas vereinfachen müssen, überlegt sie und packt mit geröteten Wangen ihre Sachen zusammen.

Viel Zeit bleibt nicht, denn Tong steuert zielstrebig die nächste Klasse an: Prathom 5. Fürsorglich hat er Lisa aber noch schnell von einer Schülerin einen Kaffee holen lassen.

Siri ist voller Vorfreude. Erwartungsvoll schaut sie zur Tür, das Gekreisch und den Lärm ihrer Mitschüler blendet sie einfach aus. Sie wird bei der ausländischen Lehrerin sicherlich spannende neue Sachen lernen. Im Unterricht ist ihr oft langweilig, weil immer auf die schlechteren Schüler Rücksicht genommen werden muss. Auf Mii zum Beispiel. Der rafft überhaupt nichts. Gut, aber freundlich und hilfsbereit ist er schon. Und verdammt praktisch veranlagt. Letzte Woche hat er sogar ihr altes Fahrrad repariert.

Tong und Lisa betreten den Klassenraum, in dem drangvolle Enge herrscht. Einundzwanzig Schüler. Oje. Sie wischt sich den Schweiß von der Stirn.

Wieder erschallt es lautstark: „Good morning, teacher!"

„Good morning, students. How are you?"

„I'm fine, and youuu?"

Diese intensive Begrüßung wird Lisa die nächsten Wochen begleiten.

Tong stellt die neue Lehrerin vor, und los geht der Unterricht. Diesmal schreibt Lisa einen kleinen Dialog an die Tafel: What's your name? My name is…. und holt einen gelben Softball aus ihrer Tasche.

„So, stellt euch bitte in zwei Reihen nebeneinander auf."

Sie wirft Tong zur Demonstration den Ball zu.

„What's your name?"

Er schnappt sich den Ball und antwortet schmunzelnd:

„My name is Tong. And what's your name?"

Mit Schwung wirft er den Ball in Siris Richtung. Begeistert schnappt sie danach und antwortet ohne zu zögern. Bald fliegt der Ball hin und her. Weiß ein Schüler mal nicht weiter oder hat einfach Hemmungen zu sprechen, soufflieren ihm die anderen lautstark. Nach anfänglicher Unsicherheit scheint den Kindern das Spiel Freude zu machen.

Lehrer Jom

Angelockt von den anfeuernden Rufen der Kinder schaut Jom, einer der Lehrer, vorsichtig durch die offene Tür des Klassenraumes. Obwohl er erst vierunddreißig Jahre alt ist, beginnt sich sein schwarzes Haar schon über der Stirn zu lichten. Seine wie immer ernste Miene verzieht sich zu einem abschätzigen Lächeln. Was macht die Neue da bloß mit den Kindern? Das ist ja ein Gekreische wie beim Sport. So etwas würde er in seinem Unterricht niemals dulden. Da haben die Schüler ordentlich auf ihren

Stühlen zu sitzen und seine Fragen zu beantworten. Respekt vor dem Lehrer, darauf legt er sehr viel Wert.

Die hat die Kinder ja überhaupt nicht im Griff, denkt er kritisch. Ob die das in Deutschland immer so machen? Eine Gesellschaft funktioniert nur durch Regeln und respektvolles Verhalten. Wo kommen wir denn hin, wenn noch nicht einmal in der Schule Ordnung und Disziplin herrschen.

Er zieht sein Smartphone aus der Tasche und schießt unauffällig ein Foto von Lisa. Hübsch ist sie ja, mit ihren hellen Haaren und der schlanken Figur. Steht ihr gut der Rock, den sie heute anhat.

Gestern sah sie ja ein wenig zerknittert aus.

Trotzdem. Für ihn ist sie auf jeden Fall zu alt. Er schätzt Lisas Alter auf Mitte Vierzig.

Stirnrunzelnd kehrt Jom zurück an seinen Schreibtisch in dem kleinen Lehrerzimmer gleich nebenan. Bis zu seinem Examen im nächsten Monat muss er noch sehr viel lernen. Wenn er die staatliche Prüfung schafft, kann er als Direktor an eine andere Schule gehen. Davon träumt er schon lange: eine Schule leiten. Manager sein und nicht nur Tag für Tag mehr oder weniger interessierten Schülern nutzloses Wissen in die leeren Köpfe hämmern.

Er rückt seine Brille zurecht und vertieft sich wieder in seinen Prüfungsstoff.

Teamarbeit

Währenddessen beginnt in Prathom 5 das „Flüsterspiel", eine Art „Stille Post". Die Schüler stellen sich jetzt hintereinander, der Tafel zugewandt, in zwei Reihen auf und bilden zwei Teams. A und B.

Lisa flüstert dem jeweils letzten Schüler in der Reihe ein Wort ins Ohr, das bis zum vorderen Schüler weiterwandert. Der muss es dann richtig an die Tafel schreiben.

Sobald die Spielregeln klar sind, beginnt Tong, eilig einzelne Kinder in eine andere Position zu bringen. Bei beiden Teams schiebt er jeweils eine Schülerin an die Spitze.

„Die anderen können noch nicht so gut schreiben," erklärt er entschuldigend in ihre Richtung.

Na gut, dann bleiben die Reihen halt statisch. Jeder so, wie er kann.

Siri steht voll konzentriert an der Spitze von Team B und schreibt an die Tafel, was sie hört. Aus „Car" war „Cat" geworden, weil ihr Hintermann das Wort falsch verstanden hat.

Siri kämpft mit den Tränen. Dieser Blödmann. Wie steht sie denn jetzt da. Dabei ist sie so gut in Englisch.

In den nächsten Runden holt sie jedoch einen Punkt nach dem anderen für ihr Team und ist schließlich doch noch zufrieden mit ihrer Leistung.

In Prathom 6 läuft der Unterricht ähnlich ab. Sogar der dicke Pon kann mitmachen, obwohl er doch mit seinen

Fähigkeiten besser in der 3. Klasse aufgehoben gewesen wäre. Tong erklärt, dass sie mehr oder weniger gezwungen seien, auch solche lernschwachen Schüler mitzuziehen. Schaffen es die Schüler nicht, fällt dies sofort auf die Lehrer zurück. Jedenfalls an einer staatlichen Grundschule auf dem Land. Außerdem herrscht Schulpflicht bis zum 15. Lebensjahr, und die Klassen 1 bis 6 sind ebenfalls Pflicht.

So mühen sich Schüler wie Pon durch den Schulalltag; überfordert, aber auch getragen von Mitschülern, für die diese Unterstützung selbstverständlicher Teil ihrer Kultur ist.

Endlich Mittagspause

„Hast du Hunger?", erkundigt sich Tong, während Lisa erschöpft ihre Unterlagen in die große Tragetasche mit Werbeaufdruck packt. Das ist ganz schön kräftezehrend, sich so intensiv mit völlig fremden Kindern beschäftigen zu müssen. Wie halten die Lehrer das nur aus?

„Und wie", entgegnet sie und fügt fragend hinzu: „War das okay so?"

„Ja, den Kindern gefällt dein Unterricht."

Diese Antwort ist jetzt nicht sehr aussagekräftig, aber offenbar befindet sie sich auf dem richtigen Weg. Offene Kritik hätte Tong sowieso nicht geäußert. Soviel weiß Lisa immerhin schon über die thailändische Mentalität.

Langsam meldet sich ihr Magen. Recht hat er, so ganz ohne Frühstück. Langsam steigt sie die Treppe hinunter.

„Ich bring nur schnell meine Tasche ins Auto", ruft sie,

„und dann komme ich." Aber vorher ist dringend ein Toilettenbesuch angesagt.

Die Toilettenhäuschen für Mädchen und Jungen sind in verschiedenen Ecken des Schulgeländes untergebracht. Drinnen befinden sich mehrere, wie in Asien üblich, Hock-Klos. Auch hier besteht es aus einer in den Boden einbetonierten Toilettenschüssel mit gerillten Trittbrettern rechts und links. Daneben ein großer Wassereimer mit einer leeren Plastikschüssel als Schöpfkelle, womit man nach dem Toilettengang seine Hinterlassenschaft herunter spülen kann. Klopapier ist nicht üblich, so dass Lisa vorsorglich immer genügend Papiertaschentücher mitnimmt.

Sportlich geht sie tief in die Hocke. „AutoMotorSport" lesen geht hier gar nicht. Schon gar nicht stundenlang.

Einige Falten des schwarzen Rocks kommen dem nur halbwegs sauberen Toilettenboden bedenklich nah. Nur keine Aufregung, beruhigt sie sich selbst, das ist alles Übungssache und eigentlich viel hygienischer als auf einer ständig benutzten Klobrille zu sitzen.

Vor dem Häuschen erstreckt sich eine mehrere Meter lange Wasserrinne mit im Abstand von einem halben Meter eingebauten Wasserhähnen. Dort stehen schon einige Vorschulkinder, die bereits mit dem Mittagessen fertig sind und sich nun ihre Zähne putzen. Die Vorschule ist Teil der Grundschule, und Trang kümmert sich dort liebevoll um die ganz Kleinen.

Sie kichern verlegen und zeigen mit ihren Zahnbürsten in Lisas Richtung.

„Pass bloß auf, sonst nimmt die große weiße Frau dich mit."

Fah stupst ihre Freundin in die Seite und beide rennen schnell in den schmalen Gang zwischen zwei Gebäuden um sich dort zu verstecken.

Nam steht draußen hinter einem Tisch, der vor dem großen Saal mit den offenen Seitenwänden aufgebaut ist. Vor sich riesige Töpfe, aus denen es verheißungsvoll dampft und duftet. Sie füllt gerade die letzten Schalen der Kleinen mit Reis und Gemüse. Jeden Tag wird frisch gekocht. Die Kinder, brav hintereinander aufgereiht, schauen erwartungsvoll auf die großen Töpfe. Als Lisa um die Ecke biegt, deutet Nam mit der blechernen Schöpfkelle Richtung Küche und nickt dabei eifrig.

„Geh schon mal rein, ich bin gleich soweit."

Rasch verschwindet Lisa im kühlen Halbdunkel der geräumigen Küche. Zutritt nur für Lehrer oder Hilfskräfte wie sie. Eine ausladende Kochstelle füllt die gesamte Ecke neben der Tür. Gerätschaften aller Art hängen an den Wänden, die Lebensmittel sind insektensicher in diversen Dosen oder im Kühlschrank verstaut. Wie alle Kühlschränke in thailändischen Wohnungen, ist auch dieser hier auf vier Ziegelsteinen aufgebockt. Offenbar muss man die Regenzeit hier wirklich ernst nehmen.

Fenster gibt es keine, nur schmale Maueröffnungen mit verstellbaren Glaslamellen, direkt unterhalb des Wellblechdachs.

Im hinteren Teil des Küchenraumes stehen schon verschiedene Schüsseln auf dem niedrigen Tisch, durch halbkugelförmige Plastiknetze sorgsam gegen Fliegen geschützt. Davor ebenso niedrige Holzbänke. Noch niemand da. Vorsichtig schiebt Lisa ihre langen Beine unter den Tisch und lupft hungrig die Netze.

Mmh! Sieht lecker aus. In Thailand spielt es keine Rolle, ob das Essen warm oder kalt ist. Hauptsache, es schmeckt. Sie nimmt einen tiefen Schluck aus dem Wasserglas.

„So, fertig." Mit leuchtenden Augen, die Vorfreude auf das Essen verraten, lässt sich Tong neben seinen Gast auf die Holzbank fallen. Nam hat die Essensausgabe unterbrochen, entfernt rasch die Gitternetze von den Schüsseln und füllt Lisa eine große Portion Reis auf den Teller.

„Oh nein, bitte nicht so viel."

Mit einem Blechlöffel schiebt sie eine Hälfte Reis wieder zurück in die Schüssel und zeigt begeistert auf die Gemüsegerichte.

„Sieht toll aus. Was ist denn das alles?"

Während ihr die kleine kulinarische Welt mit Händen und Füßen erklärt wird, kommt Trang mit zwei anderen Lehrerinnen lautstark schwatzend herein.

„Hallo!"

Es wird etwas zusammengerückt, Löffelgeklapper und Stimmengewirr erfüllen den Raum. Nicht alle Lehrer essen hier in der Küche. Einige von ihnen sitzen nebenan im großen Saal, um die Kinder im Blick zu haben.

Jedes Mal, wenn Lisa ein neues Schüsselchen ausprobiert, schaut Nam erwartungsvoll zu. Scheint etwas besonders gut zu schmecken, wird es gedanklich sofort auf die Liste der beliebtesten Gastgerichte gesetzt.

Essen muss Spaß machen, sinniert Nam. Das ganze Leben sollte „sabai", also angenehm sein. Angenehm, auch wenn man arbeitet. Gerade dann. Sie weiß genau, welch wichtige Rolle sie dabei als Köchin und gute Seele in der Schule spielt.

Von ihrer Cousine, die mit einem Deutschen verheiratet ist, hat sie gehört, dass viele Deutsche mittags einfach einen Snack an ihrem Schreibtisch essen. Das kann doch nicht „sabai" sein. Alleine sitzen und nur einen Snack essen. Wie schrecklich. Wozu lebt man denn?

Sie blickt zu Lisa hinüber, die sie freundlich anlächelt und noch ein paar Löffel auf ihren Teller häuft. Genau! So muss das sein. Sanuk! Ihr Gast hat Spaß. Es scheint ihr zu schmecken. Zufrieden erhebt sich Nam, um mit der Essensausgabe für die älteren Schüler zu beginnen.

Puh, bin ich satt. Ich habe viel zu viel gegessen. Mittagsmüde lehnt Lisa sich zurück.

„Wie geht es jetzt weiter?" erkundigt sie sich bei Tong.

„Heute Nachmittag findet kein Unterricht mehr statt. Alle üben ihre Tänze für den Children's Day übermorgen. Wir gehen nachher ein bisschen herum und schauen zu. Hol dir doch einfach einen Kaffee. Ich muss noch ein paar Dinge erledigen."

Erleichtert über die unerwartete Unterrichtspause nimmt sie einen großen Kaffeebecher von der Spüle, füllt ihn mit

Nescafé und Milchpulver und gießt heißes Wasser dazu. Draußen scheint die Mittagssonne. Um diese Jahreszeit ist sie noch eine Freude, aber schon in wenigen Wochen wird sie sich in eine Feindin verwandeln, die man besser meidet.

Vorbereitung auf den Children's Day

Der Kaffee schwappt etwas über, als Lisa über den Schulhof schlendert und sich ein gemütliches Plätzchen zum Entspannen sucht. In einer Art Holzpavillion setzt sie sich auf eine Bank und lässt den Blick schweifen. Weiße Wölkchen ziehen über den bilderbuchblauen Himmel. Einige Kinder sitzen in Grüppchen herum, die Köpfe über irgendein Spiel gebeugt, andere rennen lautstark rufend hintereinander her. Woher kommt bloß all die Energie?

Verstohlen kichernd schlendern die Mutigsten ganz lässig vorbei, rufen „Good morning". Dann verlässt sie jedoch der Mut, und sie flitzen davon.

„Good afternoon", ruft Lisa ihnen hinterher – ihren Bildungsauftrag ernst nehmend - und lächelt erfreut über diese ersten Versuche einer freiwilligen Kontaktaufnahme.

Der Kaffeebecher ist leer. Mal sehen, was in den oberen Klassenräumen so los ist. Sie steigt die Treppe hinauf und kann unbemerkt einen Blick durch die Tür werfen. Fünf Schüler drängeln sich vor einem Bildschirm, der hoch oben an der Wand angebracht ist, und schauen fasziniert zu, wie verwegen aussehende Fantasy-Figuren unter Gebrüll eine Burg erobern. Die Schüler beachten die Besucherin gar nicht. Vielleicht sollte sie sich auch ein Lichterschwert zulegen, sinniert Lisa gut gelaunt.

Aus den unteren Räumen des hinteren Schultrakts erklingt Stimmengewirr. Die hohen Stimmen der Kinder überschlagen sich fast. Alle scheinen durcheinander zu reden. Jemand klatscht in die Hände, aus Lautsprechern erklingt blechern ein Pop-Song. Sofort formieren sich kleine Menschentrauben vor den niedrigen, weit geöffneten Fenstern.

„Hey, lass mich doch auch mal schauen!" Energisch schiebt Kim einen kleineren Jungen beiseite. „Was ist denn das für ein komischer Tanz? Das ist ja was für Babies." Er grinst spöttisch und schiebt sich schnell wieder aus dem Gedrängel, um lieber auf dem Hof Ball zu spielen.

„Hallo, da bist du ja." Tong kommt ausgelassen winkend auf Lisa zu.

„Lass uns doch mal drüben in die Klassen schauen. Die Kinder üben ihre Tänze für übermorgen."

Sie schieben sich durch die Zuschauerschar in den Klassenraum.

Meine Güte, wie niedlich. Gebannt schaut Lisa auf die zwölf Schüler der dritten Klasse, die hüftschwenkend und Arme schwingend mehr oder weniger erfolgreich versuchen, die Tanzschritte der Lehrerin nachzuahmen.

Die kleine Nin lächelt kokett, während sie die Hüftschwünge mühelos, fast wie eine professionelle Tänzerin ausführt. Für ihre acht Jahre ist sie ein sehr zartes Mädchen, mit einem niedlichen Puppengesicht und einer schwarzen Pagenkopf-Frisur.

Wunderbar, das macht ihr Spaß. Begeistert vollführt sie ein paar Drehungen. Warum tanzen wir nicht jeden Tag in der Schule, denkt Nin mit leisem Bedauern. Sie würde später eine berühmte Show-Tänzerin werden und viel Geld verdienen, und alle würden sie bewundern.

Zuhause besitzt Nin einen eigenen kleinen CD-Spieler und hat ihr eigenes Zimmer. Damit ist sie der unangefochtene Star in ihrer Mädchen-Clique. Ihr Vater verdient als Zimmermann recht gut. Sie ist sein einziges Kind, sein Prinzesschen und muss seine Liebe nicht mit Geschwistern teilen.

Die schon wieder! Nin blickt verstohlen und leicht verächtlich zu ihrer Nachbarin Dao hinüber. Wie immer klingt bei der Siebenjährigen alles grob, laut und falsch. Dao, ein großes kräftiges Kind mit rundem Bauch und breitem Gesicht, schwenkt ekstatisch die Arme und springt wild umher, ohne auch nur im Geringsten auf die Schrittfolge zu achten. Sie ist völlig mit sich selbst beschäftigt. Wüsste sie, was Nin über sie denkt, es wäre ihr ziemlich egal. Die feinen Töne im menschlichen Miteinander sind für sie nicht zu spüren.

Sie wächst bei ihren Großeltern auf, die sich mit dem schwierigen Kind völlig überfordert fühlen. Daos Mutter arbeitet in Dubai als Hausangestellte und schickt regelmäßig Geld. Trotzdem wirkt Daos Schuluniform immer leicht schmuddelig und hat ausgerissene Säume. Die Großmutter mit ihren vom grauen Star getrübten

Augen sieht so etwas einfach nicht mehr, und Dao selbst kümmert es nicht.

In der hinteren Reihe bewegt sich ein kleiner Junge mit sehr großem Kopf ungelenk und ersichtlich unglücklich zum Takt der Musik. Oh Mann, wie ich das hasse. Hoffentlich ist das Lied gleich zu Ende, wünscht sich Yut verzweifelt. Wie ein Mädchen hier herum zu hüpfen. Er wischt sich eine Schweißperle von der Stirn und versucht krampfhaft, an etwas Schönes zu denken.

Die letzten Töne schweben zur Decke und verklingen zart. Alle klatschen – freudig oder erleichtert. Die Lehrerin ruft mit glänzenden Augen: „Wunderbar, Kinder. Das habt ihr ganz toll gemacht. Da werden eure Eltern übermorgen sehr stolz auf euch sein."

Tong lächelt zufrieden. Auch er scheint sehr angetan von der kleinen Darbietung, und so wandern sie zum nächsten Klassenraum, wo vier Schülerinnen der Klasse 6 mit konzentriertem Gesichtsausdruck eine klassische thailändische Tanzvorführung proben.

Yok wird schon nervös, wenn sie nur daran denkt. Ihr Magen grummelt laut und vernehmlich. Übermorgen wird sie auf der Bühne stehen. Alle Blicke werden auf sie und ihre Freudinnen gerichtet sein. Oje, sie seufzt. Aber dafür sind die Kostüme, die sie anziehen werden, einfach ein Knaller. Und schminken dürfen sie sich auch.

In der ganzen Schule herrscht eine ausgelassene Stimmung. Die Luft vibriert, aufgeladen durch die freudige Energie. Die Aussicht auf den morgigen

Schulausflug und den Children's Day am Tag danach ist einfach zu fantastisch. Zwei Tage lang kein Unterricht, und für heute steht auch nichts Anstrengendes mehr auf dem Programm. Herrlich! Sanuk, so macht das Leben Spaß.

Der Dorfvorsteher

Tan, die Direktorin, kommt freudestrahlend auf Lisa zugeeilt. Im Schlepptau Lehrer Jom.

„Wie geht es dir, Lisa? Bist du müde? Das ist doch bestimmt alles sehr anstrengend für dich", meint sie besorgt.

„Nein, nein", erwidert diese rasch. „Es ist alles so interessant hier, wie kann ich da müde sein."

Tan ergreift Lisas Arm und zieht sie sanft, aber bestimmt in Richtung Wiese.

„Ein Foto bitte."

Sie reicht Tong, der ihnen gefolgt ist, ihr Smartphone.

„Jom, du musst auch auf das Bild."

Sie drapiert Jom rechts neben den Gast und hält dabei seinen Arm ein wenig zu lange fest, wie es scheint.

Alle lächeln in die Kamera, bis auf Jom, der seine ernste Miene beibehält, als ob sie Teil seiner Dienstkleidung sei. Er nestelt unbehaglich an seiner Brille.

Trotzdem, ein Foto will auch er unbedingt haben. Wann steht man schon mal neben zwei so wichtigen Damen?

„Okay", Tong reicht ihm das Smartphone zurück. „Lisa, wir müssen noch kurz ins Dorf fahren und dort etwas abgeben. Die Direktorin kommt auch mit."

Einen Stapel Papier in der Hand, klettert Tong in seinen Pickup, und ab geht die Post.

Die Schule liegt am Rande eines Dorfs, das mit seinen 350 Einwohnern zu den größeren der Umgebung zählt. Der Wagen biegt von der Hauptstraße ab auf einen schmalen, aber asphaltierten Weg. Rechts und links stehen in dichter Reihe schlichte Holzhäuser. Die größeren von ihnen haben eine ausladende, auf Stelzen errichtete Terrasse, die wie ein Bauchladen aussieht. Dazwischen demonstrieren massive einstöckige Ziegelhäuser mit blühenden Gärten den Wohlstand ihrer Besitzer. Aber es gibt auch zahlreiche winzige, windschiefe Hütten. Offenbar ist auch hier das Geld sehr ungleichmäßig verteilt.

Schattenspendende Palmen und Papaya-Bäume säumen den Straßenrand.

Sie biegen erneut ab. Jetzt sind die Wege nicht mehr asphaltiert, eine kleine Staubwolke folgt dem Wagen. Hühner laufen aufgeregt gackernd zur Seite. Gelbe Hunde mit kurzem Fell und spitzen Ohren bellen und knurren den Eindringlingen hinterher. Vor den Häusern sitzen Frauen und bereiten das Abendessen vor. Niemand scheint allein zu sein. Überall schwatzen und lachen die Menschen miteinander.

Endlich hält Tong auf einem runden Platz vor einem flachen weißen Gebäude. Das Gemeinschaftshaus mit angegliedertem Verwaltungsbüro, erklärt er kurz. Aus dem Schatten der Veranda löst sich ein mittelgroßer, kompakt gebauter Mann mit narbigem Gesicht und kommt auf sie zu.

„Das ist unser Dorfvorsteher. Sag Guten Tag zu ihm", flüstert Tong in Lisas Ohr.

Schon wieder. Das nervt. An Tongs Wunsch, einen freundlichen und höflichen, ausländischen Gast präsentieren zu können, denkt sie in diesem Moment nicht. Meine Güte, sie weiß doch selber, was sich gehört. Sie hätte auch unaufgefordert die Hände zum Wai erhoben.

„Sawat dii kha!", begrüßt Lisa den Dorfvorsteher, dessen grobe Gesichtszüge ihr nicht sehr vertrauenerweckend erscheinen. Außerdem hängt ihm das Hemd etwas zu lässig aus dem Hosenbund. Kann er sich offenbar leisten.

Tong hat die Schulpapiere unter den Arm geklemmt und überreicht sie respektvoll dem wichtigsten Mann im Dorf. Die Dorfverwaltung ist in Thailand zwar die niedrigste Verwaltungseinheit, aber auch die bedeutsamste, weil sie unmittelbaren Einfluss auf das tägliche Leben der Bewohner hat.

Die Dorfbevölkerung wählt den Vorsteher für die Dauer von fünf Jahren, und das Innenministerium muss diese Wahl noch bestätigen. Unterstützt wird er von zwei Assistenten, einer für Sicherheitsfragen und einer für die Angelegenheiten der Regierung.

Tong und die Direktorin verhalten sich auffallend ehrerbietig. Das nächste Schuljahr steht bevor, und die Eltern im Dorf dürfen entscheiden, auf welche der umliegenden Schulen sie ihre schulpflichtigen Kinder schicken wollen. Da ist die Unterstützung durch den ersten Mann im Dorf sehr erwünscht und notwendig.

Wie gut, dass wir bei der Gelegenheit gleich die ausländische Lehrerin vorzeigen können, freut sich Tong. Das kann nämlich keine der anderen kleinen Schulen bieten. Für die offizielle Einladung eines ausländischen Lehrers fehlt einfach das Geld.

Der Gesichtsausdruck des Dorfvorstehers bleibt unbewegt. Kein Lächeln verschönert sein Gesicht. Inwieweit ihn die Angelegenheiten der Schule interessieren, ist nicht zu erkennen. Er streicht über seine Geheimratsecken und verschwindet dann mit Tong in seinem Büro, um die Schulpapiere abzustempeln. Außerdem verspricht er, die Werbezettel der Schule entsprechend zu verteilen. Immerhin etwas.

Ein höflicher Austausch von Freundlichkeiten, zwei zuschlagende Autotüren, und schon wird das weiße Gebäude im Rückspiegel immer kleiner.

Als der Pickup wieder durch das Schultor rumpelt, schubsen und drängeln sich die Kinder gerade vor einer großen Kühlbox aus grünem Plastik, die bis zum Rand mit zerstoßenem Eis und kleinen Milchbeuteln gefüllt ist. Nam achtet immer sehr darauf, dass möglichst jedes Kind eine Tüte mitnimmt, bevor es sich auf den Heimweg macht. Milch ist gesund, voller Kalzium und stärkt die Knochen.

Aber die Milch stellt nicht für alle gleichermaßen eine kulinarische Verführung dar, so dass Trang wie an jedem Nachmittag die übrig gebliebenen Beutel in ihre Tasche packt, um sie später in der Nachbarschaft zu verteilen. Dort wird die Milchspende mit Begeisterung angenommen. Besser, als die Milch bei der Wärme verderben zu lassen, ist das allemal. Verschwendet oder gar weggeworfen wird bei Trang und Tong sowieso nichts. Die Reste des Schulessens landen in einem großen ehemals weißen Plastikeimer, den Tong immer auf der Ladefläche des Pickups mitnimmt, um den Inhalt dann abends an seine Schweine zu verfüttern.

Unter lautem Rufen und Gelächter verlassen die Schüler den Hof. Die meisten sind mit dem Fahrrad zur Schule gekommen, einige wenige gehen zu Fuß, und die Kleinsten werden von ihren Müttern oder Großeltern mit knatternden Mopeds morgens gebracht und abends wieder abgeholt.

Ganz plötzlich entsteht eine ungewohnte Ruhe. Nur kleine braune Vögel tschilpen und picken eilig einige Reiskörner vom Boden.

Die Lehrer versammeln sich noch kurz zu einer letzten Absprache für den morgigen Schulausflug, dann verlassen auch sie das Gelände.

„Tong, wo fahren wir morgen überhaupt hin?", erkundigt sich Lisa neugierig.

„Wir fahren morgen früh alle zusammen mit einem gemieteten Bus nach Larang. An der Uni dort findet eine Messe statt."

Messe? So ganz klar ist ihr nicht was mit „Messe" gemeint sein könnte, aber sie ist müde und hat keine Lust noch weiter zu fragen. Außerdem wird sie morgen ja selbst sehen, worum es bei dem Ausflug geht.

Kurz vor seinem Haus hält Tong umsichtig an einem kleinen Lebensmittelgeschäft, damit sein Gast eine Palette Bierdosen kaufen kann. Leo-Bier natürlich. Herrlich, so ein kühles Bierchen, Lisa strahlt voller Vorfreude.

Tongs kleine Farm

„Kommst du mit, die Schweine füttern und meine Farm anschauen?" fragt Tong, als sie zuhause ankommen.

„Ja gerne, ich zieh mir nur schnell etwas anderes an." Zügig steckt Lisa zwei Bierdosen in die Tasche und verstaut die restlichen Dosen im Kühlschrank. Los geht's. Nach etwa fünf Minuten Fahrt biegt der Pickup in einen schmalen, holprigen Feldweg ein. Ringsherum nur Felder, Äcker und Wiesen. Ab und zu unterbricht eine einsame Palme die weite Fläche. Nach einer kleinen Kurve stoppen sie vor einem Gatter, das mit einem dicken Kettenschloss verhängt ist. Tong schließt auf, quietschend schwingt das Tor zur Seite.

Ein aufgeschütteter Weg zwischen den Feldern führt zu einem einstöckigen Holzhaus. Etwa 100 Meter dahinter befindet sich der offene Schweinestall. Zwei große schwarzbraune Schweine recken grunzend die Köpfe und strecken Tong voller Erwartung ihre rosaglänzenden Rüssel entgegen. Im Hintergrund quieken aufgeregt fünf Ferkel. Mit Schwung leert Tong den Eimer in den Futtertrog. Die augenblicklich einsetzenden

Schmatzgeräusche übertönen sogar das liebliche Vogelgezwitscher und das Zirpen der Grillen. Geräusche, die typischerweise mit Sommer verbunden sind.

„Meine Farm." Glücklich und voll Besitzerstolz deutet Tong mit ausgestrecktem Arm auf die zwei Felder rechts und links vom Weg und dreht sich dabei im Halbkreis wie ein Tänzer.

Genau der richtige Anlass. Lisa greift in die Tasche und reicht ihm eine Bierdose. „Prost. Auf deine Farm."

„Auf die Farm. Schau mal, was hier alles wächst." Tong bückt sich und hebt ein Blatt vom Boden auf.

„Das hier ist ein Papaya-Baum, und das da drüben, der Große, ein Jackfrucht-Baum." Staunend schaut sie auf die riesigen Früchte mit der gelblich-braunen Schale, voller kleiner Noppen.

„Hey, es gibt ja sogar eine kleine Bananen-Palme."

„Die muss noch wachsen, aber in einem Jahr könnte sie schon Früchte tragen."

Auf den beiden angrenzenden Feldern baut Tong selber Mais, Reis und Gemüse an. Beeindruckend, was dieser Mann alles kann.

„Und hier", Tong biegt dicke Schilfhalme zur Seite, „hier habe ich sogar mein eigenes Wasserreservoir. Ich mag die Landwirtschaft." Seine Augen leuchten.

„Du weißt ja, mein Vater ist Bauer. Als Kind habe ich ihm immer auf den Feldern geholfen. In zwei, drei Jahren, wenn ich in Rente gehe, werde ich hier wahrscheinlich sogar ganz wohnen. Wir haben hier alles, was man so zum Leben braucht."

„Und jetzt machst du das alles hier so nebenbei." Lisas Hochachtung steigt. Eine eigene kleine Farm als Altersabsicherung.

„Naja, wenn es mal spät wird oder ich sonst keine Zeit habe, füttert mein Schwager die Schweine und wässert die Pflanzen. Kein Problem."

Die Bierdosen sind inzwischen leer.

„Wir müssen zurück. Du hast doch bestimmt schon Hunger."

Ein letzter Blick. Wirklich ein kleines Paradies. Allerdings auch ein Paradies, in dem die Arbeit nie ausgehen wird.

Das Essen ist fertig

Trang steht bereits an dem großen Herd in der offenen Küche hinter dem Haus und rührt im gusseisernen Wok, aus dem köstliche Gerüche aufstiegen.

„Soll ich schon mal den Tisch decken?" Lisa versucht, sich nützlich zu machen.

„Nein, nein, setz dich ruhig an den Tisch. Ich bin gleich soweit."

Trotzdem stellt Lisa erst Teller und Gläser auf den langen Tisch aus wunderschön poliertem Holz, bevor sie sich setzt. Sie kann sich doch nicht wie in einem Restaurant bedienen lassen.

Direkt neben der überdachten Küchenterrasse scharren zahlreiche Hühner laut gackernd in der trockenen Erde, bewacht von einem prächtigen Hahn, der auf einer Leiter thront und den Hof misstrauisch beäugt. Die Konkurrenz lauert überall. Es riecht etwas streng.

Eine fette grau-weiße Gans ist offensichtlich unaufgefordert in den Hühnerstaat eingewandert und wird nur aufgrund ihrer überzeugenden Größe und ihres scharfen Schnabels von Hennen und Hahn missbilligend geduldet.

Kein Zaun trennt das Geflügel von seiner Freiheit, und doch bleiben die Hühner, wo sie sind. Jeden Tag werden sie reichlich mit leckeren Körnern gefüttert. Was nützt ihnen die Freiheit, wenn sie sich dann mühsam und unter Gefahren ihr Futter suchen müssen?

Gegenüber, keine fünfzig Meter entfernt steht Trangs Elternhaus. Ihre alte Mutter lebt hier zusammen mit Trangs Bruder, dessen Frau und den beiden Kindern. Das Haus des anderen Bruders im hinteren Teil des weitläufigen Grundstücks hat Lisa ja bereits an ihrem ersten Abend hier kennengelernt.

Trang arbeitete bereits als ausgebildete Lehrerin, als Tong vor vielen Jahren neu an ihre Schule kam. Sehr bald stand fest, dass sie zusammenbleiben wollten. Nach ihrer Heirat baute Tong das große Haus auf dem freien Platz neben ihrem Elternhaus. Ideal. So konnte die ganze Familie zusammenbleiben und sich gegenseitig unterstützen.

Lisa beobachtet Trang unauffällig aus den Augenwinkeln und versucht zu rechnen. Sie ist zwei Jahre älter als Tong, dann muss sie so um die 59 Jahre alt sein. Das sieht man ihr aber überhaupt nicht an. Wohlproportionierte Figur, langes schwarzes Haar. Wenn sie lächelt, sieht sie beinahe aus wie ein junges Mädchen.

Eine winzig kleine alte Frau mit silbergrauer Pagenfrisur schlurft langsamen Schrittes auf die Küche zu. Ihr Rücken ist so stark gekrümmt, dass sie nur auf die Erde schauen kann. Ihre schönen Gesichtszüge lassen sich nur erahnen. In der Hand hält sie den typischen zylinderförmigen Bastkorb, gefüllt mit Klebreis. Dieser spezielle Reis braucht seine Zeit. Und so gehört es zu den Aufgaben der alten Mutter, ihn für die berufstätige Tochter vorzubereiten.

„Sawat dii kha!" Es fällt ihr nicht schwer, die alte Frau freundlich anzulächeln, als Tong sie vorstellt.

„Oma bedauert, dass sie kein Englisch spricht", erläutert er. Ja und Lisa bedauert, dass sie kein Thai spricht. Was hätte die alte Dame wohl alles zu erzählen. Mit ihnen essen möchte sie nicht und verlässt die Küche nach wenigen Minuten, um im Dämmerlicht ihres Hauses zu verschwinden.

Es ist bereits stockdunkel, als sie nach dem Essen zurück ins Haus gehen.

Kim

Zur gleichen Zeit und zwei Dörfer weiter sitzt Kim mit seinen Eltern und seinen beiden Schwestern beim Abendessen. Seinem Vater gehören zahlreiche Felder, die von Hilfsarbeitern bewirtschaftet werden. Er hat als kleiner Bauer angefangen und es zum Großgrundbesitzer gebracht. Seiner Familie geht es wirtschaftlich entsprechend gut. Im Herzen ist er aber immer noch der kleine Bauer geblieben, der auch seinen einzigen Sohn als künftigen Landwirt sieht. Auch ohne besondere Schulabschlüsse kann man es weit bringen.

Kim aber hat keinerlei Ambitionen, sein Geld als Bauer zu verdienen. Er lernt gerne und weiß, dass er eine schnelle Auffassungsgabe besitzt. Die will er auch künftig nutzen.

„Wir hatten heute Unterricht bei der ausländischen Lehrerin", berichtet Kim und kaut dabei weiter. „Es war lustig, und ich habe neue englische Wörter gelernt."

„Wozu brauchst du englische Wörter", grummelt der Vater nicht sehr interessiert. „Du wirst doch sowieso mal den Hof übernehmen. Lern lieber rechnen, damit du später dein Geld zählen kannst."

„Wie sieht sie denn aus, die Farang?", schaltet sich die Mutter ein. Kim überlegt: „Ooch, ganz ok. Irgendwie anders. So groß und blond."

„Und spricht sie Thai?" piepst die kleine Schwester neugierig dazwischen.

„Nein, nur Englisch."

„Siehst du", nickt der Vater selbstgefällig, „sie kann zwar nicht unsere Sprache, will uns aber Englisch beibringen. Typisch Ausländer. Alles Besserwisser."

Kim sieht das ganz und gar nicht so, hat aber die Erfahrung gemacht, dass er seinem Vater besser nicht widerspricht. Rasch wechselt er das Thema.

„Morgen ist Schulausflug. Wir fahren nach Larang auf die Landwirtschaftsmesse."

„Dann brauchst du doch sicher ein bisschen Geld." Die Mutter, die wie die meisten Thaifrauen in der Familie für die Finanzen zuständig ist, erhebt sich und zieht einen Schein aus der Schublade des Küchenschranks.

„Hier, das wird wohl reichen."

„Vielen Dank, Mutter."

„Mach doch mal den Fernseher lauter", ruft der Vater, plötzlich ganz bei der Sache.

Kim drückt auf die Fernbedienung.

„......drehte der Dorfvorsteher der Familie einfach die Wasserversorgung ab", berichtet die tadellos geschminkte Nachrichtensprecherin gerade mit ausdrucksloser Miene und fährt fort: „Ein 57-jähriger Großvater aus Manthang hat sich über den Dorfvorsteher beschwert. Der „Mini-Diktator" hatte dem Mann nicht nur das Wasser abgedreht, sondern ihm auch verboten, mit anderen Menschen über sein Problem zu sprechen.

Der 57-jährige Großvater war mit seinen Wasserabgaben mit zweitausend Baht im Verzug. Er hatte mehrmals um Stundung gebeten, da die Familie wegen des Säuglings auf frisches Wasser angewiesen ist. Trotzdem wurde ihm der Wasserhahn abgedreht.

Not macht bekanntlich erfinderisch, und so hatte ein hilfsbereiter Nachbar kurzerhand seine eigene Wasserleitung angezapft und an die Wasserversorgung des Nachbarn angeklemmt. Aber auch da hatte sich der Dorfvorsteher eingemischt und dem hilfreichen Spender gedroht, ihn mit sechzigmal höheren Abgaben zu belasten.

Schließlich musste der Großvater sein Motorrad verkaufen, um seine Schulden zu bezahlen. Als er seine zweitausend Baht auf den Tisch legte, eröffnete ihm der Dorfvorsteher, dass er nun noch zusätzliche viertausend Baht Strafe und noch einmal zweitausend Baht für die erneute Anschließung der Wasserversorgung zahlen sollte.

Jetzt hat sich auch der Gouverneur eingeschaltet und versprochen, eine Untersuchung anzuordnen."

„Untersuchung", höhnt Kims Vater. „Ich kann mir gut vorstellen, wie die ausgehen wird. Die stecken doch alle unter einer Decke."

„Gut, dass unser Dorfvorsteher aus anderem Holz geschnitzt ist", schaltet sich die Mutter beschwichtigend ein.

„Und wenn schon, seine halbe Verwandtschaft arbeitet doch bei mir, da würde er sich eine solche Dreistigkeit nicht erlauben. Reich mir doch mal den Fisch rüber, Frau."

Siri

Siri klappt schnell das Buch zu, als sie das blecherne Knattern des altersschwachen Mopeds hört.

„Das ist ja mal wieder spät bei euch geworden. Ihr seid bestimmt hungrig", empfängt sie ihre Eltern, die etwas abgekämpft durch die Tür kommen.

„Es sind zwei Männer ausgefallen, und der Boss wollte unbedingt, dass wir das Zuckerrohr heute noch auf die LKWs laden, damit sie morgen direkt zur Fabrik fahren können", antwortet ihr Vater müde. „Und dann musste ich ja noch deine Mutter abholen."

So wie ihren Eltern geht es den meisten Menschen hier auf den Dörfern. Vierzig Prozent der Landbevölkerung besitzen keinen eigenen Boden, verdienen ihren Lebensunterhalt aber hart arbeitend als Bauern oder Tagelöhner, miserabel bezahlt von einem Großgrundbesitzer. Oft haben sie nicht einmal genug für das tägliche Leben.

Siri hat irgendwo gelesen, dass sie in einem Land lebt, in dem neunzig Prozent des Bodens im Besitz von zehn Prozent der Reichen sind.

Das ist doch einfach nicht gerecht. Vielleicht sollte ich später Politikerin werden, geht es ihr durch den Kopf. Aber ob das etwas nützen würde? Ist es überhaupt vorstellbar, dass in Thailand jemals eine Landreform durchgeführt wird? Die da oben haben doch so viel eigenes Land. Warum sollten sie daran denn freiwillig etwas ändern.

Siri hat den Reis bereits gekocht und braucht nur noch das Gemüse in die zischende Pfanne zu werfen.

„Stellt euch vor, wir hatten heute Unterricht bei der neuen Englischlehrerin. Sie kommt aus Deutschland", erzählt sie aufgeregt.

„Das war bestimmt interessant, Liebes. Ist Deutschland eigentlich sehr weit weg?" Für Siris Mutter bedeutet schon der Weg nach Bangkok eine Weltreise. Sie schaut ihre Tochter erwartungsvoll an. Trotz ihrer Müdigkeit hört sie den Geschichten ihrer Tochter immer sehr gerne zu.

„Elf Stunden! Elf Stunden mit dem Flugzeug, nur um bei uns in der Schule zu unterrichten." Siris Augen leuchten bei der Vorstellung, selber einmal in ein Flugzeug zu steigen.

„Warum sie das wohl macht?"

„Wahrscheinlich ist sie eine reiche Frau", vermutet der Vater und formt seinen Reis zu einer handlichen Kugel. „Sag mal, ist morgen nicht euer Ausflug nach Larang?"

„Wir können dir leider kein Extrageld mitgeben", bedauert der Vater, und ihre Mutter fügt hinzu: „Der Ausflug selbst ist ja schon sehr teuer. Aber ich stelle dir morgen früh eine Dose mit Essen hin. Vergiss nicht, sie mitzunehmen."

„Ist doch nicht schlimm", beruhigt Siri ihre Eltern. Ihre Freundinnen werden ihr sicher von den Köstlichkeiten, die es dort zu kaufen gibt, etwas abgeben.

„Mama, du brauchst mir morgen nichts hinzustellen. Wir bekommen doch alle ein Lunchpaket. Das ist im Preis für den Schulausflug mit drin."

Feierabend

Im Fernsehen läuft der internationale Sender n-tv mit Nachrichten aus aller Welt. Tong entspannt sich nach dem reichhaltigen Abendessen in seinem mit rotem Baumwollstoff bespannten Liegestuhl. Zufrieden mit sich und der Welt.

Trang sitzt kerzengerade auf der polierten Holzbank neben der Tür und häkelt aus festem weißem Garn eine Handtasche für ihre Schwägerin.

„Ist es eigentlich sehr anstrengend für dich, immer Englisch zu sprechen und alles zu übersetzen?", erkundigt sie sich teilnahmsvoll bei ihrem Mann.

„Vielleicht ein bisschen", räumt Tong ein, „ich bin doch ziemlich aus der Übung. Aber mit wem soll ich mich hier auf Englisch unterhalten? Ich bin sehr froh, dass Lisa da ist und mein Englisch wieder in Schwung kommt."

„Bisher war unser Gast doch sehr unkompliziert. Da habe ich mir wohl umsonst so viele Gedanken gemacht", sinniert Trang.

„Sie ist ja auch gerade erst zwei Tage hier, aber du hast schon Recht." Tong will gerade den Fernseher ausschalten, als der Nachrichtensprecher von n-tv doch noch seine Aufmerksamkeit fesselt.

„Zwei Studenten sind in Thailand nach der Aufführung eines eigenen Theaterstücks über einen fiktiven König wegen Majestätsbeleidigung zu zweieinhalb Jahren Haft verurteilt worden. Angehörige brachen bei der Urteilsverkündigung in Bangkok in Tränen aus. Was genau die Behörden erzürnte, blieb unklar. Berichterstatter machen sich selbst strafbar, wenn sie Einzelheiten nennen. Thailand hat strikte Gesetze gegen Majestätsbeleidigung. Es drohen bis zu fünfzehn Jahre Haft. Die Gesetze unterbinden jede Kritik an dem schwer kranken Monarchen Bhumibol, seiner Frau Sirikit und dem Thronfolger. Im Mai 2014 putschte das Militär. Der seitdem als Regierungschef fungierende Putschführer lässt jede Anschwärzung wegen Majestätsbeleidigung rigoros verfolgen. Das Gesetz sei wichtig für die nationale Sicherheit heißt es." Es folgen die Börsennachrichten.

„Unser König. Hoffentlich lebt er noch lange. Er hat viel für uns getan. Ich glaube nicht, dass er das veranlasst hat. Die Behörden nutzen den Beleidigungsparagrafen viel zu oft für eigene Zwecke. Meinst du nicht auch?"

„Kann schon sein", brummt Tong. „Aber wer weiß, was die Studenten in dem Theaterstück so alles aufgeführt haben."

Trang legt ihre Häkelarbeit beiseite.

„Komm wir gehen schlafen. Wir müssen morgen früh pünktlich sein."

Während von unten das gedämpfte Geräusch des Fernsehers zu hören ist, schaltet Lisa den Laptop an, stöpselt die Ohrhörer ein und versucht, Sophie über Skype anzuwählen. Was für ein Glück, dass es hier WLAN gibt, mitten in der Provinz. Die Internetanbindung ist hier besser als in einigen Teilen Deutschlands.

Heute ist Mittwoch, da hat Sophie nachmittags frei. Vielleicht ist sie ja schon zu Hause.

Erwartungsvoll drückt sie die grüne Call-Taste.

„Hallo Lisa", meldet sich Sophie. „Das ist ja toll, dass du so schnell von dir hören lässt. Wie geht's dir denn so als Lehrerin?"

Lisa versucht, das bisher Erlebte zusammenzufassen.

„Sehr viel Englisch können die Kinder hier nicht. Noch nicht einmal das Alphabet."

„Sei nicht so kritisch", unterbricht sie Sophie. „Die Thailänder haben doch eine komplett andere Schrift und müssen die lateinischen Buchstaben erst mühsam lernen. Hättest du mit zwölf Jahren die thailändische Schrift lernen müssen, na ich weiß nicht."

„Ja, stimmt eigentlich." Ihre Freundin hat Recht. „Da bin ich wohl wieder mal ein bisschen zu vorschnell gewesen. Wie läuft es bei dir? Alles in Ordnung?"

„Na, was soll schon in zwei Tagen passieren. Alles wie immer."

„So, ich muss jetzt Schluss machen. Morgen geht's wieder früh raus. Mach's gut. Ich melde mich. Ciao, ciao!"

Plötzlich überfällt sie eine bleierne Müdigkeit. Es ist doch gar nicht so spät, denkt Lisa noch, bevor sie wie ein Stein ins Bett fällt.

Tanz am frühen Morgen

Am nächsten Morgen sind die drei etwas spät dran. Als Tong endlich auf den Schulhof biegt, ist der große neonbunte Reisebus schon fast vollständig mit den fünfundvierzig Schülern der oberen drei Klassen samt Lehrern besetzt. Trotz der frühen Morgenstunde sind alle in aufgekratzter Stimmung und schwatzen und lachen aufgeregt durcheinander. Tong wählt für sie die Plätze schräg hinter dem Fahrer.

„Wo ist denn die Direktorin?", erkundigt sich Lisa mit vorgetäuschter Munterkeit.

„Die fährt mit ihrem eigenen Wagen bis zu dem großen Rastplatz kurz vor Larang und steigt dann zu. Ist günstiger für sie. Sie wohnt nicht weit von dort."

Lisas Blick schweift durch den Bus, sie ahnt Schlimmes: Über der Fahrerkabine hängt ein großer Bildschirm. Groß genug, damit auch die hinteren Reihen alles von den Musikvideos mitbekommen, die gerade über den Monitor flimmern.

„Alle da?" Der Fahrer benutzt ein Mikrofon, um sich Gehör zu verschaffen.

„Jaa, alle da", echot es von hinten.

„Na dann kann es ja losgehen."

Tong gibt dem Fahrer ein Zeichen. Dessen Assistent hat nun seinen Einsatz und dreht die Musik voll auf. Damit man die Reisegruppe nicht nur hören, sondern auch sehen kann, schaltet der Fahrer die in grellen Farben strahlende Lichterkette außen an der Fahrerkabine in den Flashlight-Modus, und unter ohrenbetäubendem Lärm setzt sich die rollende Disko in Bewegung.

Lisa ringt sich ein gequältes Lächeln ab.

Wenn sie etwas abgrundtief hasst, dann sind das Bässe, die sie mit ihrer dumpfen und aggressiven Lautstärke bedrohen und die keine Fluchtmöglichkeit lassen.

„Wie lange fahren wir denn so ungefähr?", versucht sie die Dauer des Angriffs herauszufinden. Tong runzelt die Stirn.

„Ich schätze mal so gute zwei Stunden. Der Bus kann nicht so schnell fahren, und Überholen auf der Landstraße ist nicht so einfach."

Gute Güte. Schlechte Laune versucht sich wie ein ungebetener Gast breit zu machen.

Sie dreht sich um. Die Kinder drängeln sich im Gang und zappeln wild zum Takt der Musik. Der Bus mutiert trotz der frühen Stunde zur mobilen Tanzfläche, der Boden vibriert von all den stampfenden Kinderfüßen.

Mii springt als selbsternannter Vortänzer in der Pole-Position herum. Er hat die Haare verwegen nach hinten gegelt und trägt eine verspiegelte Sonnenbrille, die ihn wie einen kleinen Mafioso wirken lässt. Eine Baseballkappe sitzt schräg auf seinem Kopf. Er hebt den Daumen und grinst über das ganze Gesicht. Wirklich ein cooler Typ.

Wow, was für ein Spaß. In seinem Kaff ist ja sonst nie etwas los. Höchstens Karaoke am Wochenende. Aber so richtig Disco mit toller Musik, das gibt's leider nicht. Dafür ist er ja eigentlich auch noch viel zu jung.

Mit coolen Hip-Hop-Sprüngen, die er sich aus dem Fernsehen abgeschaut hat, tanzt er wie zufällig in Noy Nas Richtung. In diesem Getümmel fällt das sicher keinem auf. In der Schule schafft er es selten einmal in ihre Nähe, weil sie meistens kichernd mit ihren Freundinnen zusammensteht und er sich dann gar nicht mehr so cool fühlt.

Yeah! Er schiebt die Sonnenbrille lässig auf die Nasenspitze und zwinkert Noy Na verschwörerisch zu. Jetzt sieht sie mal, was er so alles draufhat.

Auch die anderen Kinder sind voll in ihrem Element. Sogar die schüchterne Yok tanzt. Ihre Bewegungen ähneln zwar eher einem rhythmischen Herumstehen, aber immerhin. Schließlich gibt es ja auch nur wenig Tanzfläche im Bus.

Mit kritischem Blick mustert Lisa die fröhliche Tänzerschar. Mühsam versucht sie sich zusammenzureißen und redet sich selbst ein: Gönn' den Kindern doch ihren Spaß. Zwei Stunden lang dröhnende Bässe sind doch wohl auszuhalten. In Deutschland säßen die Schüler sicher gelangweilt auf ihrem Platz und würden sich von ihren Smartphones und iPads einsaugen lassen.

Bei diesen Gedanken steigt ihre Stimmung langsam wieder. Sie versucht, den Lärm auszublenden. Draußen gibt es nicht sehr viel zu sehen. Bäume und Felder, auf denen keiner arbeitet. Lisa schließt schläfrig die Augen und lehnt sich zurück.

Die Zeit vergeht schneller als erwartet. Plötzlich biegt der Bus von der Schnellstraße ab und rollt auf den gut besetzten Parkplatz einer großen und modernen Raststätte mit Tankstelle, Café und einem Supermarkt.

„Sind wir schon da?" Lisa streckt sich erwartungsvoll und greift nach ihrer Umhängetasche.

„Nein, wir machen nur eine kurze Pause. Die Toiletten sind da drüben." Tong zeigt auf ein flaches Gebäude, an dem einige Außenwaschbecken mit Spiegel angebracht sind.

Gute Idee, Toilette geht immer. Vorsichtig klettert sie die hohen Busstufen hinunter.

Die Schüler haben sich bereits überall auf dem Rastplatz verteilt. Der Busfahrer lehnt etwas abseits an einem Baum und zieht genüsslich an seiner Zigarette.

Lisa ist schon längst wieder zurück im Bus und schaut auf die Uhr. Von wegen, kurze Pause. Ihren deutschen Sinn für Pünktlichkeit wird sie wohl nie ablegen.

Bis auf drei Schüler, die schon im Bus sitzen oder die vielleicht gar nicht draußen waren und in ein Spiel vertieft sind, macht niemand auch nur Anstalten, die Fahrt fortzusetzen. Sie schaut Richtung Supermarkt und wundert sich. Was machen die da drin denn nur so lange? Das ist doch bloß ein ganz normaler Raststätten-Shop.

Durch die große Glasscheibe kann sie kleine Gruppen von Mädchen erkennen, die irgendwelche Dinge in die Hand nehmen, sich offenbar beratschlagen und dann zum nächsten Regal weiterziehen.

Noy Na hält eine silberne Haarspange in die Höhe. In der Mitte prangt ein leuchtend blauer Schmetterling.

„Wie findet ihr die?" Sie stupst ihre beiden Freundinnen an, die ebenfalls im Regal nach kleinen Schätzen suchen.

„So etwas gibt's bei uns im Dorf nicht zu kaufen."

„Sieht super aus. Wie teuer ist sie denn?", erkundigt sich Fon.

„Fünfzig Baht."

„Hmm. Ganz schön viel Geld." Fon überlegt, was man in ihrem Dorf für diese Summe alles kaufen könnte. Zweieinhalb Kilo Reis, anderthalb Kilo Papayas.

Andererseits bekommt man für fünfzig Baht noch nicht einmal eine Tüte Schokoriegel.

„Aber sie steht dir gut, nimm sie", bestärkt sie die ohnehin schon zum Kauf entschlossene Noy Na.

Ich werde sie direkt anziehen, beschließt Noy Na. Mii wird Augen machen. So ganz ist ihr sein Interesse an ihr doch nicht entgangen.

Inzwischen ist auch Direktorin Tan eingetroffen. Ihr knallrotes Auto mit weißem Dach lässt sich nicht übersehen. Ausgelassen winkend kommt sie in trippelnden Schritten über den Parkplatz.

„Guten Morgen!" ruft sie den Lehrern zu die jetzt nach und nach in den Bus steigen. Ihre Stimme überschlägt sich fast.

Tan trägt heute Jeans und eine kurze weiße Bluse mit Stickerei. Vorausschauend hat sie einen Schal in blauen Pastelltönen um den Hals geschlungen. Die Klimaanlage im Bus wird sicher auf Hochtouren laufen. Beim Einsteigen stellt sie mit einem raschen Blick fest, dass der Platz neben Jom unbesetzt ist. Was für ein Glück. Sie setzt sich flugs neben ihn und strahlt wie ein kleines Mädchen.

„Hallo Jom. Wie geht's Ihnen? Gut geschlafen?"

„Danke", erwidert Jom kurz angebunden und schaut demonstrativ aus dem Fenster. So früh am Morgen ist er noch nicht zu einem Gespräch aufgelegt. Auch nicht mit der Direktorin.

„Los Kinder! Es geht weiter." Energisch klatscht Tong in die Hände, und auch die Letzten klettern lautstark schwatzend in den Bus. Die Türen schließen mit einem Zischen, der letzte Teil der Anreise beginnt.

Inzwischen hat Lisa auch herausgefunden, welches Ziel angesteuert wird.

Das Gelände der Technischen Universität von Larang. Dort findet zurzeit eine große Landwirtschaftsmesse statt. Kein Tag der offenen Tür, wie zuerst angenommen. Auch die englische Sprache bietet offenbar genügend Raum für kleine Missverständnisse.

Der Messebesuch

Die Fahne in den Universitätsfarben Orange und Gold flattert einladend im Wind. Hunderte von PKWs und zahlreiche Reisebusse parken bereits auf der riesigen Rasenfläche vor dem Tor. Hinter der niedrigen Steinmauer, die das Universitätsgelände umgibt, sind schon die ersten schweren landwirtschaftlichen Maschinen zu sehen.

Traktoren, Bagger, ein Gartenhäcksler in grellem Orange mit weißlackiertem Benzintank. Alles nagelneu, versteht sich.

Die Schüler werden in kleine Gruppen eingeteilt, mit jeweils einer Lehrkraft als Aufsichtsperson.

„Lisa hier ist deine Gruppe." Tong weist auf die fünf Mädchen, die sich bereits hinter ihr formiert haben. Oje, sie schaut erschrocken. Hoffentlich behalte ich alle im Blick.

„Los geht's!"

Zunächst noch in geordneter Reihe, setzt sich das Trüppchen in Bewegung.

Eiseskälte umfängt Lisa, als die Gruppe die Halle mit den Ausstellungsständen der Fischzüchter betritt. Die Klimaanlage läuft auf Hochtouren. Zu ihrem großen Ärger hat Lisa ihre Jacke im Koffer gelassen. Hoffentlich erkälte ich mich nicht. Das würde mir gerade noch fehlen. Sie reibt ihre Oberarme.

Die Schülerinnen streifen durch die Gänge und beobachten mehr oder weniger interessiert die kleinen Fische, die in den sprudelnden Aquarien ruhig ihre Bahnen ziehen. Fische mögen die Mädchen am liebsten auf dem Teller, gegrillt oder gekocht mit leckerer Soße. In dem großen künstlich angelegten Teich ihres Dorfes schwimmen genügend davon herum. Also schnell weiter. Es gibt bestimmt noch Interessanteres zu sehen.

Erleichtert atmet Lisa auf, als sie aus der Halle wieder ins Sonnenlicht treten kann. Wohlige Wärme umhüllt sie wie ein Angorajäckchen.

Jetzt beginnen die für Kinder wirklich spannenden Besichtigungen. Hinter einem Gatter, ausgelegt mit Stroh, blöken watteweiße Lämmchen um die Wette.

„Oh, schaut mal, wie süß." Verzückt streichelt Yok das rosa Schnäuzchen, das sich futtersuchend durch das Gatter schiebt.

„Lass mich auch mal." Noy Na drängt sich nach vorne.

Ein paar hundert Meter weiter probieren die Jungs unter Tongs aufmerksamen Blicken eine kleine Motorsäge aus.

„Wow! So ein Teil müssten wir zu Hause haben. Ich könnte eine Bank bauen oder den Schuppen reparieren." Mii fallen auf Anhieb tausend kleine Dinge ein, die sich mit so einem Werkzeug prima bearbeiten ließen. Er ist kaum von der Stelle zu bewegen.

„Los komm. Die anderen sind schon dahinten." Sein Freund zieht ihn energisch am Ärmel.

Zwanzig Minuten später sind die Schülergrüppchen in den Gängen mit den Süßigkeiten-Ständen und Schießbuden angelangt. Auch bunte Luftballons, Spielzeug und T-Shirts werden angeboten. In einem schweren Wok brodeln in heißem Fett grüne Küchlein aus süßem Reis. Daneben warten in Bananenblätter gehüllte Puddingteilchen, hübsch dekoriert, auf Kundschaft.

Es gibt einfach alles, was Kinderherzen höherschlagen lässt. Aber auch Lisa gelingt es kaum, den Blick von den Essensständen loszureißen.

„Mmmh, riecht das lecker. Ich glaube, ich nehme eine Tüte mit den frittierten Kringeln." Siris Freundin zieht ein kleines Stoffbeutelchen mit ihrem Taschengeld aus dem Rucksack. „Halt doch mal eben", bittet sie Siri, der schon beim bloßen Anblick der Kringel das Wasser im Munde zusammenläuft.

„Pass auf, es tropft!"

Aus der fettigen Tüte sickert etwas Öl und droht auf Siris hellblaues Poloshirt zu fallen.

„Oh, danke."

Ihre Freundin schnappt sich eine Serviette und greift nach der Tüte. „Magst du auch einen?"

„Ich möchte nur ein kleines Stück probieren, danke." Vorsichtig beißt Siri in den heißen Kringel. „Die sind richtig gut." Genießerisch leckt sie sich einen Krümel von den Lippen.

„Hey, was esst ihr denn da?", ertönt hinter ihnen plötzlich Noy Nas Stimme. „Bäh, das ist doch viel zu fett. Ihr werdet rund wie eine Tonne, und dann will euch kein Mann mehr", lästert sie.

„Du bist doch nur neidisch, weil du dir keine Kringel leisten kannst", spielt Siri den Ball zurück.

„Ach komm, lass uns nicht streiten. Es ist doch so ein schöner Tag", schaltet sich ihre Freundin versöhnlich ein. „Hier, Noy Na, probier mal, für mich allein ist das sowieso zu viel."

Kichernd und mit eingehakten Ellenbogen schlendern die drei zur nächsten Bude, vor der sich bereits eine kleine Schülertraube gebildet hat.

Bunt blinkende Lämpchen und marktschreierische Rufe machen neugierig und locken die Kinder an den Wurf-Stand. Hier können kleine und große Besucher ihre Geschicklichkeit beim Pfeilwerfen unter Beweis stellen. Ein Pfeil kostet zwanzig Baht, drei Pfeile fünfzig Baht. Was kann man hier für tolle Preise gewinnen. Die Regale sind vollgestopft mit Stofftieren und Plastikspielzeug aller Art. Jagdfieber erfasst die Schüler.

Mii wirft sich breitbeinig wie ein Cowboy in Positur und umklammert den Pfeil. Wenn ich einen Treffer habe und gewinne, darf sich Noy Na etwas aussuchen, malt er sich aufgeregt aus.

„Yeah, Mii!! Mach schon. Du schaffst das", johlen die Klassenkameraden neben ihm.

Mii holt tief Luft, hebt den Arm und schleudert den Pfeil mit aller Kraft in Richtung Zielscheibe. Das kann doch nicht so schwer sein einen der bunten Kreise zu treffen.

„Ooohh!" erklingt es vielstimmig.

Daneben. So ein Mist. Enttäuscht wendet Mii sich ab. Für noch einen Wurf reicht sein Geld leider nicht mehr.

Jetzt ist die kleine Fon an der Reihe. Sie fixiert gelassen die Zielscheibe, holt aus und trifft mit ihrem Pfeil direkt ins Schwarze.

„Yippieh!" schreit sie voller Begeisterung, ihren Stolz nur mühsam unterdrückend. „Gewonnen." Nach eingehender Beratung mit ihren Freundinnen entscheidet sie sich für einen hellbraunen Stoffbären, der beinahe so groß ist wie sie.

Mittagspause

Mittagspause! Zurück am Bus erhält jeder Schüler eine Lunchbox und eine Flasche Wasser. Unter großem Hallo verteilen sich die Kinder auf dem Gelände, um einen schattigen Sitzplatz zu finden.

Die Lehrer bleiben in der Nähe des Busses, rollen auf einem Grasstück zwischen den parkenden Fahrzeugen mehrere Bambusmatten aus und setzen sich zum Picknick ganz selbstverständlich auf den Boden. Unentschlossen, lässt sich Lisa aber dann doch, wenig elegant, auf der Matte nieder. Ihre Beine sind ihr noch nie so lang vorgekommen. Sie hat Mühe, sie halbwegs bequem in Stellung zu bringen.

Allerlei Köstlichkeiten werden in der Mitte aufgebaut, das vergnügte Schmausen kann beginnen. Schnabuliert wird in Thailand sowieso ständig, und es ist schon erstaunlich, wie die Thailänder es schaffen, dabei schlank zu bleiben.

„Mmmhh! Einfach köstlich." Sie greift bereits zum dritten Mal in die Tüte mit den fettig grünen, süßlich schmeckenden Reisplätzchen, die wie Minireibekuchen aussehen.

Der Appetit ihres Gastes wird von den anderen wohlwollend zur Kenntnis genommen.

„Bist du eigentlich verheiratet?", fragt die Direktorin ganz unvermittelt.

„Nicht mehr, aber ich war zweimal verheiratet", antwortet Lisa mit einem leichten Anflug von Stolz in der Stimme. Sofort ärgert sie sich über sich selbst. Meine Güte, wie das klingt. So als müsste ich extra betonen, dass ich sogar zwei Ehemänner abbekommen habe. Überhaupt: Was geht das denn die Direktorin an?

„Und Kinder? Hast du Kinder?"

„Nein, keine Kinder", erwidert sie wortkarg.

„Bist du gar nicht einsam?"

Was soll die Fragerei? Lisa runzelt missmutig die Stirn.

„Nein, ich bin überhaupt nicht einsam. Ich habe meine Arbeit, meine Freunde, meine Familie. Einfach ein tolles Leben."

„Ich möchte einen Ehemann und ein Kind. Kennst du nicht einen guten Ehemann für mich?", versucht Tan zu scherzen, obwohl sie das Thema ganz offensichtlich sehr ernst nimmt. Es entgeht wohl keinem, dass sie dabei verstohlen in Joms Richtung blickt. Die ganze Picknick-Runde lacht etwas gekünstelt.

„Wie soll er denn aussehen?", geht Lisa auf den scherzhaften Ton ein. „Ich könnte einen bestellen."

„Egal. Hauptsache, er ist nett."

Tief in ihrem Inneren ist Tan gar nicht nach Scherzen zumute. Das Thema ist einfach zu ernst. Sie ist jetzt dreiundvierzig Jahre alt und lebt allein mit ihrer Mutter. Was wird sein, wenn ihre Mutter stirbt? Wer wird sich im Alter um sie kümmern, wenn sie keine eigenen Kinder hat? Wie seltsam, dass Lisa freiwillig und gerne allein lebt. Komische Ausländer. Man kann es mit dem Individualismus ja auch übertreiben.

Tan war viele Jahre mit einem Beamten verlobt gewesen, der dann leider kurz vor der Hochzeit ganz plötzlich starb. Herzinfarkt.

Wo soll sie jetzt einen Ehemann kennenlernen? Noch dazu auf dem Land. In Bangkok wäre das sicher einfacher.

Soll sie vielleicht ein Inserat aufgeben oder sich auf einer Online-Plattform anmelden, um mit einem geeigneten Mann in Kontakt zu kommen? Auf gar keinen Fall. Wenn das herauskäme. In ihrer Position. Man würde sie schief anschauen, so viel ist klar.

Ein thailändisches Sprichwort sagt: „Wenn man zusammengehört und die Zeit reif ist, dann fügt sich das Schicksal schon von selbst."

Als sie vor vier Wochen als neue Direktorin an die Schule kam und dort Jom traf, wusste sie, dass jetzt die Zeit gekommen ist. Das würde sie Jom allerdings erst noch klar machen müssen.

Jom geht das ganze Gerede von Heirat und Kinderkriegen gehörig auf die Nerven. Seine Freundin Jin, ebenfalls Lehrerin - allerdings an einer anderen Schule - fängt auch immer wieder mit diesem Thema an. Mit seinen vierunddreißig Jahren hat er doch noch reichlich Zeit für so etwas. Er ist momentan sowieso ziemlich genervt und angespannt.

Er wäre jetzt viel lieber zu Hause in seinem kleinen Apartment, um sich auf die Prüfungen vorzubereiten. Das hat jetzt absolute Priorität.

Die neue Direktorin ist eigentlich ganz nett und sie scheint manchmal sehr an ihm interessiert zu sein. Zu interessiert. Jom ist sich nicht sicher, wie er darauf am besten reagiert. Schließlich ist Tan seine Chefin, und er muss entsprechend freundlich und respektvoll mit ihr umgehen. Das ist auch für sein weiteres berufliches Fortkommen wichtig. Verärgern darf er Tan auf keinen Fall.

Schließlich sind alle Speisen restlos aufgegessen. Nam zieht Lisa am Arm und hilft ihr umsichtig, von der Bambusmatte aufzustehen.

„Bevor wir fahren, kaufen wir noch eine Schachtel mit den grünen Reisplätzchen, die dir so gut geschmeckt haben."

„Ja genau, wir kommen mit." Zwei andere Lehrerinnen schließen sich dem Vorschlag an.

Lisa ist satt bis unter die Halskrause, möchte aber nicht unhöflich sein. Hätte sie die Dinger bloß nicht mit so offensichtlichem Vergnügen gegessen.

Es wird noch fast eine halbe Stunde dauern, bis sie den Stand mit den frittierten Reisplätzchen wiedergefunden haben und die Damen mit ihrer Beute stolz zum Bus zurückkehren können.

Auf der Weiterfahrt herrscht fröhliche Stimmung. Sie machen einen kurzen Zwischenstopp an einer Ladenzeile voll mit kleinen Andenken- und Keramik-Shops. Die Schüler schwärmen begeistert aus, während Lisa eher lustlos an den vielen – ihrer Ansicht nach – völlig überflüssigen Dingen vorbeistreift.

Nam hingegen hat schnell etwas Passendes gefunden: einen großen schweren Mörser aus steinhartem Holz mit dazugehöriger Schale. Damit würde sie wunderbar ihre Gewürze zerstampfen können und bräuchte nicht mehr mit einem stumpfen Messer zu improvisieren. Zufrieden lächelnd klemmt sie ihr Paket unter den Arm und steigt in den Bus.

Amy

Zur gleichen Zeit, Hunderte von Kilometern entfernt, mixt ihre Cousine Amy hinter dem Tresen einer Hotel-Strandbar in Pattaya bunte Cocktails, verziert mit exotischen Früchten und farbigen Papierschirmchen. Amy ist zwanzig Jahre alt und erst vor einem halben Jahr aus ihrem Dorf weggegangen, um Geld zu verdienen und das Großstadtleben zu genießen. Ihr Vater war damit überhaupt nicht einverstanden, er hat ihr gedroht, hat getobt und die schlimmsten Verwünschungen ausgesprochen. Sie ist trotzdem gegangen. Und seitdem sie ihren Eltern regelmäßig etwas Geld schickt, hat sich der Ärger auch wieder gelegt. Außerdem ist sie bei Verwandten untergekommen und kann so ihren guten Ruf wahren.

Amy hat nicht vor, als grell geschminkte Bardame zu enden. Den plumpen Anbiederungen der männlichen Gäste, die sie zum Essen einladen wollen, natürlich in der Hoffnung auf eine gemeinsame Nacht, ist sie immer geschickt und charmant ausgewichen.

Sie sucht kein Verhältnis, sondern einen Ehemann, der ihr Wohlstand und Sicherheit bieten kann. Da sitzt sie hier am Strand des Vier-Sterne-Hotels direkt an der Quelle. Es ist nur nicht ganz so einfach, die Spreu vom Weizen zu trennen. Auf den ersten Blick ähneln sich die überwiegend deutschen Touristen schon sehr. Die meisten Männer hier, zumindest die Alleinreisenden, sind schon im etwas fortgeschrittenen Alter, haben einen mehr oder weniger ausgeprägten Bauchansatz und wenig Haare auf dem Kopf. Aber das Aussehen spielt für Amy keine entscheidende Rolle. Liebe und Romantik sind flüchtig wie zarte Sommerwolken. Solider Goldschmuck und ein eigenes Häuschen, so etwas bleibt. Treu und rücksichtsvoll sollte ihr künftiger Ehemann sein – und großzügig.

Wie es wohl ist, in Deutschland zu leben?

„Wann bekomme ich denn endlich mein Bier?", dröhnt eine tiefe Stimme mit ärgerlichem Unterton. Ach du Schreck. Amy ist so tief in Gedanken versunken, dass sie die Bestellung beinahe vergessen hätte.

„Sofort natürlich. Entschuldigung, tut mir leid." Sie setzt ein süßes Lächeln auf und blickt den großen Mann mit leicht gesenkten Wimpern schüchtern an. Das wirkt immer.

„Na ja, ist nicht schlimm. Kann schon mal passieren. Ich habe ja Urlaub." Besänftigt zieht der Mann mit seinem Bier von dannen und lässt sich zufrieden in seinen Liegestuhl fallen. Das Meer glitzert tiefblau. Die Palmen rauschen leise im Wind. So soll es sein. Das ist Urlaub nach seinem Geschmack.

An einem der weiß lackierten Holztische unter einem großen gelben Sonnenschirm sitzen Bernd und Eberhard aus Nürnberg beim vierten Bier. Auf dem Tisch die neueste Ausgabe von „DER FARANG", eines der bekanntesten deutschsprachigen Magazine in Thailand mit Immobilien- und Kleinanzeigenmarkt und vielen anderen Informationen. Bernds Blick bleibt an der Schlagzeile auf der Titelseite hängen:

BANGKOK: Diese Woche rollen wieder Panzer durch Bangkoks Straßen.

„Mensch, Eberhard. Hast du das gelesen? Fangen die schon wieder an mit irgendwelchen Unruhen?" Er stößt seinen Freund an und verschüttet dabei fast sein Bier.

„Reg dich wieder ab und lies lieber den ganzen Text."

Bernd zieht die Zeitung zu sich heran, setzt seine Brille auf und überfliegt rasch den kurzen Artikel.

„Nach zwei Militärcoups innerhalb von acht Jahren solle das die Bevölkerung aber nicht ängstigen, beruhigten Militärsprecher am Montag. Es handele sich nicht um einen neuen Putsch, sondern um Vorbereitungen zum thailändischen Tag des Kindes am kommenden Wochenende. Zur Unterhaltung der Kinder will die Armee gepanzerte Fahrzeuge, Hubschrauber und Panzer ausstellen."

„Tag des Kindes, Kindertag", brummt Bernd. „Hast du eine Ahnung was das sein soll? Ich kenne nur Muttertag, Vatertag, aber keinen Kindertag."

„Kenn ich auch nicht. Ist auch egal. Lass uns lieber überlegen, wo wir heute Abend hingehen wollen."

Rückfahrt

Auf der Fahrt zurück nach Patai halten sie an der großen Raststätte, wo die Direktorin heute Morgen ihren Wagen abgestellt hat.

„Fahren Sie mit mir zusammen in meinem Wagen zurück, Jom? Ich habe noch etwas in der Schule zu erledigen", bittet Tan den völlig überrascht wirkenden

Jom mit Nachdruck, ihr Ziel nicht eine Minute aus den Augen verlierend.

„Wenn Sie das so wünschen, Frau Direktor", entgegnet Jom betont höflich mit reservierter Miene und greift nach dem Autoschlüssel, den Tan ihm unmissverständlich entgegenhält.

„Bis später dann."

Beide verabschieden sich von den verblüfft schauenden Lehrern und klettern aus dem Bus. Die ersten beginnen vielsagend zu lächeln.

„Nicht so förmlich bitte, sag einfach Tan zu mir", ist ihr erster Satz, als sie allein im Auto sitzen. Jom rutscht unbehaglich auf dem Fahrersitz herum und bewegt probehalber die Gangschaltung.

„Wie schnell fährt denn der Flitzer?", flüchtet er sich in technische Details.

„Hundertsechzig Stundenkilometer bestimmt, aber wir können uns Zeit lassen."

Jom fühlt sich von der Situation leicht überfordert, während Tan es sichtlich genießt, von einem vorzeigbaren jungen Mann – ihrem künftigen Ehemann – durch die Gegend chauffiert zu werden.

„Hast du eigentlich eine Freundin?", fragte sie Jom wie beiläufig.

„Ähm", räuspert sich Jom, „eigentlich nicht."

„Was heißt hier eigentlich? Ja oder nein?", forscht Tan ermutigt weiter.

„Na ja, ich bin, ähm war mit Jin befreundet. Sie ist Englischlehrerin an meiner alten Schule. Aber wir haben vor kurzem Schluss gemacht", fügt er rasch hinzu.

„Sie ist bestimmt hübsch?"

„Ja, aber nicht so hübsch wie Sie, äh du, wollte ich sagen", antwortet Jom, einer plötzlichen Eingebung folgend.

„Oh, danke." Tan lächelt geschmeichelt und überlässt sich ihrem Traum von einer glücklichen Zukunft als ehrbare Ehefrau.

Ob das nicht ein Fehler war, schießt es Jom angesichts seiner opportunistischen Anwandlung durch den Kopf. Tans Interesse poliert sein Ego, aber so ganz wohl ist ihm nicht bei der Sache. Chefin bleibt Chefin. Nur gut, dass er nach seiner Prüfung zu einer anderen Schule wechseln kann. Wie komme ich da nur heil wieder raus, grübelt er.

Auf der Rückfahrt im lauten Disco-Bus, zeigen die Kinder keinerlei Müdigkeit. Wieder wird getanzt und laut mitgesungen. Sie scheinen wirklich eine schier unerschöpfliche Energie zu besitzen.

Tong döst vor sich hin.

„Sag mal Tong, was bedeutet denn eigentlich Children's Day?"

Lisas Frage schreckt ihn auf.

„Das ist unser nationaler Kindertag. Den gibt es schon sehr lange. Ich glaube seit 1955. Er findet immer am zweiten Samstag im Januar statt und soll daran erinnern, dass die Kinder unsere Zukunft sind. In Thailand sagen wir: Kinder sind die Zukunft der Nation. Sind die Kinder intelligent und gut ausgebildet, wird das Land blühen und gedeihen. In ganz Thailand gehört dieser Tag ganz dem Nachwuchs."

„Und was genau passiert an diesem Tag?", unterbricht ihn Lisa ungeduldig.

„Es gibt viele Veranstaltungen, bei denen das Essen gratis ist, und die Kinder bekommen kleine Geschenke. Kinder können auch ohne Eintritt zu zahlen in die Freizeitparks mit Rutschbahnen oder Riesenrad."

Tong vergisst zu erwähnen, dass auch verschiedene öffentliche Einrichtungen und Paläste an diesem Tag für Kinder geöffnet sind, und das Militär schwere Fahrzeuge und Geschütze aufstellt, die von den Kindern besichtigt werden dürfen.

„Interessant."

Tong fügt hinzu: „Ein paar Wochen vorher verkündet unser Premierminister das Motto des Kindertages. Dieses Jahr lautet das Motto: Mit Wissen und Moral kommt eine bessere Zukunft. Wir feiern schon morgen eine Party für die Schüler. Die Eltern, zumindest die, die nicht arbeiten müssen, kommen dann in die Schule. Es gibt Tanzvorführungen, Süßigkeiten und Essen für alle, und es findet natürlich kein Unterricht statt. Nach dem Mittagessen gehen dann alle nach Hause."

„Hört sich gut an", murmelt Lisa, etwas erschöpft von den vielen Informationen und lehnt ihren Kopf an die Fensterscheibe.

Zurück in der Schule beginnen die Lehrerinnen damit, große Tüten mit Süßigkeiten zu packen. Für jedes Kind eine. Außerdem muss noch die Bühne für das morgige Fest dekoriert werden. Es ist beinahe 18 Uhr, als sie endlich den Schulhof verlassen und sich auf den Heimweg machen.

Zuhause berichtet Kim seinem Vater alles über den Schulausflug.

„Da gab es wirklich alles. Die neueste Technik. Mit so einem selbstangetriebenen Mähdrescher von TAMCO könnten wir die Felder ganz anders bewirtschaften. Viel schneller und billiger."

Sein Vater freut sich über das Interesse seines Sohnes an der Landwirtschaft, schließlich soll er das alles hier mal übernehmen. Bisher hat er allerdings viel lieber über seinen Büchern gehangen.

„Die sind aber viel zu teuer für uns, mein Junge."

„Zuerst ja, aber später brauchst du dann nicht mehr so viele Arbeiter und sparst eine Menge Geld."

Die knallbunten Landmaschinen haben Kim tatsächlich gefallen, aber deswegen sieht er sich noch lange nicht als Bauer. Er weiß genau, was sein Vater gerne hören möchte. Vielleicht würde er ihn eines Tages doch noch von der Nützlichkeit des Lernens überzeugen können.

„Kommst du morgen mit zur Schulparty, Mutter?", verlässt er das Thema.

„Aber sicher. Ich will doch die ausländische Lehrerin mal kennenlernen."

„Prima, ich freue mich. Gute Nacht."

Children's day

Am nächsten Morgen hampelt Dao hyperaktiv in der kleinen Hütte herum.

„Party, Party!" schreit sie und wühlt in ihren wenigen Kleidungsstücken. Heute dürfen die Schüler anziehen, was sie wollen. Es ist keine Schuluniform erforderlich.

„Schrei doch nicht so", ermahnt ihre Großmutter sie und füllt den Reis in die Schälchen.

„Kommst du mit, Oma?" fragt Dao bittend und zerrt grob am Reißverschluss ihres Rockes. „Die anderen Mütter sind auch alle da."

„Aber Kind, du weißt doch, dass ich nicht mehr so gut sehe, und meine Beine machen auch nicht mehr so mit wie früher", seufzt die Großmutter bedauernd.

„Macht nichts, macht nichts", kreischt Dao und lacht laut und übertrieben. Ihre Großmutter zeigt mit einer müden Handbewegung auf die Reisschale.

„Komm, iss mein Kind." Wäre doch bloß ihre Tochter noch hier. Ihre laute und sprunghafte Enkelin ist manchmal einfach zu viel für sie. Das Kind braucht die starke Hand ihrer Eltern und nicht die Fürsorge einer Greisin. Beim nächsten Heimaturlaub würde sie mit ihrer Tochter reden müssen.

Siri, Yok und die anderen sechs Mädchen sind schon früh zur Schule geradelt, um ihre selbstgeschneiderten Kostüme für die Tanzvorführung anzuprobieren. Rosa Blusen aus glänzendem Taft. Dazu klassisch gemusterte, wadenlange Wickelröcke mit einer bronzefarbenen

Schärpe über der rechten Schulter. Siri wollte bei der Aufführung erst nicht mitmachen, weil sie die Stoffe nicht bezahlen kann. Aber Lehrer Tong hat das irgendwie mitbekommen und das Geld woher auch immer beschafft, wahrscheinlich war es sogar sein eigenes. Siri denkt voller Wärme und Dankbarkeit an ihren Lehrer, der sie immer wieder ermutigt, weiter zu lernen. Und jetzt bringt er sogar noch eine ausländische Lehrerin an die Schule und lässt sie bei sich wohnen. Das macht auch nicht jeder.

„Reich mir doch mal den Lippenstift rüber, Yok", ruft ihre Freundin.

Voller Hingabe schminken sich die Mädchen Augen und Münder und fühlen sich dabei wie Models auf dem Laufsteg.

„Meinst du, dass alles klappt?" Yok kichert nervös.

„Natürlich", versucht Siri sie zu beruhigen. „Und wenn nicht, ist es auch nicht schlimm", fügt sie optimistisch hinzu.

Mii und sein Freund stehen derweil auf der Bühne und versuchen, das große Banner mit dem Bild des Königs wieder zu befestigen. Es hat sich wohl über Nacht selbständig gemacht. Voll Feuereifer balanciert Mii mit einem Hammer oben auf der Leiter, einen Nagel zwischen die Lippen gepresst. So, jetzt aber. Geschafft. Prüfend betrachtet er sein Werk. Prima, jetzt hängt der König wieder gerade.

Die Halle füllt sich langsam. Mütter mit Babies auf dem Arm. Kleinkinder, die neugierig herumlaufen.

Und mittendrin der beigefarbene Mops von Mathematiklehrer Ton, der seinen Hund jeden Tag mit zur Schule nimmt. Heute Morgen ist es noch frisch draußen, der Mops trägt eine rosa Weste mit aufgedruckten Plüschtieren. Er inspiziert schnüffelnd die Kindermeute und markiert sein Revier, indem er das Bein leicht anhebt und an die Bühnenumrandung pinkelt.

Kims Mutter steht mit ihrer Nachbarin schwatzend vor der Halle, als Lisa sich vorbeischlängelt.

„Sawat dii kha."

„Sawat dii kha." Lisa lächelt sie an und hebt grüßend die Hände. Immer schön freundlich sein, erinnert sie sich selbst und sucht sich einen Platz.

Endlich sitzen alle Eltern erwartungsvoll auf ihren Stühlen, während die Schüler vor der Bühne auf dem Boden hocken. Tan trippelt kerzengerade zum Rednerpult und beginnt mit ihrer Ansprache. Sie blickt ernst und würdevoll, wie man es eben von einer Schulleiterin erwartet. Applaus!

Tong spielt die Rolle des Moderators und führt souverän und freundlich durch das Programm. Und das bietet nun wirklich so einiges. Natürlich stellt er Lisa stolz vor, denn eine ausländische Lehrerin ist in dieser Gegend die absolute Ausnahme. Zu teuer.

Dann ist es endlich soweit.

Tong kündigt die Tanzaufführung der Schülerinnen an. Der klassische thailändische Volkstanz darf natürlich bei keinem Fest fehlen. Hier im Norden des Landes tanzen sie Fon Leb, den bekannten Fingertanz.

Yok und die anderen klettern vorsichtig auf die Bühne und stellen sich in zwei Reihen paarweise auf. Yoks Herz pocht wild, ihre Hände sind eiskalt vor Aufregung.

Die ersten Klänge des Musikstücks rollen wie Silberkügelchen vor ihre Füße. Sie beginnt ihre Hände mechanisch zu bewegen. Filigrane Fingerbewegungen und anmutige Drehungen zeichnen diesen rhythmischen Tanz aus. Wie war noch die richtige Fingerbewegung? Und was soll sie mit den Füßen machen?

Yok wird es heiß, Röte steigt ihr ins Gesicht, sie versucht sich krampfhaft an die einstudierte Schrittfolge zu erinnern. Wie durch Nebelschwaden hört sie die leise soufflierende Stimme ihrer Nachbarin: „Links, rechts und drehen."

Rums! Sie hat sich falsch herumgedreht und dabei ihre Freundin angerempelt und aus dem Takt gebracht. Die anderen Tänzerinnen geraten jetzt ebenfalls aus dem Rhythmus, Nervosität und versteckter Ärger breiten sich schleichend aus.

Lisa verfolgt gebannt das sich stetig steigernde Durcheinander auf der Bühne und leidet mit den Mädchen. Wie schade, dass das gerade jetzt nicht funktioniert. Sie presst die Handflächen zusammen und hofft, dass die Peinlichkeit bald ein Ende haben wird.

Plötzlich greift Tong entschlossen zum Mikrofon und marschiert mit einem herzlichen Lachen Richtung Bühne.

Er dreht sich zu den Zuschauern um und ruft fröhlich mit aufforderndem Tonfall:

„Liebe Mütter. Kommt doch auch auf die Bühne und tanzt. Unterstützt eure tollen Mädchen ein bisschen. Tanzen macht Spaß." Er wedelt dabei einladend mit den Händen.

Noch recht zögerlich erheben sich zwei Mütter und klettern vorsichtig auf die Bühne. Auch sie sind etwas nervös, doch die Anspannung verliert sich schnell im Rhythmus der Musik. Schnell folgen weitere Mütter, und auf der jetzt gut gefüllten Bühne tanzen schließlich alle lachend durcheinander.

Sanuk, sanuk! Was für ein Vergnügen. Was für eine großartige Idee.

Es wird sogar eine Zugabe gefordert. Tong hat Mühe, die Tanzschar wieder von der Bühne zu holen. Das Publikum lacht hingerissen und klatscht Beifall. Einige Jungen auf dem Hof äffen die missglückten Tanzschritte nach und kreischen dabei vor Vergnügen.

Die Tüten, randvoll mit Süßigkeiten, werden an die Kinder verteilt, und dann sitzen alle noch lange schwatzend und kichernd beim Mittagessen zusammen, bevor der Alltag sie wieder einholt.

„Was für eine schöne Party, aber ich muss leider los. Bis bald", verabschiedet sich Kims Mutter mit leichtem Bedauern und steigt auf ihr nagelneues Moped.

„Mein Mann kommt heute früher nach Hause, da muss das Essen fertig sein."

Ausflug nach Ko Phrep

„So. Geschafft!" Tong ist sichtlich erleichtert, als die letzten Schüler mit ihren Müttern den Schulhof verlassen haben.

„Es ist alles prima gelaufen. Weißt du, es ist wichtig, dass wir bei den Eltern einen guten Eindruck machen. Sonst schicken sie ihre Kinder womöglich noch auf eine andere Schule."

„Es war wirklich eine großartige Party", bestätigt Lisa „man konnte sehen, dass alle viel Spaß hatten."

„Heute haben wir endlich mal genug Zeit, um dir etwas Schönes zu zeigen. Wir fahren jetzt gleich mit dir nach Ko Phrep. Es gibt dort eine wunderbare alte Tempelanlage aus der Zeit der Khmer. Nam kommt auch mit".

Nam nickt und strahlt über das ganze Gesicht.

Sie freut sich über jedes vergnügliche Ereignis, das den Arbeitsalltag unterbricht, und so ein Ausflug nach Ko Phrep gehört auf jeden Fall dazu. Es würde ja hoffentlich nicht gerade an diesem Nachmittag ein Problem mit Chai, ihrem Ehemann, geben.

Chai ist Alkoholiker, und oft genug ruft jemand aus dem Dorf bei ihr an und bittet sie, ihren sturzbetrunkenen Mann abzuholen. Das ist lästig und kostet viel Zeit. Manchmal springt auch ihre sechzehnjährige Tochter ein, aber nach Möglichkeit versucht Nam, das zu vermeiden.

Trotz alledem mag sie Chai noch immer. Er ist ein hübscher Mann, groß gewachsen, schlank, mit tiefschwarzem Haar. Seinen jugendlichen Gesichtszügen ist der übermäßigen Alkoholkonsum erstaunlicherweise noch nicht anzusehen. Chai arbeitet als Lehrer im Nachbarort und bringt so ein regelmäßiges Einkommen mit nach Hause. Einen guten Teil davon setzt er leider in Thai-Whisky um, der sich in den letzten Jahren zu seinem Hauptnahrungsmittel entwickelt hat.

Er kommt einfach nicht los vom Alkohol, will es aber auch gar nicht. Da reichliches Whisky- und Biertrinken in Thailand üblich und gesellschaftlich akzeptiert ist, hält es hier auf dem Lande auch keiner für eine Krankheit.

Aber das ist es in Nams Augen. Sie hat gelesen, dass die Alkoholunverträglichkeit der Asiaten auf das Essen ihrer Vorfahren zurückgeht, die sich hauptsächlich von Reis ernährten. Um diesen haltbar zu machen, wurde er mit Hilfe von Hefepilzen vergoren. Dabei entstand auch Alkohol. Auf diese Weise soll sich ein spezieller Abwehrmechanismus entwickelt haben. Ob das nun stimmt oder nicht, ist eigentlich auch völlig egal. Klar ist nur, dass Chai eine Therapie nötig hätte, aber diese Möglichkeit gibt es hier auf dem Land nicht.

Sie selbst trinkt ja auch gerne. Am liebsten Bier und keine harten Sachen.

Die deutsche Lehrerin kann da ja ganz gut mithalten, spinnt Nam ihren Gedanken weiter und bemüht sich, nicht zu schmunzeln. Wichtig ist nur zu wissen, wann man aufhören muss, und diese Grenze kennt ihr Chai leider nicht. Aber Nam kann ihm einfach nicht böse sein. Er wird nie laut oder aggressiv, wenn er getrunken hat, sondern umarmt sie wie ein großes Kind und lallt dabei mit halbgeschlossenen Augen: „Nam, phom rak khun" –

ich liebe dich." Dann lässt er sich anstandslos von ihr nach Hause bringen. Wie er seinen Unterricht schafft, kann Nam sich beim besten Willen nicht vorstellen, und sie will es auch gar nicht.

Die Fahrt nach Ko Phrep dauert anderthalb Stunden und führt zum Teil über staubige Pisten. Schleichwege, die Tong schon oft benutzt hat. In Ko Phrep sind nicht viele Touristen zu sehen, dazu liegt die Stadt zu weit im Landesinneren. Obwohl die Tempelanlage wirklich einen Besuch wert ist, wie Lisa bewundernd feststellen muss. Ein bisschen wie in Kambodscha. Diese Anlage, vor allem der Haupttempel, erinnert sie stark an das berühmte Angkor Wat.

„Das hier ist eine der wichtigsten Khmer Tempelanlagen Thailands", erklärt Tong „sie wurde zwischen dem 11. Und 12. Jahrhundert im buddhistischen Stil gebaut."

Erstaunlich, Lisa meint sich zu erinnern, dass das Reich Angkor zu dieser Zeit hinduistisch gewesen sein soll. Falls sie bei der Hitze überhaupt noch einen klaren Gedanken fassen kann.

Schnell huscht sie in das Innere des sehr gut restaurierten Tempels und vertieft sich in die zahlreichen Reliefs, auf denen Götter und andere mythische Gestalten zu sehen sind. Und natürlich die berühmten Apsaras. In der hinduistischen und Teilen der buddhistischen Mythologie sind sie halb menschliche, halb göttliche Frauen, die im Palast des Gottes Indra leben.

„Wunderschön." Lisa tritt aus dem kühlen Tempel, plötzlich wieder geblendet vom gleißenden

Sonnenlicht. „Puh, und heiß ist es heute." Sie wischt sich den Schweiß von der Stirn. Hab ich einen Durst. Leider kocht ihre Wasserflasche gerade im Auto so vor sich hin.

Sie findet, sie haben genug gesehen, und Tong sieht das genauso.

„Wir fahren jetzt weiter zum Fluss. Dort gibt es den berühmten heiligen Banyan-Baum, und es ist kühler als hier."

„Das gibt's doch nicht." Lisa traut ihren Augen nicht. „Das ist doch nie im Leben nur ein einziger Baum."

Über eine kleine Brücke sind sie auf eine Insel gelangt, auf der sich ein enges Netz aus ineinander verdrehten und verschlungenen Wurzeln etwa 80 Meter weit ausbreitet.

„Doch, das ist wirklich nur ein Baum", betont Tong voller Ehrfurcht. „Er ist über 300 Jahre alt. Ein Baum, der umgekehrt wächst, indem er von seinen Ästen aus Wurzeln bis in den Boden schlägt. Der Banyan-Baum, eine Feigenart, gilt als heilig. Er wird deshalb so verehrt, weil Siddharta Gautama, der erste Buddha, unter dieser Baumart Erleuchtung fand."

Fasziniert spaziert Lisa über die schmalen Wege, die von einladenden Sitzbänken gesäumt sind.

In der Mitte dieses schattig, kühlen Wurzelwaldes stoßen sie auf einen großen Baumstamm, liebevoll geschmückt mit zahlreichen bunten Stoffbändern: die Mutter des Baumes. Am Fuße des Stammes liegen Blumen, Räucherkerzen verbreiten ihren intensiven Duft: für die Thailänder ohne Zweifel ein heiliger Ort.

Entspannt schlendern sie weiter zu den Marktständen am Ufer. Sehr viele Souvenirbüdchen und jede Menge Essensstände reihen sich fast lückenlos aneinander.

Vor einem Stand bleibt Lisa plötzlich wie angewurzelt stehen.

„Tong, komm doch mal bitte. Was ist das denn hier? Eine Zoohandlung?"

An einer langen Leine hängen dutzende kleiner Plastikbeutel, gefüllt mit Wasser. Wie die Wasserbomben, mit denen sie sich früher als Kinder gegenseitig beworfen haben. Aber in den Wasserbomben war auch wirklich nur Wasser. Hier jedoch regt sich in jedem Plastikbeutel etwas: kleine Fische, Schnecken, Schildkröten, Frösche, Aale, alle verzweifelt auf der Suche nach Freiheit. Jeder Beutel ist sorgfältig mit einem Preisschild versehen.

„Nein, das ist keine Zoohandlung. Du kannst so einen Beutel für 20 bis 30 Baht kaufen und dann das Tier da vorne im See freilassen. Gewissermaßen im Austausch für gutes Karma. Das ist traditionelle buddhistische Art und soll Glück bringen", erklärt Tong ihr diesen seltsamen Verkaufsstand.

„Das ist ja abartig. Schau doch nur mal, Karlheinz", schallt es in vertrauten deutschen Tönen hinter ihr. Eine Touristin mit Sonnenhut, verspiegelter Ray Ban-Brille und kurzen Safari-Hosen zieht ihren Mann in Richtung der an Wäscheklammern baumelnden Beutel.

„Das gäbe es bei uns zu Hause nicht", meint sie entrüstet und fügt mit angeekelter Miene hinzu: „Aber die essen hier ja auch Hunde. Lass uns schnell weitergehen, die anderen warten sicher schon am Bus." Rasch zieht sie ihren Mann am Arm davon.

Lisa liegt schon eine heftige Bemerkung auf der Zunge, aber sie verkneift sie sich dann doch.

Das gäbe es bei uns zu Hause nicht, äfft sie die Touristin in Gedanken nach und denkt empört an die rund 70 000 Haustiere, die allein zu Ferienbeginn jährlich in Deutschland ausgesetzt werden. Lisa schaut jeden Sonntag mit Begeisterung „Tiere suchen ein Zuhause", und vor ein paar Monaten gab es eine interessante Reportage zu diesem Thema.

An Mülltonnen gebunden, an Raststätten verlassen oder vor dem Tierheim abgestellt: Verlogene, egoistische Tierliebe. Unter den Findlingen sind nicht nur Katzen, Hunde und Kleintiere wie Meerschweinchen. Immer häufiger werden auch Exoten wie Vogelspinnen oder Eidechsen gefunden. Von den Zierfischen, die in Bächen und Seen geschüttet werden, mal ganz abgesehen.

Nun ja. Von selbstgerechter Höhe sinkt sie wieder auf Normalniveau. Ganz so toll findet sie diesen Stand auch nicht, wenn sie ehrlich sein soll. Lisa beschließt spontan, einigen dieser „Beuteltiere" die Freiheit zu schenken.

„Wenn das Glück bringt, dann darf sich jetzt jeder einen Beutel aussuchen. Ich bezahle", lädt sie die anderen drei mit vergnügter Stimme ein.

Mit prüfendem Blick schreitet Trang die Reihe ab. Sie selbst ist keine Buddhistin und hält nichts davon, solche Geschäftspraktiken auch noch zu unterstützen. Aber Lisa meint es ja nur gut, und deshalb möchte sie ihr den Spaß nicht verderben. Wer weiß, vielleicht stimmt das ja mit dem Glück. Endlich hat sie einen kleinen, aalähnlichen Fisch ausgesucht.

Die anderen haben ihre Auswahl ebenfalls abgeschlossen. Gemeinsam marschieren sie hinunter zum Seeufer.

Platsch! Nams Kandidat, ein Frosch, verschwindet blitzschnell im Wasser. Vielleicht ein verwandelter Prinz, der seine zweite Chance zu nutzen weiß.

Die Schwarzbandbarbe, die Tong sanft ins Wasser gleiten lässt, erfreut sich nur kurz ihrer Freiheit, bevor ein fetter Karpfen sie in ein Teilchen der großen Nahrungskette verwandelt.

Lisas Fischlein scheint mehr Glück zu haben. Es kann dem Karpfen gerade noch entkommen. Trangs kleiner Aal gräbt sich in Windeseile im Uferschlamm ein.

Die ganze Glücksaktion hat hungrig gemacht, und so setzt sich die Truppe auf die schattige Veranda eines kleinen Restaurants.

„Leo?" Nam zwinkert Lisa verschwörerisch zu und bestellt als erstes eine große Flasche kühles Bier. Nach kurzer Überlegung und nach dem ersten Schluck entschließt sich Lisa, die kleine Reisegruppe zum Essen einzuladen. Es wird kein großer Betrag sein, also wozu überhaupt darüber nachdenken. Trotzdem kreisen ihre

Gedanken doch immer wieder um die Rolle, die sie hier in diesem fremden Land spielt.

Ich bin nicht als Touristin in Thailand, insofern werde ich hier auch nicht mit einem Geldautomaten auf zwei Beinen verwechselt, grübelt sie. Ich bin als Gast hier, als eingeladener Gast, der zudem noch der Familie der Gastgeber freundschaftlich verbunden ist. Und ich möchte den Schülern als Lehrerin etwas geben: Erfahrung, Freude am Lernen, Motivation. Ich bin einfach mittendrin im Leben und in der Kultur eines für mich fremden Landes. Genauso, wie ich es mir vorgestellt habe.

Und zur thailändischen Kultur gehören Herzlichkeit und Zuvorkommenheit. Man möchte seinen Gästen etwas bieten und sie auf selbstverständliche Art glücklich machen. Das hat sie jedenfalls während der wenigen Tage hier so empfunden.

Aus dieser erfreulichen Situation heraus möchte sie etwas zurückgeben.

Sie möchte Tong und Trang für ihre Gastfreundschaft danken, indem ausnahmsweise mal sie die Gastgeberin spielt.

Das war jetzt aber ganz schön viel Hirnschmalz für so etwas Einfaches, holt sie die Selbstkritik ein. Aber ihr Wunsch ist es nun mal, sich zu integrieren, und das erfordert eben eine Menge Nachdenken.

Als sie ihr Portemonnaie zückt, um zu zahlen, rutscht ihr beinahe, ach so typisch deutsch heraus: Für den wunderbaren Ausflug.

Gerade noch rechtzeitig fällt Lisa auf, dass es in Deutschland häufig erst einen Anlass geben muss, um jemanden zum Essen einzuladen. Ich bezahle, weil ... Schenken als Teil eines Tauschgeschäftes.

Am schlimmsten findet sie es, wenn ihr Gegenüber nach einem Restaurantbesuch zwar die Rechnung übernimmt, dies aber mit den Worten verbindet: „Dann zahlst du eben das nächste Mal."

Eine Unsitte! Sie fühlt sich dann verpflichtet, die Person erstens überhaupt wiederzusehen und sie zweitens in ein gleichwertiges Lokal einzuladen, um nicht knauserig zu wirken. Das hat aber auch nichts mehr mit Großzügigkeit zu tun, sondern stellt lediglich die Einräumung eines Kredits mit unklaren Rückzahlungsbedingungen dar.

Schenken einfach so ist eher selten. „Das kommt von Herzen", hat ihre Großmutter immer gesagt, wenn sie Lisa einen kleinen Geldbetrag in die Hand drückte, und schmunzelnd hinzugefügt: „Keine Sorge, dafür brauchst du mich später nicht im Rollstuhl herum schieben."

Den schönen Moment feiern, so wie jetzt. Darauf kommt es an.

Die Gäste ahnen nichts von diesem Stoßverkehr in Lisas Gehirnwindungen. Verstanden hätten sie es sowieso nicht. So sind sie einfach nur erfreut: djai dee, gutes Herz. Der deutsche Besuch lernt schnell.

Ein ungeplanter Aufenthalt

Auf dem Rückweg halten sie in Ko Phrep, um auf dem Markt einzukaufen.

In jeder Stadt gibt es so einen Lebensmittelmarkt unter freiem Himmel. Während Tong noch etwas in der Stadt erledigt, bummeln die Damen zwischen den Marktständen umher. Frischer Fisch, Obst, Gemüse, Reis und Kräuter. Nichts fehlt.

Trang prüft die Ware und vergleicht die Preise, die oft nur wenige Baht pro Kilo betragen. Es gibt kleine Garküchen, und Lisa läuft vom aromatischen Duft der Saté-Spieße und der Nudelsuppe das Wasser im Munde zusammen. Begehrlich schaut sie auf die bunten Puddings und Reisküchlein, die kunstvoll auf einem Tablett angerichtet sind. Trang bemerkt ihre Blicke sofort, und nach einem kurzen Wortwechsel reicht die Verkäuferin, eine winzige alte Dame, eine Tüte mit Süßigkeiten herüber.

„Die gibt's heute Abend zum Nachtisch."

Schade. Am liebsten hätte sie sofort in die Tüte gelangt.

Gerüche von Zitronengras und Koriander wehen herüber. Einige Stände weiter türmen sich Säcke mit Reis und Cashewnüssen neben Körben kunstvoll arrangierter Früchte. Man erkennt Mangos, Papayas, Guaven und sehr viele andere Sorten, die Lisa völlig unbekannt sind.

Auf Bastmatten sitzen Frauen und Männer, die Thai-Basilikum zupfen und zu großen Bündeln zusammenbinden. Überall kleine Grüppchen, die angeregt schwatzen und lachen. Von Eile oder Hektik keine Spur. Die Gassen zwischen den Ständen sind zwar voll, aber erstaunlicherweise gibt es kein Gedränge und Geschiebe.

Beladen mit Tüten voller Lebensmittel machen sich die drei Frauen auf, um Tong zu treffen.

An der vereinbarten Ecke aber ist kein Tong zu sehen. Was ist passiert? Wo ist er bloß?

Trang telefoniert aufgeregt, dann marschieren sie im Gänsemarsch etliche Straßen entlang, bis sie Tong in einer Autowerkstatt antreffen. Der rechte Hinterreifen des Pickups ist platt und muss repariert werden. Tong hatte schon während der Fahrt gemerkt, dass etwas nicht stimmt, wollte den Damen aber nicht den Marktbesuch verderben.

Mit vielen freundlichen Worten und einem gewinnenden Lächeln gelingt es Tong schließlich, den Werkstattbesitzer dazu zu bewegen, den Wagen ambulant zu versorgen. Ein kleines Wunder. Normalerweise hätte er sich zwei Tage dafür Zeit gelassen. Nicht auszudenken. Wie hätten sie dann bloß wieder nach Hause kommen sollen.

Gelassen und kein bisschen angespannt oder ungeduldig begrüßt Tong sein Grüppchen. „Es wird noch ein wenig dauern", meint er entschuldigend.

Nam nickt verständnisvoll, verschwindet um die nächste Hausecke und kehrt mit einer Tüte voller Bierdosen zurück.

Wo sie das Bier nur so schnell aufgetrieben hat? Es ist noch vor 17 Uhr, und in den Supermärkten darf Alkohol nur zwischen 11 Uhr und 14 Uhr sowie zwischen 17 Uhr und 24 Uhr verkauft werden.

Sie setzt sich zu Lisa auf die kleine Holzbank und reicht eine Büchse herüber. „Tschok di kha", prostet sie ihr vergnügt zu. Offenbar ist sie durch nichts aus der Ruhe zu bringen.

Ganz anders Lisa. In ihrem Kopf turnen die Gedanken wie kleine Affen von Ast zu Ast. Was kann sie nur tun, um das Ganze hier zu beschleunigen? Geduld war noch nie ihre Stärke. Sie nimmt einen tiefen Schluck aus der Dose. Die Affen beruhigen sich. Du verpasst nichts. Und schau nicht immer auf die Uhr, ermahnt sie sich selbst.

Während einer kleinen Bierpause greift Nam zu ihrem Handy, um ihre Tochter anzurufen.

„Hallo mein Schatz. Ist bei euch alles in Ordnung? Bei mir wird es noch ein Weilchen dauern. Wir sitzen hier gerade in einer Autowerkstatt."

„Hi, Mama. Hier ist alles okay. Ich musste Papa eben abholen. Er ist wieder bei seinem Freund hängengeblieben. Mach dir keine Sorgen", versucht sie ihre Mutter zu beruhigen.

Hängengeblieben ist gut, denkt Nam ungehalten. Abgestürzt ist er. Mein armes Kind. Wie soll sie dabei noch Respekt vor ihrem Vater haben.

„Alles okay?" Nams veränderter Gesichtsausdruck irritiert Lisa.

„Ja, alles okay." Nam nickt und setzt ihr Lächeln wieder auf. „Prost!"

„Prost."

Rrrat, rrrat! Die Radmuttern werden energisch mit einem Akku-Schrauber festgezurrt. Jetzt ist der Pickup wieder startklar. Es dämmert schon, als sie sich endlich auf den Heimweg machen können.

Chi schaut Fernsehen

Bei Chi zuhause läuft wie immer der Fernseher. Die ganze Familie, samt Tante und Cousine, sitzt auf niedrigen Kissen auf dem Boden und starrt gebannt auf den Bildschirm. Endlich wieder eine neue Folge der täglichen Soap „Talay Rissaya" – „Meer der Eifersucht".
In der Vorgeschichte dieser Serie wirft eine Angestellte die Frau ihres Chefs mitsamt Baby über Bord eines Schiffes, um sich besser an ihren Chef heranmachen zu können. Ein Fischer rettet Frau und Kind, die Frau hat allerdings einen schweren Hirnschaden erlitten. Das wiederum nutzt der Fischer aus, um die Frau als Mutter für sein eigenes und das fremde Kind zu behalten. Die vermeintliche Mörderin aber heiratet den vermeintlichen Witwer. Fünfundzwanzig Jahre später fühlt der Mann seinen Tod nahen und begibt sich noch einmal an den Ort des schrecklichen Unfalls. Im dortigen Hotel arbeitet ein Mädchen, das seiner „verstorbenen" Frau stark ähnelt. Er ahnt nicht, dass es sich dabei um seine Tochter handelt, flirtet mit ihr und versucht, sie für sich zu gewinnen.
Scheinbar grundlos fängt der Mann plötzlich an zu schreien.

Chi fährt erschrocken zusammen.

„Gib mir doch auch mal die Tüte her", nörgelt Chis Cousine und zappelt hektisch mit den Armen. Chi fischt eine Handvoll Bonbons aus dem Beutel, den er morgens in der Schule bekommen hat und reicht ihn ihr, ohne dabei den Blick vom Bildschirm zu wenden.

„Schau mal", kommentiert er aufgeregt und mit roten Wangen. „Jetzt kriegt der Idiot endlich mal was aufs Maul. Hat er schon lange verdient."

Auf dem Bildschirm wird geflucht, gelästert, geschlagen und gestochen. Der schüchterne Chi und mit ihm Millionen andere Thailänder flüchten jeden Abend voller Begeisterung aus der Realität und lassen ihre Serienstars stellvertretend das ausleben, was in ihrem eigenen Alltag nicht so offensichtlich passiert.

Intrigen, Verwirrungen, Lästereien und sogar Gewalttätigkeiten.

Es wird die gesamte Gefühlspalette gezeigt. Liebe, Hass, Neid, Gier. Exzessive Gefühlsäußerungen, die in der auf Harmonie und Konfliktvermeidung ausgerichteten thailändischen Gemeinschaft verpönt sind.

„Uiih!" kreischt die Tante verzückt. „Schau, wie eng die beiden tanzen."

In Chis Dorf ist schon ein paarweises Händchenhalten unschicklich. Das würde sich seine Cousine nie trauen. Gefühlsaufwallungen jeglicher Art werden nicht gern gesehen.

Aber auch in der sentimentalen Gegenwelt der Soap gibt es Grenzen, die nicht überschritten werden dürfen.

So würde in einer Thai-Soap sicher niemals ein Liebespaar zusammen im Bett liegen. Oder sich auch nur küssen. Darauf achtet schon die Zensurbehörde, die das mit Sicherheit bereits als Pornografie einstufen würde.

„Hast du eigentlich schon deine Schulaufgaben gemacht?", schaltet sich Chis Mutter ein, gegen den Lärm des Fernsehers ankämpfend.

„Freitags bekommen wir doch nie etwas auf", erwidert Chi, ohne den Blick von der Hauptdarstellerin zu wenden. Und wenn schon. Er wickelt ein klebriges Bonbon aus der Silberfolie.

Endlich Wochenende

Samstagmorgen.

Heute findet kein Unterricht statt und Lisa hätte länger schlafen können. Aber nur theoretisch, denn um sechs Uhr früh reißt sie ein knarzendes, kratzendes Geräusch unsanft aus dem Schlaf. Durch einen Lautsprecher, der sich ganz in der Nähe des Hauses befinden muss, ertönt laute Musik, und dann folgt eine minutenlange Ansage, die das ganze Dorf beschallt.

Was für ein schrecklicher Krach!

So rücksichtslos geweckt, lernt sie zum ersten Mal den in Thailand üblichen dörflichen Nachrichtendienst kennen.

Der Dorfvorsteher verkündet über die in regelmäßigen Abständen angebrachten Lautsprecher alle für das Dorf wichtigen Neuigkeiten. Wann der Arzt kommt, in welchen Haus gefeiert wird, wer verstorben ist... Die

Durchsage endet fast immer mit dem Abspielen der Nationalhymne.

Glücklicherweise nutzt der hiesige Dorfoberste dieses Medium nicht täglich, so dass Lisa auf Dauer nur mit den krähenden Hähnen klarkommen muss.

Die Menschen hier sind offenbar ziemlich lärmresistent oder haben sich einfach daran gewöhnt. Vielleicht muss ich einfach meine Einstellung dazu ändern, sucht Lisa angestrengt nach einer Lösung. Jedenfalls solange ich hier in Thailand bin. Abstellen kann ich den Krach ohnehin nicht, aber einfach ist das definitiv nicht.

An Schlaf ist nicht mehr zu denken, und so verzieht sie sich mit einem dampfenden Becher Kaffee auf die Dachterrasse, um den Sonnenaufgang zu genießen.

Aaah! Sie atmet tief durch. Wie wunderbar frisch die Luft ist. Der noch leicht kühle Morgenwind streicht durch die grünen Palmwedel, die Hühner gackern zufrieden im Hof, und die Nachbarn gehen trotz früher Stunde ihren Beschäftigungen nach. Auch Tong hat sich schon auf den Weg zu seiner kleinen Farm gemacht, um die Schweine zu füttern.

Der frühe Vogel fängt den Wurm, hat die Oma immer gesagt. Da ist was dran.

Mal sehen, was der Tag so bringen wird. Leise summend, mit wesentlich besserer Laune klettert Lisa die Holzstiege wieder herab.

Am Abend vorher hatten Tong und seine Frau überlegt, was sie ihrem Gast am nächsten Tag Schönes bieten könnten. So viele Alternativen in halbwegs erreichbarer Nähe gibt es hier in der Provinz ja nicht, und den schönsten Tempel haben sie Lisa ja bereits gezeigt.

„Ich weiß, wo wir morgen hinfahren können", verkündet Trang plötzlich. „Zum Wat Luang Phoo Dtoo. Was hältst du davon, mein Lieber?"

„Hmm. Ja, das ist eine gute Idee. Ist zwar ein bisschen weit weg, aber wir haben ja morgen Zeit."

Und noch ein Tempel

Schon von weitem erkennt man die goldenen Dachspitzen eines buddhistischen Tempels, dessen schneeweiße Säulen unzählige kleine Spitzdächer abstützen. Die riesige Tempelanlage erstreckt sich über einen künstlichen Hügel inmitten eines mit exotischen Bäumen bepflanzten Parks. Direkt am Highway Nr. 2. Der Parkplatz quillt über von rangierenden Autofahrern, auf der Suche nach einer freien Stellfläche. Menschenscharen strömen Richtung Eingangshalle.

Kein Wunder, dass so viel los ist. Heute beehrt ja auch Salapong persönlich seinen Tempel.

Salapong ist ein berühmter Filmstar, der diesen Tempel vor wenigen Jahren zu Ehren des Mönchs Luang Phoo Dtoo hat bauen lassen. Jeden Samstag und Sonntag wirbt er persönlich vor Ort um Spenden.

Andächtig schreiten die drei über den leicht ansteigenden, sanft geschwungenen breiten Weg zum Haupttempel hinauf.

Der Innenraum der Halle wird beherrscht von einer meterhohen goldenen Mönchsstatue, zu deren Füßen Bündel von Räucherstäbchen ihren intensiven Duft verbreiten. Gelbe und weiße Blumengirlanden, soweit das Auge reicht. Darüber spannt sich eine goldene Kuppel.

Lisa findet es sehr beeindruckend, dass Salapong nicht nur viel Geld in den Tempelbau investiert hat, sondern auch sehr viel Zeit für seine Spendenaktionen aufwendet. Dazu muss man wahrscheinlich wirklich ein tiefgläubiger Buddhist sein. Jedes Wochenende? Das wäre ihr wirklich zu viel.

Wasserfontänen spritzen aus den schön verzierten Brunnen und Teichanlagen. Lisa, Tong und Trang flanieren entspannt durch die weitläufige Parkanlage.

In einem überfüllten Restaurant legen sie eine Pause ein, um etwas zu trinken. Es herrscht ein unablässiges Kommen und Gehen. Der Geräuschpegel ist hoch.

Auf einem großen Tisch am hinteren Ende des Saales sind überdimensionale Suppentöpfe aufgereiht, über denen köstliche Duftwolken wabern. Dahinter steht ein Mönch und verteilt die Suppe mit zugewandtem Lächeln an die Gästeschar, die sich in einer ordentlichen Schlange aufgereiht hat.

„Das hier gehört noch zum Tempel und wird von den Mönchen betrieben. Das Essen ist kostenlos. Alles wird aus Spenden finanziert", raunt Tong Lisa ins Ohr. „Salapong hat wirklich nam djai, ein gutes Herz."

Auf dem Rückweg müssen sie tanken. Lisa wirft einen kurzen Blick auf die Preisliste und ist erstaunt über die hohen Benzinpreise hier in Thailand. Die Anzeige auf der Tanksäule dreht sich wie ein Karussell. So ein Pickup schluckt ganz schön viel Sprit.

Eine kleine Beteiligung an den Benzinkosten ist da sicher nicht verkehrt. Sie kramt umständlich in ihrem Brustbeutel.

Tong zieht auch gerade etwas Geld aus der Tasche, um zu zahlen.

„Hier." Sie reicht ihm einen 1000-Baht-Schein über den Sitz.

„Oh, danke." Mit einem kurzen Lächeln steckt Tong den Schein ein und lässt den Motor an.

Beste Freunde

Tong fährt noch rasch auf seine kleine Farm, um die Schweine zu versorgen.

Währenddessen sitzt Lisa mit einem Bier in der Hand in der offenen Küche und verfolgt interessiert die Vorbereitungen für das Abendessen.

Zu ihrem Erstaunen stellt Trang zwei Teller mehr als sonst auf den großen Esstisch. Aha, Besuch wird erwartet. Sie ist sehr gespannt, wer die Gäste wohl sein werden. Leider ergibt sich jedoch keine Gelegenheit mehr, Tong zu fragen, der schnell ins Haus huscht, um sich für den Besuch umzuziehen.

Plötzlich beginnen die Hofhunde zu kläffen.

Eine Autotür fällt ins Schloss, und um die Hausecke biegt ein stabil gebauter Mann in einem zitronengelben Polohemd, gefolgt von einer Frau. Beide schätzungsweise so um die fünfzig Jahre alt.

„Da seid ihr ja schon", ruft Tong freudestrahlend und stellt die Besucher vor.

„Wat", richtet er sich an den Mann, „das ist Lisa, unser Gast aus Deutschland, und Lisa, das hier ist mein bester Freund Wat. „Seine Frau Pong ist eine Cousine von Trang. Sie wohnen beide hier im Dorf, gleich um die Ecke."

„Sawat dii kha!" Der Wai gelingt mühelos.

„Sawat dii krap!" Wat stellt eine Brandyflasche mit Goldbanderole auf den Tisch und lächelt verschämt. Er deutet auf seinen Mund, in dem die beiden Vorderzähne fehlen und setzt sich neben Lisa an den Tisch.

Verstohlen mustert er sie von der Seite. Was für eine hübsche blonde Frau da neben ihm. Das muss sofort dokumentiert werden. Er zieht sein Smartphone aus der Tasche und bittet Tong, ein gemeinsames Foto zu schießen. Vorsichtig rückt er ein Stück näher. Lisa muss unwillkürlich schmunzeln, denn heute trägt sie ihr dottergelbes T-Shirt. Auf dem Foto werden sie sicher aussehen wie zwei überdimensionale Kanarienvögel.

Pong hat kantige Gesichtszüge und wirkt dadurch streng und maskulin. Ihr langes, von grauen Strähnen durchzogenes Haar wird durch ein tiefsitzendes Gummiband zusammengehalten. Sie lächelt zurückhaltend und gesellt sich gleich zu Trang, die gerade frischen Fisch in einen fettspritzenden Wok gleiten lässt. So eine Außenküche ist schon praktisch. Nach so einem Kochereignis würde Lisas Berliner Wohnung noch tagelang nach Fisch riechen.

Vergnügt lächelnd stellt Tong Gläser mit Eiswürfeln auf den Tisch, und Wat schenkt behutsam von dem Brandy ein. Nur keinen Tropfen verschütten. Das ist kein Brandy von der billigen Sorte, sondern seine Spezialmarke. Darauf legt Wat großen Wert. Die ganze Woche über arbeitet er in Larang als Zimmermann. Harte Arbeit. Wenn er dann am Wochenende zurück in sein Dorf kommt, will er das Leben genießen und keinen billigen Fusel trinken.

An seiner rechten Hand glänzt ein massiver Goldring mit einem eingravierten Elefanten. Ein Ring aus Thai-Gold selbstverständlich. Ein Beweis dafür, dass er es zu Wohlstand gebracht hat.

Gold zu besitzen, ist für die Thailänder sehr wichtig. Aber es muss Thai-Gold sein. Die Reinheit für Thai-Gold wurde vom thailändischen Wirtschaftsministerium als Standard auf 96,5% festgesetzt, das entspricht 23 Karat. Alles andere mit weniger Karat wird als minderwertig angesehen.

Wat gehört offensichtlich nicht zu den Armen. Warum nur lässt er seine fehlenden Zähne nicht ersetzen? Vielleicht hat er einfach keine Zeit oder Angst vor dem Zahnarzt. Direkt danach fragen will Lisa jedoch nicht.

Die vertrauten Blicke, die sich die Männer zuwerfen, und das eingespielte Trinkritual belegen deutlich die enge Freundschaft der beiden.

„Wat ist der beste Zimmermann, den ich kenne. Er hat auch diesen Tisch hier gemacht", erklärt Tong voller Stolz auf die Fertigkeiten seines Freundes und klopft dabei auf die Tischplatte.

Phuan tai. Wat ist sein Freund fürs Leben, für den er alles tun würde. Umgekehrt gilt das natürlich auch. Sollte Tong in Schwierigkeiten geraten, würde Wat ihm um jeden Preis helfen. Er würde ihn sicher nie enttäuschen.

Aber Schwierigkeiten sind ja glücklicherweise weit und breit nicht in Sicht. Im Gegenteil. Wat genießt es sichtlich, neben einer ansehnlichen Ausländerin zu sitzen. Zu schade nur, dass er kein Englisch spricht. Sie heben die Gläser und prosten sich zu. Auch Pong und Trang unterhalten sich angeregt.

Es geht beschwingt zu am Tisch, und bevor die beiden Gäste wieder im Auto verschwinden, bestehen sie darauf, dass Lisa morgen unbedingt zum Frühstück kommen soll. Zum Lunch würde Wat sie dann alle miteinander in ein kleines Seerestaurant einladen.

Das sind ja hervorragende Aussichten.

Zurück in ihrem Zimmer fällt Lisas Blick auf das Notebook, das friedlich an seinem Ladekabel hängt.

Ich müsste mich eigentlich mal bei meinen Freundinnen melden. Ganz plötzlich taucht dieser Gedanke in ihrem Kopf auf. Daheim ist sie intensiv in ihr soziales Netz eingebunden und verwendet viel Zeit auf die Pflege ihrer Freundschaften. Aber hier im Ausland, in einer anderen Kultur, hat sie einfach kein Bedürfnis, sich mitzuteilen. Dafür wird zuhause noch reichlich Gelegenheit sein.

Das Leben auf Reisen fordert Lisas ganze Energie. Gleichzeitig hat es aber auch etwas Entspannendes, ungebunden mit fremden Menschen zusammen in einer vorgegebenen Struktur zu leben und den Kopf frei zu haben für neue Erfahrungen. Und diese Erfahrungen muss sie schließlich nicht unbedingt in Echtzeit mit ihren Freunden teilen. Es ist viel schöner, beim nächsten persönlichen Treffen über das Erlebte berichten zu können.

Sie lehnt es rigoros ab, sich in sozialen Netzwerken zu tummeln und vergnügt sich damit, ihr momentanes Leben selbst zu „liken" oder eben nicht. Dem Augenblick ist es gleichgültig, ob er das Zeug zu einem gelungenen Post hat oder nicht. Er vergeht, einfach so.

Lisas Freunde denken ähnlich und kennen ihre Einstellung. So entsteht erst gar keine Erwartungshaltung, und die Freude ist umso größer, wenn sich alle gesund wiedersehen.

Also, vergiss das mit dem Melden und lies lieber noch ein wenig. Mit einem zufriedenen Seufzer lässt sie sich auf die harte Matratze fallen.

Zur gleichen Zeit sitzt Tan an dem kleinen Ebenholz-Schreibtisch in ihrem Wohnzimmer und betrachtet bekümmert das Foto ihres verstorbenen Verlobten. Ihre Mutter ist bereits schlafen gegangen und Tan hat Zeit. Zuviel Zeit für einen Samstagabend.

Hier im Dorf gibt es kaum Ablenkung, und eine richtige Freundin hat sie auch nicht. Ihr berufliches Fortkommen stand immer an erster Stelle. Erst die Schule, dann die Ausbildung zur Lehrerin und dann schließlich das erfolgreiche Direktorenexamen mit der Ernennung zur Schulleiterin. Ja, sie hat viel erreicht im Leben. Tan hebt das Kinn.

Als Staatsbedienstete verdient sie recht gut. So hatte sie genug eigenes Geld, um für sich und ihre Mutter dieses wunderschöne Haus zu bauen. Hier hat Tan mit Mann und Kind leben wollen, aber dann kam alles ganz anders. Mit einem bedauernden Blick stellt sie das Foto zurück ins Regal.

Jetzt setzt sie all ihre Hoffnung auf Jom. Gut, er ist ein paar Jahre jünger. Aber was macht das schon? Sie hat sich schließlich gut gehalten.

Bin ich eigentlich in Jom verliebt oder in die Vorstellung eines glücklichen Familienlebens? Ach, was spielt das schon für eine Rolle. Es ist sowieso alles miteinander verknüpft.

Wäre das schön. Tans Gesicht nimmt einen träumerischen Ausdruck an.

Sie würden abends harmonisch zusammensitzen und über ihre Arbeit in der Schule sprechen und sie würden ein kluges Baby haben. Klug und schön. Tan malt sich ihr gemeinsames Leben in den leuchtendsten Farben aus.

Jom ist schwer zu durchschauen. Mal ist er freundlich und zugewandt und dann im nächsten Augenblick wieder verschlossen wie eine Auster. Okay, er muss viel lernen, um die Prüfung zu bestehen. Aber er wird schon noch einsehen, wie erstrebenswert so ein gemeinsames

Leben ist. Ein angesehenes Schuldirektorenpaar mit doppeltem Einkommen.

Sie würde ihn zu gerne ihrer Mutter vorstellen, um zu hören, was sie von ihm hält.

Tan grübelt, wie sie das am unauffälligsten bewerkstelligen soll. Trotz ihrer Träume vom Familienleben bleibt sie doch Realistin. Es wäre zu direkt und zu verbindlich, wenn sie Jom alleine in ihr Haus einlädt. Das würde er sicher auch gar nicht erst mitmachen.

Ha, das ist es! Plötzlich durchzuckt sie eine geniale Idee.

Nächste Woche werden alle Lehrer zusammen in die Stadt fahren, um die Schulutensilien und Lernmaterialien für das ganze Schuljahr einzukaufen. Lisa wird dann mit von der Partie sein.

Zu Ehren des Gastes aus Deutschland werde ich einfach alle zusammen im Anschluss an den Einkauf zu mir nach Hause einladen. Genau! So werde ich es machen.

Zufrieden löscht Tan das Licht und geht zu Bett.

Sonntagmorgen

Sonntag! Wie herrlich! Frisch und munter öffnet Lisa die Augen, gespannt, was der Tag so alles bereithält.

Heute früh hat sie die Hähne nur kurz krähen gehört und ist sofort wieder eingeschlafen. Vielleicht wollte sich das Geflügel am Sonntag nicht so in den Vordergrund schieben, um nicht vorzeitig im Kochtopf zu landen.

Ein Blick auf die Uhr: erst kurz nach sieben. So früh noch. Egal, sie ist wach, da kann sie auch gleich aufstehen.

Voller Tatendrang und mit einem Becher Kaffee balancierend, klettert sie auf die Dachterrasse. Zwischen reichlich Gerümpel hat sie sich ein kleines Mäuerchen als Stammplatz ausgesucht und genießt das Alleinsein.

Zuhause entscheide ich ganz allein über die Struktur meines Tages. Das bedeutet mir viel. Vor allem Freiheit. Freiheit und Unabhängigkeit sind für mich ausgesprochen wichtig, aber es kostet auch Energie, das tägliche Leben immer wieder neu zu gestalten, sinniert Lisa.

Hier in Thailand füge ich mich geschmeidig in den Tagesablauf meiner Gastgeber ein. Unnötig, darüber nachzudenken, wie mein Tag ablaufen soll; ich schwimme einfach mit. Das hat etwas Entspannendes, zumindest für drei Wochen. In Deutschland möchte ich auf keinen Fall so fremdbestimmt leben.

„Na, schön geträumt?" Tong empfängt sie unten im Wohnraum, wo bereits der Fernseher läuft.

„Wunderbar", ein kurzer Blick auf den Bildschirm. „Was bringen die denn da gerade in den Nachrichten?"

„Ach, der neu ernannte Vorsitzende der Regierungs-Lotterie hat extreme Maßnahmen angekündigt, falls der Verkaufspreis der Lotterie-Lose die Grenze von achtzig Baht übersteigt. Es gibt illegale Zwischenhändler, die den Preis in die Höhe treiben. Die Bekämpfung der überteuerten Lotterielose ist nur eines der Probleme, die der Nationale Rat für Frieden und Ordnung bereits im letzten Jahr angekündigt hat. Geändert hat sich aber bisher gar nichts."

„Wieso ist das überhaupt so wichtig?"

„Bei uns in Thailand ist Glücksspiel im ganzen Königreich streng verboten. Nur die staatliche Lotterie und das Wetten auf einige Pferderennen in Bangkok sind legal. Deswegen spielt die Lotterie hier eine große Rolle. Du kannst die staatlichen Lotterielose fast an jeder Ecke und zu jeder Tageszeit kaufen", erklärt Tong, „Mitte und Ende jeden Monats findet dann die Ziehung der Lottozahlen im Fernsehen statt. Der Traum vom hohen Gewinn, der alle Probleme löst, ist für viele einfach zu verlockend."

„Kann ich gut verstehen, das ist bei uns in Deutschland nicht anders."

Lisa spült ihren Becher und stellt ihn auf das kleine Regal über dem Waschbecken.

„Ich dreh mal eine kleine Runde um das Haus", verkündet sie gut gelaunt.

„Okay, aber wir fahren gleich zu Wat und Pong frühstücken. Du weißt doch, sie haben uns gestern eingeladen."

„Ja klar, ich freu mich auch schon darauf."

Vor der Haustür schlüpft sie rasch in ihre Schuhe, die der von den LKWs aufgewirbelte Staub mit einem grauen Schleier überzogen hat. Die anderen Paare sehen auch nicht besser aus, aber es ist halt einfach zu trocken für diese Jahreszeit.

„Sawat dii kha!" Sie winkt zum Nachbargrundstück hinüber, wo Trangs Mutter gerade die Blumen gießt. Die alte Frau deutet ein Nicken an und lächelt freundlich zurück.

Die Türklingel schrillt. Jom zuckt zusammen und klappt sein Notebook zu. Wer stört ihn denn da so früh an einem Sonntagmorgen? Vorsichtig öffnet er die Tür.

„Guten Morgen, mein Schatz." Vor ihm steht seine Freundin Jin und lächelt ihn erwartungsvoll an.

„Du hast doch nicht etwa vergessen, dass wir heute einen kleinen Ausflug in den Park machen wollen?" Sie erhebt scherzhaft drohend ihren Zeigefinger und schlüpft an Jom vorbei in das kleine Apartment.

Mist! Natürlich hat er nicht mehr daran gedacht. Er streichelt Jin leicht über den Arm.

„Wie könnte ich das vergessen", erwidert er, den scherzhaften Ton aufgreifend.

„Ich habe einfach nicht auf die Zeit geachtet. Die Prüfung, du weißt schon."

„Ja, ich weiß. Die Prüfung", seufzt Jin leicht genervt und streicht eine Strähne ihres langen, schwarzglänzenden Haares aus dem Gesicht.

Joms anerkennender Blick wandert über das figurbetonte gelbe Kleid. Toll sieht sie heute wieder aus. Auf die Idee, ihr das zu sagen, kommt er allerdings nicht. Nachher bildet sie sich noch etwas ein. Ein bisschen Ähnlichkeit mit Demi Moore hat Jin schon, natürlich in jungen Jahren, als die Schauspielerin noch mit Bruce Willis zusammen war.

Seine Freundin könnte sich auch gut mit Lisa unterhalten. Als Englischlehrerin ist das für Jin sicher kein Problem. Aber wegen Tan sollten sich die beiden besser nicht kennenlernen. Das könnte zu unerwünschten Verwicklungen führen, und die kann er derzeit nun wirklich nicht gebrauchen.

„Einen kleinen Moment noch. Ich ziehe mich nur kurz um und dann können wir gehen." Jom verschwindet im winzigen Bad, unter dem Arm eine Jeans und ein grüngestreiftes Hemd.

Währenddessen hat Lisa das Haus schon halb umrundet und blickt mit Forschergeist durch die Büsche auf das Nachbargrundstück. Aha! Jetzt ist ihr klar, woher das Hahnengeschrei kommt.

Mindestens zehn prächtig bunte Hähne werden getrennt voneinander unter kleinen Bambuskäfigen gefangen gehalten und scharren und picken nervös im Gras herum.

„Das sind Kampfhähne", ertönt plötzlich Tongs Stimme hinter ihr. Erschrocken fährt sie zusammen und dreht sich mit ertapptem Blick um.

„Kampfhähne?" Ihre Stimme klingt schrill. Vor Lisas geistigem Auge entsteht ein Bild von fliegenden Federn, spitzen Schnäbeln und spritzendem Blut. Eigentlich hat sie die Thailänder immer für friedliebend und sanftmütig gehalten, und dann erfreuen sie sich an so einem Gemetzel?

„Ist das überhaupt erlaubt?"

„Ja, ist es. Der Hahnenkampf ist eine sehr alte thailändische Tradition. Viele Thai-Familien besitzen einen oder mehrere Hähne, die sie selber züchten und trainieren. Die hier gehören unseren Nachbarn. Sie werden gleich mit ihnen in die Stadt zum Wettkampf fahren."

Den missbilligenden Gesichtsausdruck richtig deutend, fügt er rasch hinzu:

„Die Vögel sterben nicht dabei, und außerdem wird ihnen der gefährliche Sporn am Fuß abgeklebt. Dann können keine schlimmen Verletzungen entstehen."

„Na ja, aber trotzdem ist das grausam. Die armen Hähne."

„Von wegen, arme Hähne. Die werden gepflegt, trainiert und liebevoll umsorgt. Dafür müssen sie halt ab und zu in die Arena. Was ist daran schlimm?", will Tong mit leicht erhobener Stimme wissen. „Ihr schaut euch in Deutschland doch auch mit Vergnügen Boxkämpfe an, und da sind es Menschen, die sich gegenseitig auf die Nase hauen. Und was ist mit den Hähnen in der Massentierhaltung. Die haben ein schreckliches Leben, und werden zum Schluss auch noch maschinell getötet."

„Aber ich dachte immer, Hahnenkämpfe seien illegal", versucht Lisa zaghaft nachzuhaken.

„Unter der Voraussetzung, dass die Tiere beim Kampf nicht ums Leben kommen, sind sie erlaubt. Problematisch wird es erst, wenn Geldwetten damit verbunden werden. Dann gilt der Hahnenkampf als illegales Glücksspiel und ist gesetzlich verboten."

„Das macht hier natürlich keiner." Ihr süffisantes Lächeln spricht Bände.

„Natürlich nicht", beendet Tong das Thema. „Komm, jetzt fahren wir erst mal zu Wat zum Frühstück." Er strahlt voller Vorfreude.

Frühstück bei Wat

Trang muss noch einige Dinge erledigen und begleitet die beiden nicht. Die Fahrt mit dem Pickup dauert genau eine Minute, denn Wat und Pong wohnen nur zwei Seitenstraßen weiter.

Für die kurze Strecke nehmen wir den Benzinschlucker? Lisa zieht kritisch die Augenbrauen hoch. Die paar Meter könnten wir doch locker zu Fuß gehen.

In ihrer Selbstgerechtigkeit fällt ihr gar nicht auf, dass sie sofort bewertet, ohne alle Hintergründe zu kennen. Sie ist nun mal zu Gast in einem Land, in dem selbst kürzeste Strecken mit einem Fahrzeug zurückgelegt werden, egal ob mit dem Bus, Tuk-Tuk oder Taxi. Wer läuft, erweckt den Eindruck, kein Geld zu haben oder zu geizig zu sein. Das ist auch Tong in Fleisch und Blut übergegangen. Außerdem ist es bei der Hitze wirklich nicht sehr vergnüglich, zu Fuß zu gehen. Braun werden will auch kein Thai, je heller die Hautfarbe, desto höher der Status. Nur Bauern sehen dunkel gebräunt aus.

Tong parkt den Pickup direkt vor der Tür. Im Inneren des Hauses ist es dunkel und kühl.

„Guten Morgen. Wie schön, dass ihr da seid. Setzt euch doch." Wat deutet auf den gedeckten Tisch. Der große Holztisch, natürlich auch selbstgezimmert, ist bereits vollgestellt mit vielen Tellern und kleinen Schüsseln.

Mit glänzenden Augen stellt Wat eine Flasche von seinem Lieblingsbrandy auf den Tisch und holt Eiswürfel aus dem Kühlschrank.

„Möchtest du auch einen Schluck?" Mit einladender Geste hält er Lisa ein Glas hin.

„Ja, gerne. Normalerweise ..".

„Aber ohne Eis", fällt ihr Tong ins Wort. Lisa hat ihm gleich zu Beginn von ihrem empfindlichen Magen erzählt, und obwohl die Wasserqualität hier auf dem Lande recht gut ist, will Tong lieber kein Risiko eingehen. Sehr aufmerksam.

Sie hebt wohlgemut das Glas und prostet den Männern zu. Zwar hat sie heute noch keinen Bissen gegessen, aber was soll's, zu Hause gibt es schließlich auch so etwas wie Sektfrühstück. Also hoch die Tassen, es lebe der Brandy-Brunch.

Pong wirft unauffällig einen leicht missbilligenden Blick zum Tisch herüber. Sie ist geschäftig dabei, frischen Fisch für ihren Gast zu braten. Es zischt und brodelt wie in einer Restaurantküche. Mit vor Hitze glänzendem Gesicht bringt sie den Teller mit dem Fisch und setzt sich dazu.

Die beiden Männer nehmen nichts von dem Fisch, sondern stürzen sich mit offensichtlichem Vergnügen auf ein Gericht aus rohem Hackfleisch. Larb, eine Spezialität der nordöstlichen Thaiküche.

„Nimm du lieber den Fisch", meint Tong fürsorglich, und Lisa ist froh darüber, ihren Magen aus der Gefahrenzone gebracht zu haben, ohne unhöflich zu wirken.

Wat beobachtet sie aus den Augenwinkeln. Ein breites Lächeln trotz Zahnlücke. Er freut sich offensichtlich sehr, dass es der blonden Frau schmeckt. Also kann das Frühstück in Deutschland wohl doch nicht so viel anders sein als hier, schlussfolgert er. „So gegen zwölf Uhr fahren wir dann ins Restaurant am See. Ihr seid meine Gäste." Der Gastgeber erhebt vergnügt sein Glas. Eigentlich könnten sie die Hände gleich in der Luft lassen, so oft wie sie sich zuprosten.

Ach je, das Mittagessen. Daran habe ich ja gar nicht mehr gedacht. Lisa streicht unauffällig über ihren Bauch. Aber das macht nichts. In zwei Stunden ist wieder Platz für noch mehr Fisch. Fisch geht immer.

„Wunderbar." Sie strahlt Wat an, und er lächelt hinter vorgehaltener Hand verschämt zurück.

Im Seerestaurant

Punkt zwölf Uhr starten dann alle fünf in einem kleinen Autokonvoi Richtung Seerestaurant zum Mittagessen. Zwar hätten alle zusammen durchaus in einen der beiden großen Pickups gepasst, aber das hätte ja den Eindruck vermitteln können, man habe keinen eigenen Wagen. Das wäre dann ähnlich peinlich wie zu Fuß zu gehen.

Eine halbe Stunde später biegen sie von der Hauptstraße ab und holpern weiter über einen unbefestigten Weg, der sich durch ein kleines Wäldchen schlängelt.

Da! Plötzlich glitzert Wasser durch die Bäume. Ein großer See breitet sich silbrig glänzend vor ihnen aus. Auf einer Lichtung sieht man ein kleines Restaurantgebäude und dahinter, direkt am Ufer, stehen zehn Bambushütten für die Gäste bereit. Die Hütten sind auf Stelzen in den See gebaut und jeweils durch einen schmalen Steg mit dem Ufer verbunden. In einigen Hütten herrscht schon geschäftiges Treiben. Schüsseln und Teller werden unter Geklapper herumgereicht und Bierflaschen mit einem Zisch geöffnet.

Die Bedienung führt das Grüppchen zu der von Wat reservierten Hütte und rollt eine große Bambusmatte aus. Es schaut gemütlich und einladend aus.

Ist das schön hier. Vor lauter Staunen wäre Lisa beinahe auf dem kleinen Steg ausgerutscht. „Vorsicht!" Tong kann sie gerade noch auffangen.

„Kommt, nehmt Platz", ruft Wat in Gastgeberlaune und lässt sich mit einem Plumps auf den Boden fallen. Schneidersitz ging vielleicht früher einmal, aber jetzt mit seinem Bauch müssen andere Sitztechniken her.

Gut gelaunt und angeregt plaudernd studieren sie die Speisekarte. Lisa versteht nichts, aber glücklicherweise enthält die Karte Fotos der verschiedenen Gerichte.

Zuhause hat sie immer über die bebilderten Speisekarten gelästert. Das ist doch nur etwas für Touristen. Jetzt ist sie froh darüber.

Trotz der idyllischen Umgebung ist sie etwas angespannt. Es ist wenig Platz auf der Bambusmatte, und wieder einmal weiß sie nicht so recht, wohin mit den langen Beinen. Hocken oder Schneidersitz liegen leider außerhalb ihrer physischen Möglichkeiten, und so rutscht sie unruhig in ihrem Eckchen herum. Schließlich gelingt es ihr, ein Bein unterzuschlagen und das andere fest auf den Boden zu stemmen. Bloß nicht die Fußsohlen zeigen oder jemanden mit dem Fuß berühren, fährt es Lisa siedend heiß durch den Kopf. Sie hat irgendwo gelesen, dass sich die Seele nach thailändischer Vorstellung im höchsten Teil des Körpers, im Kopf befindet. Als entsprechend „unrein" und „schmutzig" gelten daher die Füße eines Menschen, ganz besonders die Fußsohlen. Also wird ausländischen Touristen empfohlen, immer schön auf eine angemessene Fußstellung zu achten.

Reichlich anstrengend diese Sitzhaltung, vorsichtig streckt sie ihr halb eingeschlafenes Bein aus. Das europäische Speisen an Tischen mit Stühlen hat durchaus seine Vorzüge.

Wat bestellt großzügig. Als Spezialität dieses Restaurant gelten die frisch gefangenen Fische, die in einer Salzkruste gebacken werden. Reis wird gebracht, und die Bedienung stellt Schüsseln mit Salat, Gemüse und verschiedenen Saucen in die Mitte der Matte. „Eigene" Gerichte sind in Thailand nicht üblich. Jeder greift einfach zu und probiert von jedem Gericht etwas.

Langsam beginnt Lisa sich zu entspannen.

Unterdessen nähert sich aus einer ganz anderen Richtung des Landes ein dritter Pickup dem Seerestaurant.

„Wie lange fahren wir denn noch?" fragt der alte Noom seinen Großneffen Jao und rutscht unruhig auf dem Beifahrersitz herum.

„Es ist nicht mehr weit, Dtaa. Ich habe gerade mit Onkel Tong telefoniert. Sie sitzen mit Freunden beim Essen in einem Seerestaurant und wir sollen direkt dorthin kommen."

Noom nickt. Er freut sich, seinen ältesten Sohn Tong wiederzusehen. Wenn auch nur für einen kurzen Nachmittagsbesuch, denn das eigentliche Ziel der Reise ist Nung, sein jüngster Sohn, der mit seiner Familie in den Bergen lebt.

Obwohl er bereits über 80 Jahre alt ist, reist Noom regelmäßig durch das Land, um seine Kinder zu besuchen. Einer seiner Söhne darf ihn dann hin und her chauffieren. Wer weiß, wie lange er noch leben wird. Er liebt seine sechs Kinder und freut sich, dass alle wohlgeraten sind, Familien haben und ihr eigenes Geld verdienen. Das ist ja nun wirklich keine Selbstverständlichkeit, wenn man als Bauer mit wenig Landbesitz immer hart für den Lebensunterhalt der Familie arbeiten musste.

Vor drei Jahren hat Noom all seinen Mut zusammengenommen und ist nach Deutschland zu seiner Tochter Ploy geflogen. Wenn er heute ein Flugzeug hoch oben am Himmel sieht, kann er immer noch nicht so recht glauben, dass er selbst in so einem Ding gesessen hat. Aber er musste doch wissen, wie seine Tochter in Deutschland so lebt und ob es ihr gutgeht. Ploy verdient von allen das meiste Geld und hat sich in Larang ein schönes Haus gebaut.

Damals in Deutschland kam ihm alles so eng vor, und es gab kaum Landwirtschaft. Alles wurde mit Maschinen erledigt, Arbeiter sah er fast keine auf den Feldern.

Interessant war das alles schon, aber er war froh, als er wieder heil in seinem kleinen Dorf ankam.

Gerade weil er selbst erlebt hat, wie schwer es sein kann, sich in einem fremden Land zurechtzufinden, hat er auch darauf bestanden, dass Ploys ausländische Freundin von der Verwandtschaft persönlich bis nach Larang gebracht wurde und nicht allein mit dem Bus fahren musste. Jetzt würde er sie gleich kennenlernen.

Vierzig Kilometer weiter westlich haben Tan und ihre Mutter gerade das sonntägliche Mittagessen auf der schattigen, kleinen Gartenterrasse beendet. Die Mutter hat ein köstliches Hühnercurry gekocht, und eigentlich könnte sich Tan entspannt und zufrieden zurücklehnen und ihre freie Zeit genießen. Aber ihre Gedanken schwirren umher wie die Bienen auf der Suche nach der schönsten Blume.

Während ihre Mutter in der Küche mit dem Abwasch beschäftigt ist, greift Tan nach ihrem Handy, überlegt kurz und wählt dann rasch die Nummer von Jom.

Der sitzt gerade nichtsahnend neben Jin auf einer schattigen Parkbank mit Blick auf einen kleinen, künstlich angelegten See und denkt an den ganzen Prüfungsstoff, den er noch lernen muss. Er zuckt nervös zusammen, als sein Smartphone klingelt.

„Hallo?"

„Hallo, Jom. Hier spricht Tan. Ich wollte nur mal kurz hören, wie es dir geht und wie du mit der Vorbereitung für das Examen klarkommst."

„Oh, hallo." Verlegen springt Jom auf, signalisiert Jin, sie solle sitzenbleiben und entfernt sich hastig Richtung Seeufer.

„Ich mache gerade eine kleine Pause an der frischen Luft und dann setze ich mich gleich wieder an den Computer."

„Soll ich vorbeikommen und dir helfen? Ich habe das ja alles schon hinter mir und weiß wie die Prüfungen laufen." Tans Stimme klingt hoffnungsvoll.

„Eine gute Idee", erwidert Jom ehrlich erfreut. Alles, was ihn seinem beruflichen Ziel näherbringt, kommt ihm sehr gelegen. „Aber heute passt es nicht so gut. Nächste Woche vielleicht."

Schade, Tan versucht, sich ihre Enttäuschung nicht anmerken zu lassen.

„Ja gut, so machen wir es. Bis morgen dann. Und arbeite nicht mehr so viel, es ist schließlich Sonntag", beendet sie das Gespräch in fürsorglichem Ton.

„Wer war das denn?" erkundigt sich Jin neugierig. „Du klangst ja nicht gerade begeistert."

„Das war meine Direktorin. Sie hat angeboten, mir bei den Vorbereitungen für die Prüfung zu helfen."

„So, hat sie das", sagt Jin spitz und fügt leicht ironisch hinzu: „Wie selbstlos von ihr, und das auch noch an einem Sonntag."

„Nein, nein, es ist nicht so, wie du denkst."

„Ach ja? Wie denke ich denn?"

Das Gespräch beginnt langsam ungemütlich zu werden. Jom versucht abzulenken.

„Schau! Da drüben gibt es Eis zu kaufen. Lass uns noch ein Eis essen, bevor ich wieder nach Hause und weiterlernen muss."

„Mit wem hast du denn da gerade telefoniert?" will Tans Mutter wissen.

Eine leichte Röte überzieht das Gesicht ihrer Tochter.

„Mit Jom, dem neuen Lehrer an meiner Schule. Er lernt gerade für das Direktorenexamen, und ich habe angeboten, ihm dabei zu helfen. Er ist sehr tüchtig." Tan hat sich rasch wieder gefasst.

„Du magst ihn." Das klingt mehr wie eine Feststellung als wie eine Frage. In der Stimme der Mutter schwingt leichte Besorgnis mit. Ihre Tochter ist ein wunderbarer Mensch und beruflich sehr erfolgreich. Nur bei den Männern fehlt ihr eine gute Portion Realismus. Ihr Verlobter ist zwar unglücklicherweise zu früh verstorben, aber warum hatten die beiden eigentlich nicht geheiratet? Fünf Jahre Verlobungszeit. Da sollte man sich doch langsam mal entschließen können. Und jetzt dieser neue Lehrer.

„Wie alt ist er denn"? erkundigt sich die Mutter vorsichtig.

„Er ist vierunddreißig Jahre alt."

So, so. Da ist meine Tochter ja bestens informiert.

„Mag er dich auch?"

„Ja, sicher", Tan nickt eifrig. „Er hat mir sogar schon ein Kompliment gemacht. Du wirst ihn bald kennenlernen. Ich werde die Lehrer und unseren deutschen Gast am Dienstag zu uns nach Hause einladen. Er wird dir sicher gefallen. Jom ist ernsthaft, gutaussehend und klug", Tan gerät ins Schwärmen.

„Oh, das ist ja schon übermorgen." Ihre Mutter ist plötzlich ganz aufgeregt. „Dann muss ich ja noch eine ganze Menge vorbereiten und das Haus aufräumen."

„Nein, nein, Mutter. Ist nicht nötig, wir bringen das Essen mit und essen vorne auf der großen Terrasse. Es wird ganz ungezwungen."

„Aufräumen werde ich trotzdem, darauf bestehe ich. Wir wollen ja schließlich einen guten Eindruck hinterlassen."

Tan hingegen wirkt jetzt ganz entspannt und zufrieden mit sich selbst.

So, jetzt würde sie ein kleines Nickerchen machen. Voller Vorfreude auf die kommende Woche lässt sich Tan auf die Bank mit den bunten Kissen fallen und schließt die Augen.

„Da vorne ist es schon, Dtaa. Wir sind da", ruft Jao und stupst Noom an. „Ist das nicht Onkel Tong, der da winkt?"

Noom sieht nicht mehr ganz so gut, aber den typischen Gang da vorne würde er unter Hunderten wiedererkennen. Das ist ganz eindeutig sein ältester Sohn, gefolgt von vier weiteren Personen. Die lange Gestalt da, die alle um einen Kopf überragt, das ist bestimmt die deutsche Freundin von Ploy, überlegt Noom. Er schreckt zusammen, als die Beifahrertür aufgerissen wird. Alle reden durcheinander, Lachen klingt an sein Ohr. Er versteht nur die Hälfte, weil sein

Gehör nicht mehr so gut mitmacht. Dafür ist er aber noch gut zu Fuß.

„Sawat dii kha!" Interessiert mustert Lisa den alten Mann. Das ist also Ploys Vater, von dem sie schon so viel erzählt hat.

Oh, der deutsche Gast spricht Thai, Noom ist erfreut und grüßt kurz zurück.

Lisa ist enttäuscht, dass der alte Noom so kurz angebunden ist. Sie hat eigentlich mehr Begeisterung erwartet. Großes Interesse scheint er jedenfalls nicht an ihr zu haben.

Fröhlich durcheinanderredend spaziert der ganze Trupp zur Bambushütte im See. Es wird noch enger, alle müssen zusammenrücken. Das allgemeine Essvergnügen wird dadurch jedoch in keiner Weise getrübt. Im Gegenteil. Je mehr Gäste zusammensitzen, desto mehr Spaß scheinen alle zu haben.

„Wir bestellen noch Fisch und Reis, was magst du denn essen?", fragt Tong seinen Vater.

„Gar nichts, es ist doch noch genug für alle da." Noom greift sich einen Fisch, der fast nur noch aus Gräten besteht und knabbert die Reste sorgfältig und mit Genuss ab.

Was für ein Überfluss. Nooms Gedanken wandern zurück zu den harten Jahren auf dem Land. Unerwartete Dürren oder Überschwemmungen. Nie konnte er sicher sein, ob die Ernte für die ganze Familie reichten würde. Hungern mussten sie nie, aber so ein paar kleine Fische aus dem Dorfteich waren immer eine willkommene Abwechslung zum täglichen Reis gewesen.

Verstohlen blickt er zu Lisa herüber. Sie macht einen ganz ordentlichen Eindruck, aber trotzdem fühlt er sich befangen.

Er ist es nicht gewohnt, einfach so mit Fremden in Kontakt zu treten. Auch wenn sein Sohn alles übersetzen kann, Lisa kommt eben aus einer anderen Kultur. Und wie anders diese Kultur ist, hat er in Deutschland ja erlebt.

Allein die Begrüßungen dort. Immer müssen sich alle anfassen. Entweder schütteln sie Hände oder sie küssen sich in aller Öffentlichkeit auf beide Wangen. Im Restaurant bestellt sich jeder seinen eigenen Teller. Von den Gerichten der anderen am Tisch zu essen gilt als unhöflich. Die Hälfte lassen sie dann auch noch liegen. Wahrscheinlich landen die Reste im Müll. Das ist ihm alles zu kompliziert.

So, jetzt ist kein Fitzelchen Fisch mehr übrig. Zufrieden wischt sich Noom den Mund ab und spült kräftig mit Bier nach. Das hat gut geschmeckt, und satt geworden ist er auch. In seinem Alter braucht man nicht mehr so viel Nahrung.

Die Gräten und die übrigen Essensreste landen in Tongs großem Schweineeimer und werden so auf seiner Farm noch für weitere Freude sorgen.

Gut gelaunt beenden sie das Gelage und fahren im Konvoi, jetzt mit drei Fahrzeugen, zu Tongs Haus. Hier ist noch ein kleiner Zwischenstopp geplant, bevor Jao und Noom dann in die Berge weiterfahren würden.

Endlich kann Lisa die schwere Tüte mit Ploys Geschenken loswerden.

„Bitte schön. Das hier ist ein Geschenk von Ploy." Wieder zuhause, überreicht sie Noom die beiden Päckchen.

Ein breites Lachen – das die Abwesenheit des rechten Schneidezahns sichtbar macht – zieht sich über sein Gesicht, als er die Flasche mit dem Berliner Speziallikör auspackt. Köstlich! Der Kräuterlikör hat ihm in Deutschland so gut geschmeckt. Wie schön, dass seine Tochter sich noch daran erinnert hat. Auch das Fotoalbum gefällt ihm sehr.

Viel Zeit bleibt nicht. Nach einer halben Stunde verabschieden sich Noom und Jao und brechen zu ihrer letzten Etappe auf.

Nach dem Abendessen, das nach all der Völlerei eigentlich gut hätte ausfallen können, zieht sich Lisa gleich auf ihr Zimmer zurück. Morgen in der Schule wird wieder der Bär los sein, und da muss sie noch so einiges vorbereiten.

Es war ein ereignisreicher Tag; um 20.30 Uhr ist ihre Batterie leer, und sie schläft sofort ein.

Unterricht auf andere Art

Ganz schön frisch heute Morgen. Lisa schließt fröstelnd den Reißverschluss ihrer Fleecejacke, während sie hinter den Schülerreihen auf der vertrockneten Schulwiese steht und das morgendliche Ritual voller Interesse beobachtet.

Die Landesflagge wird gerade mit Schwung nach oben gezogen, als sie ein unangenehmes Kribbeln an den Füßen spürt. Heute trägt sie schwarz-silberne Zehensandalen, sozusagen ein Nichts von einem Schuh.

Was ist das bloß? Es juckt und zwickt immer mehr. Fluchtartig verlässt sie die Wiese, um sich ihre Füße genauer anzuschauen. Winzige rote Punkte überall. Offenbar habe ich unerlaubt eine Ameisenstraße betreten, mutmaßt Lisa. In Zukunft werde ich die Wiese meiden und immer schön am Rand auf dem asphaltierten Teil des Schulhofs stehenbleiben.

Die Glocke schrillt wie immer Punkt neun Uhr. Sie schnappt sich die Tasche mit den Unterrichtsmaterialien und folgt Tong in den ersten Klassenraum.

Prathom 4 wartet schon, alle sind gespannt, was heute passieren wird.

„Good morning, teacher!" Stühle rumpeln, als die Schüler aufspringen und in voller Lautstärke ihre Begrüßungsformel herausschreien.

„Wir hatten ja letzte Woche unseren Schulausflug", beginnt Lisa betont langsam. „Und da habt ihr auf dem Markt sehr viel gesehen. Also spielen wir jetzt mal Einkaufen auf dem Markt. Stellt die Tische am besten in einem Halbkreis auf."

Kim hört konzentriert zu. Wow! Er versteht doch tatsächlich einige Worte. Das ist ja super. Ihm gefällt Lisas Aussprache. Bisher war er ja nur das Englisch von

Lehrer Tong gewohnt, und das hört sich natürlich asiatisch an. Etwas anderes kennt er gar nicht. Vor lauter Begeisterung über sein Erfolgserlebnis hört er gar nicht mehr so genau zu, was Lehrer Tong übersetzt, so dass er den Einstieg in das Marktspiel verpasst. Aber er würde auf gar keinen Fall nachfragen. Er könnte sein Gesicht verlieren und als Dummkopf dastehen. Und die neue Lehrerin denkt möglicherweise, sie habe nicht deutlich genug erklärt. Er würde sie blamieren. Er versucht herauszufinden, was seine Klassenkameraden so machen und begreift schnell, wie das Spiel funktioniert.

Die eine Hälfte der Schüler steht hinter den zu Verkaufsständen umgerüsteten Pulten, die andere Hälfte soll die Kunden spielen.
Die „Waren", jeweils zwei Karten mit aufgedruckten bunten Früchten, liegen umgedreht auf den Tischen.
„Do you have apples?", haucht Noy Na, die die Kundin spielt, und schaut dabei verlegen zu Boden.
„No, I don't have apples", antwortet Kim mit fester Stimme, nachdem er einen Blick unter seine beiden Karten geworfen hat. Noy Na huscht weiter zum nächsten Stand.
„Do you have apples?"
„Yes." Zögernd reicht Chi ihr eine Karte.
„Oh nein, Chi", die anderen Kinder kichern vergnügt.
„Das sind doch keine Äpfel." Langsam steigt die Stimmung, jede falsche Antwort wird mit fröhlichem Gelächter quittiert. Was für ein Spaß.

159

Äpfel, Bananen, Mangos. Die kleine Marktgesellschaft ist mit Feuereifer dabei, und die Stunde geht viel zu schnell vorbei.

„Bis morgen dann, Kinder." Lisa packt ihre Sachen zusammen, um zur nächsten Klasse zu wechseln.

„Goodbye, teacher", ruft ihr Kim forsch hinterher, als sie den Klassenraum verlässt. Er ist von sich selbst überrascht. Ich kann mit der fremden Lehrerin reden, denkt Kim voller Stolz und nimmt sich vor, künftig noch mehr Vokabeln zu lernen.

In der nächsten Klasse wartet Siri schon voller Spannung auf den Englischunterricht. Da ist sie ja endlich, die neue Lehrerin. Das hummerfarbene T-Shirt steht ihr gut. Ob sie in Deutschland alle so angezogen sind? Gibt es dort eigentlich auch Schuluniformen? Wahrscheinlich sehen die alle ein bisschen so aus wie die Nazi-Uniformen im Film. Hitler-Chic ist gerade der neueste Schrei in Thailand.

T-Shirts mit aufgedrucktem Hitler-Konterfei, Schmuck, Statuen, ja sogar ein „McHitler" mit dem typischen Schnurrbart und dem gestrengen Seitenscheitel sind total „in". Das hat Siri im Fernsehen gesehen. In den großen Einkaufszentren kann man sogar Teletubbies mit bösem Blick und Hakenkreuz-Antenne finden.

Es gibt auch eine sprachliche Verbindung zur Nazizeit. Aber davon weiß Siri nichts.

Die mittlerweile in ganz Thailand verbreitete Grußformel „Sawatdi", wird hergeleitet von Sanskrit „Svasti", was „Wohlbefinden" oder „Heil" bedeutet. Dieser Gruß wurde erst Ende der 1930er Jahre ganz bewusst geprägt. Die damalige, nationalistisch eingestellte Führungselite betrachtete Hitler, Mussolini und Franco als Vorbilder und hatte dem „zeitgemäßen" europäischen Faschistengruß etwas Gleichwertiges zur Seite setzen wollen.

Der Begrüßungsruf „Good morning, teacher", unterbricht Siris Grübelei.

Heute beginnt der Unterricht mit einer kleinen Konversation.

„Do you have a sister?"

"Yes, I have two sisters and one brother." Während sich die Kinder den gelben Softball zuwerfen und so ihre Konversationspartner auswählen, schweifen Siris Gedanken wieder ab in Richtung Deutschland. Ob die Familien dort wohl groß sind? Vielleicht haben alle aber auch nur ein Kind.

Ob Lisa wohl Kinder hat? Siri nimmt sich vor, unbedingt mehr über das fremde Land zu erfahren.

Aber wie soll sie das anstellen? In der Schule gibt es keine Bücher über Deutschland. Ein PC mit Internetanschluss wäre sicher hilfreich, um an Informationen zu kommen, aber so etwas kann sich ihre Familie nicht leisten.

Plopp! Sie kann den Ball gerade noch rechtzeitig auffangen.

„No, I have no sister and no brother", antwortet Siri fehlerfrei und wirft den Ball mit Schwung in Richtung Mii.

Sie wird Lehrer Tong fragen, ob sie den Computer im Lehrerzimmer benutzen darf. Es ist zwar strengstens verboten das Lehrerzimmer zu betreten, aber vielleicht macht er ja eine Ausnahme. Schließlich möchte sie ja nur etwas Nützliches lernen.

Puh! Mit erhitztem Gesicht betritt Lisa den Klassenraum von Prathom 6. Ihre Hochachtung vor dem Lehrerberuf ist in kürzester Zeit gestiegen. Das ist ja vielleicht anstrengend, so eine Klasse zu unterrichten. Aber sie veranstaltet ja auch keinen ruhigen Unterricht, sondern bietet den Kindern ein richtiges Animationsprogramm.
Erwartungsvolle Blicke und die lautstarke Begrüßung lassen ihren Adrenalinspiegel steigen. Heute wird sie drei neue Adjektive für die anschließende Konversation beginnen.
Traurig, ärgerlich, fröhlich. Lisa hält die bunten Karten mit den entsprechenden Symbolen in die Höhe.
„Bitte stellt euch alle in einer Reihe auf. Wir spielen jetzt „Richtig oder Falsch". Richtig heißt, ihr springt nach rechts und falsch, ihr springt nach links. Wer einen Fehler macht, scheidet leider aus."
Schubsend und kichernd versuchen die Schüler, eine Reihe zu bilden. Yok hat sich im hinteren Teil der Reihe einsortiert. Ihre Wangen sind vor lauter Aufregung gerötet.
Und schon geht es los. In rascher Folge hebt Lisa die Karten in die Höhe und jongliert mit den Adjektiven. Jauchzend vor Freude und voller Begeisterung springen

162

die Kinder hin und her. So viel Bewegung kennen sie sonst nicht im Unterricht.

Der schwerfällige Pon scheidet als erster aus. Bald sind nur noch drei Schüler übrig, unter ihnen Yok. Wieder einer falsch gesprungen. Jetzt sind nur noch zwei übrig, und dann steht Yok als Siegerin da. Sie kann es selbst nicht glauben. Gewonnen!

„Prima, das hast du gut gemacht."

Glücklich kehrt Yok zu ihrem Platz zurück.

Doch als wenig später der gelbe Ball auf sie zufliegt und sie im Konversationsspiel antworten muss, hat sich ihr Selbstvertrauen plötzlich in Luft aufgelöst. Alle Blicke sind auf sie gerichtet. Sie würde am liebsten im nächsten Mauseloch verschwinden. Aufgeregt knetet sie den weichen Ball in ihren Händen.

„Na komm schon, Yok! How are you?" ruft ihr die Freundin zu; Lisa zeigt ermunternd die Karte mit dem Symbol für „Ärgerlich".

„Du weißt es. Bestimmt weißt du es. Lass dir nur Zeit." Sie sieht sie dabei freundlich an. Das scheint zu wirken. Yoks Gedächnis kommt wieder in Schwung.

„Und?" fragt Lisa erneut, immer noch mit einem ermutigenden Lächeln.

„Angry", stößt Yok leise hervor. „I'm angry." Erleichtert wirft sie den Ball in Richtung Pon.

„How are you?"

Ein Blick auf die Uhr. „So Kinder. Schluss für heute. Bis morgen."

Schlagartig hat sich Lisas ganze Energie verflüchtigt. Froh, dass auch diese Stunde erfolgreich herum gegangen ist, verlässt sie das Klassenzimmer.

Jetzt hat sie sich ihr Mittagessen redlich verdient.

Flirt in der Mittagspause

In der großen offenen Halle herrscht Hochbetrieb. Die Schüler klappern mit ihren Schüsseln, schwatzen und lachen. Entsprechend hoch ist der Geräuschpegel.

Jom sitzt mit leicht griesgrämigem Gesicht am Lehrertisch. Er hat Tan versprochen, mit dem Essen auf sie zu warten. Aber noch ist von ihr weit und breit nichts zu sehen.

„Es hat leider ein bisschen länger gedauert, aber du weißt ja, der Inspektor war heute zu Besuch", entschuldigt sich Tan atemlos, als sie sich endlich mit leuchtenden Augen zu Jom an den Tisch setzt.

„Hmmh, ist schon in Ordnung" grummelt Jom wortkarg und konzentriert sich darauf, eine große Portion Hühnerfleisch auf seinen Teller zu laden.

„Hast du eigentlich die Einkaufsliste für morgen schon fertig?", erkundigt sich Tan. „Wir brauchen noch so einiges für die Lehrercomputer. Das könnten wir zwei ja gemeinsam besorgen. Du kennst dich doch gut mit so etwas aus."

Jom hebt geschmeichelt den Blick. In der Tat, damit kennt er sich aus, und es gibt sicher Schlechteres, als in Begleitung seiner Direktorin IT-Zubehör zu kaufen. Das ist die Chance, sich gleich zwei neue USB-Sticks mit viel Speicherplatz zuzulegen.

„Natürlich. Sehr gern." Er setzt ein gekünsteltes Lächeln auf.

Tan hingegen strahlt. Sie ist sehr zufrieden damit, wie sich die Dinge entwickeln. So langsam scheint Jom aufzutauen. Je mehr Zeit sie mit ihm verbringt, desto mehr wird ihm der Gedanke an ein gemeinsames Leben gefallen. Davon ist sie überzeugt. Und dann noch die Einladung in ihr Haus. Das Lehrerkollegium weiß noch nichts davon. Es soll eine Überraschung werden.

Sie schiebt den Stuhl zurück und will gerade aufstehen, als Joms Smartphone klingelt. Ein schneller Blick auf das Display: Jin. Er drückt den Anruf rasch weg.

„Geh nur dran, wenn es wichtig ist", ermuntert ihn Tan. „Ich muss sowieso wieder zurück in mein Büro."

„Nein, nein. Das war nur mein Cousin. Ich rufe ihn später zurück."

Nach dem Essen lümmelt Mii mit seinen Freunden, Fruchteis lutschend, am Rande des kleinen Brunnenteichs vor dem Schulgebäude herum. Unter lautem Gelächter jagen sie die kleinen Fische mit Holzstöcken durch das trübe Wasser. Platsch! Ein Frosch hüpft aufgescheucht vom Brunnenrand und flüchtet mit kräftigen Schwimmbewegungen unter ein entfernt liegendes Seerosenblatt.

Die Jungs quieken vor Schreck.

„Mann, war der groß", ruft der dicke Pon bewundernd.

„Der schmeckt bestimmt gut. Den fang ich mir." Mit

ungelenken Schritten versucht er gerade den Teich zu umrunden, als Noy Na mit ihren Freundinnen vorbei schlendert.

„Hey, Noy Na", ruft Mii, durch die Anwesenheit seiner Kumpels ermutigt. „Wie war der Unterricht mit der neuen Lehrerin?"

„Toll, wir haben Einkaufen auf dem Markt gespielt", erwidert Noy Na, ohne stehen zu bleiben.

„Das ist doch mal etwas Nützliches." Mii grinst breit. „Mädchen können gar nicht früh genug lernen, die richtigen Sachen zum Kochen einzukaufen. Gratuliere, dann kannst du ja bald heiraten", scherzt er und sieht sich Beifall heischend nach zu seinen Freunden um. Pon, der seinen Frosch bereits vergessen hat, nickt eifrig.

„Kochen. Jaja. Eine gute Frau muss kochen können."

„Pff." Verächtlich und sichtlich beleidigt verschwindet Noy Na mit ihren Freundinnen um die Hausecke. Was für ein blöder Kerl.

„War doch nur ein Scherz", bemüht Mii sich um Schadensbegrenzung. Mist, seine Angebetete ist aber auch zu empfindlich.

Und noch drei Klassen

Es bleibt noch ein bisschen Zeit, um in Ruhe einen Kaffee zu trinken, bevor Lisa Tong zu den Klassenräumen von Prathom 1 bis 3 folgt.

Die jüngeren Schüler der unteren Klassen sind im Erdgeschoss eines einstöckigen Gebäudes untergebracht, das im hinteren Teil des Schulgeländes liegt. Das erste

Stockwerk ist leicht baufällig und darf nicht mehr genutzt werden. Aber die Klassenräume im Parterre sind in bunten Farben gestrichen und mit allerlei Bildern liebevoll dekoriert. Es ist deutlich zu spüren, dass hier engagierte Lehrer arbeiten.

Tong schickt Lisa in die dritte Klasse und überlässt es Su, der zuständigen Lehrerin, sie den Kindern vorzustellen und die Spielregeln zu übersetzen. Su kann zwar so gut wie kein Englisch, aber irgendwie gelingt es ihr doch, die Schüler mit energischen Worten anzuleiten. Erwartungsvolle Blicke, wohin man schaut.

Yut hält seinen großen Kopf leicht geneigt und versucht zu verstehen, was die große blonde Frau da vorne jetzt vorhat. Bloß nicht tanzen. Mit Schrecken erinnert er sich an die Vorbereitungen für die Vorführungen zum Children's Day. Aha, sie sollen wohl lateinische Buchstaben lernen.

Lisa zeigt betont langsam die bunten Karten A, B, C, D und versucht dabei das Spiel „Richtig oder Falsch" zu erklären.

Die Kinder hüpfen, lachen und rufen aufgeregt durcheinander. Es macht ihnen sichtlich Freude, sich bewegen zu können und nicht still auf ihren Plätzen sitzen zu müssen.

Fon, hochkonzentriert bei der Sache, gewinnt zweimal hintereinander und strahlt dabei über das ganze Gesicht.

Als nächstes spielen sie das Straußenspiel.Es werden zwei Teams gebildet. Ein Kind pro Team stellt sich in die

Mitte des Raumes. Lisa befestigt jeweils eine Buchstabenkarte auf dem Rücken der beiden Spieler.

„Los geht's!"

Ohne sich zu berühren, müssen die Spieler versuchen, den Buchstaben auf dem Rücken des anderen Kindes richtig zu erkennen. Dafür gibt es dann einen Punkt für ihr Team.

Yut und die zierliche Nin haben sich freiwillig gemeldet und umkreisen sich jetzt wie zwei Straußenvögel. Das Gejohle und Gekreische der Kleinen, die einen Ring um die beiden gebildet haben, ist sicher über den ganzen Hof zu hören. Schon lugen neugierige Gesichter in den Klassenraum.

Aus Nins rosa Haarspange haben sich die ersten Strähnen gelöst und fliegen wie kleine schwarze Federn um ihr Gesicht. Nin sammelt ihre letzten Reserven und tänzelt geschickt um Yut herum. Dann ein Sprung – sie ist schließlich eine gute Tänzerin – , und schon hat sie den Buchstaben erkannt. „Ein Aaaaaa!" schreit sie aus voller Kehle und bleibt dann schwer atmend stehen.

„Yeah!! Ein Punkt für uns." Ihre Mitschüler im Team klatschen vor Begeisterung.

Nach einer halben Stunde sind die Kinder so erschöpft wie sonst nur nach dem Sportunterricht, aber ihre Augen leuchten, als sie ihrer Lehrerin zum Abschied ein „Goodbye, teacher" zurufen.

„Bis morgen, bye, bye."

In den nächsten beiden Klassen läuft der Unterricht ähnlich ab. Um 15 Uhr sitzt Lisa abgekämpft im

Lehrerzimmer und sortiert ihre Unterlagen. Ihr schwirrt der Kopf.

Das Gleiche wird sich noch zwei Wochen lang so abspielen. Zwei ganze Wochen. Die Zeit kommt ihr endlos vor. Wie das wohl werden wird? Selbstzweifel nagen an ihr. Wird es mir gelingen, die Kinder auch weiterhin für ihren Unterricht zu interessieren? Oder war das jetzt so etwas wie Anfängerglück, grübelt sie etwas mutlos vor sich hin.

Nach und nach kommen die anderen Lehrer herein und packen ihre Sachen. Gleich wird die Glocke den Schulschluss einläuten.

„Und, bist du müde?" fragt die Direktorin mitfühlend, selbst frisch und munter wirkend. Offenbar haben alle mitbekommen, mit welchem Einsatz ihr Gast sechs Klassen an einem Tag unterrichtet hat. Das Lehrerkollegium ist tief beeindruckt. Nein, das hatten sie nicht erwartet. Respekt. Ab heute ist sie nicht mehr nur Tongs Gast, sondern anerkannte Kollegin.

„Ein bisschen schon. Aber es hat Spaß gemacht." Lisa mobilisiert die letzten Reserven und lächelt mühsam in die Runde. „Das hier ist wirklich eine wunderbare Schule."

Ein Kompliment wie ein Karamellbonbon. Etwas zäh, aber süß und im Gegensatz zum Bonbon ganz ohne Kalorien.

Kim

Die Tüte mit der Schulmilch in der rechten Hand und die linke Hand am Lenker, radelt Kim in rasantem Tempo über die Landstraße. Hinter ihm tritt sein Freund Chi angestrengt in die Pedale, um den Anschluss nicht zu verlieren. Kim dreht den Kopf, ohne dabei das Gleichgewicht zu verlieren.

„Hey Chi! Sollen wir gleich noch eine Runde kicken? Ich bring nur schnell meine Sachen nach Hause."

„Ja, aber nur, wenn ich rechtzeitig zu meiner Serie wieder zu Hause bin."

Kim seufzt innerlich. Der und sein blödes Fernsehen. Wenn er Chi nicht ab und zu zum Sport treiben würde, wäre der schon rund wie eine Kugel Klebreis. Aber was soll's. Chi ist nun mal sein bester Freund.

„Okay, bis gleich."

Schrapp!! Mit einem stuntreifen Bremsmanöver stoppt Kim direkt vor der Veranda, auf der seine beiden Schwestern hocken und Gemüse putzen. Ein paar Lehmbröckchen fliegen dabei über das Holzgeländer.

„Hey, pass doch auf! Du staubst ja alles voll." Aus zwei Augenpaaren schießen Blitze.

„Bin schon wieder weg. Ich zieh mich nur schnell um."

„Hilf uns lieber ein bisschen beim Kochen", ruft ihm eine der Schwestern hinterher, wohl wissend, dass Kim sich dazu sicher nicht herablassen wird.

Kim nutzt es schamlos aus, zwei Schwestern zu haben. Im Haushalt hilft er so gut wie nie, er nutzt seine freie

Zeit lieber für sportliche Aktivitäten. Mit Schrecken denkt er manchmal an das Ende seiner Grundschulzeit. Er hat überhaupt keine Lust, seinem Vater im landwirtschaftlichen Betrieb zu helfen. Er will weiter lernen und irgendwann einmal in einem Büro mit Klimaanlage arbeiten.

Später am Abend hat sich die ganze Familie um den großen Tisch versammelt und bedient sich zügig aus den vielen Schüsseln mit Gemüse, Salat, Fisch und Reis. Im Hintergrund quäkt wie immer der Fernseher. Dauerberieselung, um die Stille abzuschalten.

Kims Vater beschwert sich lautstark und in aller Ausführlichkeit über den Zuckerrohr-Großhändler, der die anliefernden LKW-Fahrer stundenlang hat warten lassen.

„Das geht alles auf meine Kosten", murrt er grimmig. „Ich sollte mal über andere Möglichkeiten nachdenken."

Bevor die Laune seines Vaters endgültig ihren Tiefpunkt erreicht, versucht Kim vorsichtig das Gespräch in eine andere Richtung zu lenken.

„Ich habe heute im Englischunterricht richtig viel verstanden", nutzt er eine kleine Sprechpause seines Vaters, der gerade den Mund voll hat.

„Das ist ja schön, mein Kind." Die Mutter greift das neue Thema erleichtert auf.

„Die ausländische Lehrerin scheint ja doch ganz nett zu sein. Jedenfalls ist sie höflich. Sie hat mich letzten Freitag auf der Schulparty freundlich zurückgegrüßt."

„Ja, sie ist wirklich nett und gibt sich richtig viel Mühe",
erwidert Kim und wendet sich wieder seinem Vater zu.

„Stell dir vor, Vater. Wenn ich noch mehr lerne und
richtig Englisch spreche, kann ich später mal gute
Geschäfte mit Ausländern machen. Dazu braucht man
nämlich Englisch."

Bei dem Stichwort „Gute Geschäfte" blickt Kims Vater
interessiert von seinem Teller auf.

„Hmmm. Was du nicht sagst. Da könnte etwas dran
sein", räumt er ein. „Aber du musst ja sowieso noch zwei
Jahre in die Schule gehen. Das ist lang genug. Bis dahin
klappt das mit dem Englisch."

Dass bezweifelt Kim. Außerdem will er unbedingt auf
die höhere Schule. Aber, beruhigt er sich selbst, das beste
Gebet ist Geduld.

„Morgen fällt übrigens der Unterricht aus. Die Lehrer
fahren nach Larang, um für die Schule einzukaufen."

„Dann kannst du mich ja morgen begleiten." Der Tonfall
seines Vaters lässt keine Widerrede zu.

Mist, hätte ich bloß den Mund gehalten, ärgert sich Kim.
Den Vater auf die Felder begleiten. Da geht er aber
zehnmal lieber in die Schule.

Kluge Kinder

Ganz früh am nächsten Morgen sitzt Kim missgelaunt
und verschlafen neben seinem Vater im Pickup und fährt
mit ihm hinaus zu den Feldern. Kims Vater baut
überwiegend Reis an. Die Regierung subventioniert den
Reisanbau, deshalb ist der Reis auch die größte

Einnahmequelle des Betriebs. So verführerisch diese staatliche Unterstützung aber auch sein mag, sein Vater ist sich darüber im Klaren, dass sie die Gefahr der politischen und wirtschaftlichen Abhängigkeit birgt. Dagegen will er gewappnet sein und baut deshalb auch noch Zuckerrohr an.

„Schau mal!" Er hält den Wagen hält vor einem leeren Feld an. „Daeng will demnächst zu seinem Sohn nach Chiang Mai ziehen. Ich könnte ihm das Feld abkaufen."

„Uii. Ganz schön groß. Was willst du denn darauf anbauen?", fragt Kim fachkundig.

„Vielleicht Maniok. Dafür gibt es im Moment ganz gute Preise. Außerdem braucht Maniok nicht so viel Wasser wie Reis."

Vielleicht wäre es besser, in einen größeren Traktor zu investieren, statt in noch mehr Land, denkt Kim insgeheim. Aber er sagt natürlich nichts, sondern nickt verständnisvoll.

„Ja, ich finde auch, dass das eine gute Idee ist", fügt sein Vater mit einem breiten Grinsen hinzu. „Morgen spreche ich mit Daeng. Am besten bei einem kleinen Glas Whisky."

Weiter geht die Fahrt zu den ausgedehnten Reisfeldern.

„Irgendetwas stimmt mit der Bewässerung nicht." Kims Vater zeigt auf die grauen Rohrleitungen, die die Pflanzungen wie steifgefrorene Schlangen durchzogen. „Ich habe schon alles überprüfen lassen. Nirgendwo ein Leck und trotzdem kaum noch Wasser." Er runzelt die Stirn. „Ich muss unbedingt mit dem Dorfvorsteher sprechen. Vielleicht hat ja jemand heimlich Wasser umgeleitet? Nichts als Ärger. Da siehst du mal, was später auf dich zukommt."

Es muss doch noch mehr geben als Reisfelder und glühende Sonne, Kims Gedanken versinken in der morgendlichen Schläfrigkeit, während er automatisch nickt.

Sein Vater neigt zu Monologen. Er liebt es nicht, unterbrochen zu werden. So beschränkt sich Kim die meiste Zeit auf ein bestätigendes Nicken und fährt ganz gut damit.

„Mit einem Sohn kann man doch ganz andere Gespräche führen als mit den kichernden Hühnern. Komm lass uns irgendwo ein Nudelsüppchen essen. Arbeiten macht hungrig." Kims Vater reibt sich den Bauch, wirft einen letzten Blick auf die Reisfelder und startet den Wagen.

Obwohl heute kein Unterricht stattfindet, ist Siri früh aufgestanden, um mit ihrer Mutter zu frühstücken. Ihr Vater hat bei einem Kumpel übernachtet, um morgens schneller bei seinem Ernteeinsatz zu sein. Derzeit machen ihm und den anderen zu viele illegale Arbeiter aus Myanmar Konkurrenz. Immer noch, obwohl die Regierung in den letzten Monaten harte Maßnahmen gegen die Illegalen angedroht hat und Tausende schon freiwillig das Land verlassen haben.

Siri hat wenig Gelegenheit für Gespräche mit ihrer Mutter, die hart arbeiten muss und abends immer entsprechend müde und ausgelaugt war.

„Ich würde so gerne mehr über Deutschland wissen, Ma." Siri nippt an ihrem heißen Tee.

„Ach Schatz. Deutschland", versucht sich die Mutter zu erinnern. „Die spielen gut Fußball, glaube ich. Mehr weiß ich leider auch nicht. Wir können ja im Fernsehen mal einen anderen Sender suchen. Vielleicht bringen die ja etwas über Deutschland."

„Gute Idee, Ma. Das…."

Ein kurzes, blechern klingendes Hupen unterbricht ihre Unterhaltung.

„Oh, entschuldige mein Schatz, aber das ist Pui. Ich muss los. Bin schon spät dran. Kochst du uns heute Abend etwas Schönes?" Siris Mutter greift sich den alten Stoffbeutel mit ihrem Mittagessen und huscht zur Tür hinaus.

Während sie die Teetassen spült, beschleichen Siri leise Zweifel, ob sie Lehrer Tong wirklich nach dem Computer im Lehrerzimmer fragen sollte. Eigentlich weiß sie gar nicht mehr so richtig, wie so ein Computer bedient werden muss und wie sie überhaupt ins Internet kommt. Die Übungs-PCs in der Schule sind alt und funktionieren teilweise nicht mehr. Deshalb haben sie schon lange nicht mehr damit gearbeitet.

Sie würde so viel fragen müssen. Nein, das ging nicht. Sie kann Lehrer Tong mit so etwas nicht behelligen.

Wie kommt sie nur an Informationen über das fremde Land?

Lehrer shoppen in Larang

Zur gleichen Zeit klettern Tong, Trang und Lisa in den Pickup und starten vergnügt in den Tag.

Auf dem Weg nach Larang sammeln sie noch rasch Lehrerin Kan ein, eine Verwandte von Trang, die an der Schule für die unteren Klassen zuständig ist.

Hier im Dorf sind wohl alle irgendwie mehr oder weniger weitläufig miteinander verwandt, geht es Lisa durch den Kopf.

Kan hat ein rundes Gesicht, das fast zur Hälfte von einer dunklen Hornbrille vereinnahmt wird. Sie strahlt immer wie die Sonne, so als gäbe es nur Schönes auf der Welt.

Aus dem Radio klingt leise und melodiös thailändischer Gesang, auf den hinteren Sitzen schwatzen die beiden Frauen voller Vorfreude auf den Großeinkauf. In Lisas Ohren klingt es beinahe wie Vogelgezwitscher.

„Einmal im Jahr fahren wir alle in den Großmarkt, und jeder Lehrer kauft die Sachen ein, die er für den Unterricht braucht. Diesmal wird es besonders schön, weil unsere neue Direktorin ein großzügiges Budget zur Verfügung gestellt hat", erläutert Tong den Zweck der Reise. „Der Direktor davor war eher knauserig. Weißt du, es ist allein Sache des Schuldirektors, zu entscheiden, wie viel für Lehrmaterial ausgegeben wird."

„Stimmt ihr euch denn gar nicht drüber ab, was gebraucht wird?"

„Doch, klar. Aber trotzdem kann auch noch jeder für sich entscheiden. Je nachdem, wie viel Geld bewilligt wird."

„Ich glaube, ich nehme zwei von den bunten Buchstabenleisten", tönt Kans Stimme aus dem Hintergrund. „Dafür hat letztes Mal das Geld nicht gereicht."

„Ja, und ich das bunte Plakat mit dem Obst und Gemüse drauf", schließt sich Trang der Wunschliste an.

„Oder vielleicht doch eher...." Die Diskussion über die Wunschlisten nimmt kein Ende.

An der großen Raststätte kurz vor Larang halten sie an. Hier ist der vereinbarte Treffpunkt, von dem aus alle zusammen zum Großhandel weiter fahren werden. Die meisten Lehrer sind bereits da und grüßen die Neuankömmlinge mit großem Hallo.

Die Gruppe ist fast vollzählig, nur die Direktorin fehlt noch. Wer in der Hierarchie oben steht, kann sich das Zuspätkommen leisten.

„Da ist sie ja endlich!", ruft jemand, als die Chefin um kurz nach neun Uhr mit Schwung auf den Parkplatz einbiegt und kurz hupt. Aber auch ohne Hupe ist ihr schnittiges rotes Auto kaum zu übersehen.

„Sawat dii kha, Frau Direktor", ertönt es vielstimmig.

„Sawat dii kha." Tan strahlt. „Was für ein wundervoller Tag", fügt sie überschwänglich hinzu.

So gut gelaunt? Hat sie vielleicht ein Pülverchen genommen?

„Ich lasse mein Auto am besten hier stehen. Wir kommen auf dem Rückweg ja sowieso wieder hier vorbei. Jom, Sie nehmen mich doch bestimmt bis Larang mit." Tan kann sich nicht überwinden, Jom in Gegenwart der

177

Lehrerkollegen zu duzen. „Das ist sicherer, wo ich doch so viel Geld bei mir habe", fügt sie noch rasch hinzu.

Alle lachen und scherzen.

„Ja, ja Kollege Jom. Pass nur gut auf unsere Chefin auf, sonst bleiben die Einkaufswagen leer."

Jom lächelt säuerlich und reagiert so betont höflich, dass es fast schon wieder unhöflich ist.

„Natürlich doch, sehr gerne, Frau Direktor." Er wendet sich seinem Wagen zu und ist im Begriff, die Beifahrertür zu öffnen.

„Halt! Eine Sache noch." Tan hebt gebieterisch die Hand, das allgemeine Gelächter verstummt. „Wenn wir mit den Einkäufen fertig sind, besorgen wir uns ein paar leckere Kleinigkeiten zu essen und zu trinken, und ich lade sie zu mir nach Hause ein. Meine Mutter freut sich schon, alle Kollegen kennenzulernen."

Welch eine Ehre. Der Tag wird ja immer besser. Freudiges Gemurmel setzt ein.

„Das ist ja eine großartige Idee, vielen Dank", antwortet Tong stellvertretend für das Kollegium.

„Dann können wir ja jetzt losfahren."

Autotüren klappen, Motoren werden angelassen, und schon setzt sich der Konvoi in Bewegung.

Sieben Lehrer und Lehrerinnen, die Direktorin, Lisa und natürlich auch Nam. Sie bilden schon eine respektable Reisegruppe, die sich da im Shopping-Fieber auf den Weg macht.

„Du bist ja so schweigsam heute Morgen. Ist irgendetwas? Bist du ärgerlich, weil ich dich gerade vor

178

den anderen gesiezt habe?" Tan fühlt sich irgendwie unbehaglich.

„Nein, nein. Natürlich nicht. Es ist gestern Abend einfach zu spät geworden, weil ich noch für die Prüfung gelernt habe."

In gewisser Weise stimmt das auch. Was Jom nicht erwähnt, ist sein langes Telefonat mit Jin. Die nervt es immer mehr, dass er sich so wenig um sie kümmert. Prüfung hin oder her. Es gibt schließlich auch noch andere Männer, die sich für sie interessieren. Sie ist nicht mehr die Jüngste, und wenn sie Kinder haben möchte, wird es langsam Zeit.

„Ach so. Du Armer. Na, bald hast du es ja geschafft." Tan zeigt großes Verständnis für Joms Ehrgeiz. Nur wer sich ordentlich anstrengt, hat Erfolg. Und sie will einen erfolgreichen Mann. Keinen antriebslosen Faulpelz. Jom wird Erfolg haben, da gibt es keinen Zweifel.

Die Atmosphäre im Wagen ist alles andere als romantisch, trotzdem genießt Tan die kurze Fahrt bis zum Großmarkt. Die räumliche Nähe zwischen ihnen, keine störenden Zuhörer, und doch befinden sie sich in der Öffentlichkeit. Sie gibt sich ganz der Illusion hin, als Paar unterwegs zu sein.

Es ist ein gutes Gefühl, aber die Schmetterlinge im Bauch wollen sich nicht so recht einstellen. Die hat es auch mit ihrem früheren Verlobten nicht gegeben. Eigentlich will sie die auch gar nicht. Ist es denn nicht viel wichtiger, in geordneten Verhältnissen zu leben? Verliebtheit vergeht irgendwann und bringt außerdem überflüssige Unruhe ins Leben. Nur in einem ruhigen Teich spiegelt sich das Licht der Sterne.

Jom ahnt nichts von Tans Überlegungen.

Er geht in Gedanken die Liste des IT-Zubehörs durch, dass er nachher kaufen will.

„So, da sind wir." Jom erwischt die letzte Parklücke direkt neben Tongs Pickup.

„Glück gehabt", fügt er zufrieden hinzu und blickt über den Parkplatz, der trotz des frühen Vormittags schon fast voll belegt ist.

Der Schriftzug „DO Home" prangt in Schwarz und Orange vor gelbem Hintergrund über dem Eingangsbereich des Großmarkts. Zielstrebig steuert die Gruppe auf die Reihe mit den großen Einkaufswagen zu. Fast jeder schnappt sich so ein Gefährt. Gemeinsam betreten sie die Wunderwelt von „DO Home".

Tong möchte als erstes in die Baumarkt-Abteilung, um kleineres Werkzeug und Glühbirnen für zu Hause zu besorgen. Lisa übernimmt es, den Einkaufswagen zu schieben.

Wow! Wie groß das hier alles ist. Fasziniert lässt sie ihren Blick durch die Halle schweifen. Regalreihe an Regalreihe. Hier bekommt man offenbar fast alles.

Elektronik, Möbel, Lampen, Haushaltsgeräte, Haushaltswaren, Deko-Artikel und natürlich Schreibwaren, Büroartikel und Schulbedarf. Von bunten Reklameschildern springen die Sonderangebote ins Auge und versprechen Glück. Die Klimaanlage läuft auf vollen

Touren. Lisa ist froh, dass sie diesmal daran gedacht hat, einen Schal mitzunehmen.

Manchmal taucht kurz ein bekanntes Lehrergesicht zwischen all den Kartons auf, um dann genauso rasch und mit konzentriertem Ausdruck wieder in den Regalreihen zwischen den Gängen zu verschwinden. Die Einkaufswagen füllen sich. Plötzlich stupst Tong sie an, hüstelt unauffällig und rollt verschwörerisch mit den Augen.

Im Vorbeigehen erhascht Lisa gerade noch einen kurzen Blick auf Jom und Tan, die dicht nebeneinanderstehen und irgendetwas in Joms Hand prüfend betrachten. Das macht ja fast den Eindruck, als ob... Ihre Fantasie schlägt Purzelbäume. Und dann noch mit der eigenen Chefin. Wenn das nur gutgeht.

Tong findet die offensichtliche Vertrautheit sehr vergnüglich und schmunzelt in sich hinein. Endlich ist mal wieder etwas los an der Schule.

Auch nach anderthalb Stunden ist die Einkaufstour noch lange nicht zu Ende.

Lisa würde sich gerne einen Moment ausruhen. In der Natur kann sie problemlos stundenlang unterwegs sein, aber Einkaufen und das langsame Gehen strengen sie an.

„Komm", versucht Tong seinen Gast aufzumuntern. „Wir gehen kurz einen Kaffee trinken. Was hältst du davon?"

„Das ist eine gute Idee." Erleichtert lässt sie den Einkaufswagen an einer Ecke stehen und folgt ihm nach draußen.

181

„Wartet! Ich komme mit." Hinter ihnen eilt die Direktorin mit energischem Schritt durch die Tür. Vor dem kleinen Kaffeestand mit italienischen Kaffeespezialitäten setzen sie sich auf grün-gelbe Plastikhocker.

„Was möchtest du trinken?" erkundigt sich Tan. „Ich lade dich ein."

„Hmmh?" Unschlüssig starrt Lisa auf die vielen Kaffeebildchen mit den thailändischen Schriftzeichen. „Einen Cappuccino", entscheidet sie sich schließlich. „Vielen Dank auch."

Bei der Hitze trinkt man doch keinen heißen Kaffee, wundert sich Tan insgeheim.

„Pi Tong, holst du bitte einen Cappuccino für Lisa und zwei Café Frappé mit viel Eis für uns." Sie reicht Tong einen Schein. „Ich muss übrigens gleich noch mal kurz weg. Ein paar Sachen für unsere Computer haben sie hier nicht. Jom fährt mich zu einem Spezialladen. Wir sind aber rechtzeitig zurück." Tan strahlt vergnügt wie ein kleines Mädchen vor dem Kirmesbesuch und trinkt ihren Frappé mit hastigen Schlucken.

„Bei uns wird es sowieso noch eine ganze Weile dauern", erwidert Tong. „Bis später dann. Und einen guten Einkauf." Er schlürft genüsslich seinen Kaffee, bis nur noch kleine Eiswürfel im Becher klirren.

„So. Weiter geht's." Der Kaffeebecher landet im Mülleimer. Mit keinem Wort erwähnt er die neuerliche Eskapade der Chefin.

Das war aber eine kurze Pause. Lisa wäre gerne ein Weilchen sitzen geblieben, aber Tongs Elan ist dank der

Erfrischung nur noch größer geworden. Und so schiebt sie den halb vollen Einkaufswagen ergeben wieder zurück in die wunderbare Warenwelt.

„Schau mal hier!" Begeistert zieht Trang eine Schachtel mit selbstklebenden bunten Blumen aus dem Regal.

„Wozu soll das denn gut sein?" wundert sich Kan.

„Na, die könnte ich in die Ecke neben der Tür kleben. Das sieht dann viel hübscher aus."

„Hübscher ja, aber dadurch werden die Kinder auch nicht schlauer."

„Wenn das Klassenzimmer gemütlich aussieht, lernen die Kinder viel lieber", entgegnet Trang beharrlich.

„Dann nimm es halt", seufzt Kan und sieht mit Bedauern einen Teil ihres gemeinsamen Budgets schwinden. „Aber nur, wenn ich die Tafel mit der Farm und den Tieren bekomme."

„Wäre die Tafel mit der Landkarte nicht interessanter? Wie es auf einer Farm aussieht, wissen die Kinder doch sowieso."

„Trotzdem. Die meisten bleiben doch auch später auf dem Land und müssen dann die Wörter kennen."

„Na, dann."

Beide Wunschartikel landen in dem fast vollen Einkaufswagen.

„Komm, lass uns mal sehen, was die anderen so alles ausgesucht haben." Mit quietschenden Rollen biegen Trang und Kan neugierig Ausschau haltend in den nächsten Gang.

Gegen zwölf Uhr treffen sämtliche Lehrer mit ihren Schätzen in der Nähe der Kasse ein. Aber nicht etwa, um zu bezahlen, wie Lisa hoffnungsvoll annimmt, sondern um in das Schnellrestaurant neben dem Parkplatz zu eilen. Kein noch so großer Einkaufsrausch kann einen echten Thailänder vom Mittagessen abhalten.

Satt und zufrieden setzen die Lehrer das Begutachten, Diskutieren, Prüfen und Auswählen dann noch gefühlte zwei Stunden fort, bevor alle neun randvoll gefüllten Einkaufswagen in einer Schlange an der Kasse aufgestellt werden.

„Ich warte da vorne auf euch." Lisa zeigt auf die Bank neben der automatischen Schiebetür. Von hier aus hat sie alles im Blick. Es herrscht ein reges Kommen und Gehen. Manchmal passiert ein Europäer ihr Blickfeld, beladen mit den verschiedensten Materialien für den Nestbau, fast immer begleitet von einer zierlichen Thailänderin. Rasch schaut Lisa in eine andere Richtung und versucht jeden weiteren Blickkontakt zu vermeiden. Ein wenig empfindet sie die Anwesenheit der hellhäutigen Männer als Eingriff in die Illusion ihres thailändischen Alltagslebens. Sie kann sich dieses seltsame Gefühl selbst nicht erklären. Vielleicht erinnern die Männer sie daran, dass sie ebenfalls nur Gast in diesem Land ist.

Das diffuse Unbehagen verschwindet so rasch, wie es gekommen ist, und Lisa verfolgt fasziniert das Geschehen an der Kasse. Jedes Teil muss auf das Band gelegt werden. Dabei werden die privaten Einkäufe aussortiert und natürlich gesondert bezahlt. Trang hat das gesamte Budget in bar von der Direktorin bekommen, als diese sich mit Jom in den Spezialladen verabschiedet hat.

Nach einer guten Stunde begleicht Trang endlich die ganze Rechnung; erleichtert steht Lisa auf. Geschafft. Gemeinsam mit Tong schiebt sie den schweren Einkaufswagen zum Pickup und lässt sich ins Auto fallen.

Als alles sicher verstaut ist, steckt Tong den Kopf durch das Fenster und erklärt:

„Trang muss sich jetzt noch dort drüben im Büro eine Quittung über die Einkäufe ausstellen lassen. Die braucht unsere Direktorin für die Abrechnung gegenüber der Schulbehörde. Ich mach den Motor an, dann kannst du hier im Kühlen warten." Noch ehe sie etwas erwidern kann, ist er im Gewühl der parkenden Autos verschwunden. Seufzend schließt Lisa die Augen. Der Motor tuckert beruhigend vor sich hin. Was für eine Energieverschwendung, denkt sie schläfrig. Wenigstens sitze ich hier recht gemütlich.

Das Klacken der Tür lässt sie aus ihrem dösigen Zustand hochschrecken. Lachend und schwatzend klettern Trang und Kan auf den Rücksitz. Tong ist inzwischen auch wiederaufgetaucht, und es kann losgehen.

„Wohin fahren wir jetzt?"

„Wir müssen noch kurz zur Bank und dann treffen wir uns alle wieder am Rastplatz, um zum Haus der Direktorin zu fahren.

Vor der Siam Commercial Bank halten sie, und Trang steigt mit ihrer Cousine aus.

„Das darf doch wohl nicht wahr sein!" Verärgert schiebt Trang die Geldkarte zum dritten Mal in den Automaten. „Jedes Mal zeigt er mir an „Karte nicht gültig'."

„Dann lass uns doch ins Büro gehen. Das muss sich doch klären lassen", schlägt Kan vor.

Leichter gesagt als getan. Im Gebäude sind alle Türen verschlossen.

„Es ist gerade Pausenzeit", erklärt der uniformierte Wachmann. „Das kann aber nicht mehr lange dauern."

Stimmt. Zwanzig Minuten später sind alle Büros wieder geöffnet, eine hilfreiche Angestellte kann die Fehlerursache klären. Sie entschuldigt sich wortreich für die Unannehmlichkeiten. Mit frischem Geld können sie die Fahrt zum Rastplatz endlich fortsetzen.

Neues über Deutschland

Siri wässert gerade die wenigen Pflanzen vor ihrer Hütte, als ihr plötzlich etwas einfällt. Sie lässt den rostigen Eimer stehen und schwingt sich schnell auf ihr altes Fahrrad, um ins nächste Dorf zu radeln. Vor dem fast neuen, aus soliden Ziegeln erbauten Haus ihrer Schulkameradin Tida verlangsamt sie das Tempo und versucht einen Blick auf die Veranda zu werfen. Mit Tida hat sie sonst fast gar keinen Kontakt außerhalb der Schule. Nicht, weil sie Tida nicht mag. Es liegt wohl eher an der Entfernung zwischen ihren Häusern und dem wohlhabenden Umfeld, in dem Tida mit ihrem Bruder und ihrer Schwester Juna lebt. Womit Tidas Vater sein Geld verdient, ist nicht ganz klar. Dass es aber recht viel sein muss, zeigt sich allein schon an der Bauweise des großen Hauses.

Sie hat Glück.

Gemächlich in einer Hängematte schaukelnd, faulenzt Tida mit ihrer Schwester auf der Veranda. Aus einem CD-Spieler schallt laute Musik.

„Sawat dii kha, Tida!" Siri winkt zu den beiden hinüber.

„Sawat dii kha, Siri!" Tida macht eine einladende Handbewegung. „Was treibt dich denn hierher?"

„Och, ich muss noch etwas für meine Mutter erledigen." Die kleine Unwahrheit geht Siri ganz leicht über die Lippen, und sie hofft, dass man ihr die Schwindelei nicht ansieht." Ein paar Minuten Zeit habe ich aber." Sie lehnt ihr Fahrrad an einen Baum und hüpft die Stufen hinauf.

Juna ist ganz vertieft in ihr Smartphone, voll vereinnahmt von Candy Crush. Offenbar spielt sie mit Erfolg, denn sie strahlt dabei über das ganze Gesicht.

„Yeah! Und schon wieder gewonnen. Oh, hallo Siri." Leicht widerwillig hebt sie den Blick. „Lange nicht gesehen."

„Hallo Juna. Wow! Das ist ja ein iPhone", bemerkt Siri bewundernd. „Dann weißt du sicher ganz schön viel, wenn du so einfach im Internet surfen kannst."

„Na ja, schon". Juna fühlt sich geschmeichelt. Ihre Eitelkeit siegt über den Spieldrang. „Was willst du wissen?" fragt sie und bringt ihre Daumen in Startposition.

„Schau doch mal, was da über Deutschland steht."

„Deutschland? Warum ausgerechnet Deutschland?"

„Weil", schaltet sich Tida in das Gespräch ein, „wir gerade in der Schule eine ausländische Englischlehrerin zu Gast haben, und die kommt aus Deutschland. Stimmt's, Siri?"

„Okay." Junas Daumen fliegen nur so über das Display. „Hier. Hört mal. Also Deutschland hat 80 Millionen Einwohner auf einer Fläche von 360 000 Quadratkilometern. Es ist die größte Volkswirtschaft Europas, und sie sprechen dort deutsch."

„Aber dann ist das Land ja kleiner als Thailand", wundert sich Siri. „Und so viel mehr Einwohner als wir haben sie auch nicht." Aus dem Landeskunde-Unterricht hat sie in Erinnerung, dass in Thailand 70 Millionen Menschen leben. Warum funktioniert die Wirtschaft denn in Deutschland so viel besser? Das ist ihr alles etwas zu kompliziert.

Aber ein Gedanke hat sich festgekrallt wie eine Klette.

Warum ist Lehrerin Lisa eigentlich so weit gereist, um in ihrer kleinen Schule zu unterrichten? Sie könnte doch sicher Besseres mit ihrer Zeit anfangen. Zum Beispiel am Strand liegen und auf das Meer schauen. Das wird sie schon noch herausbekommen. Die Antwort wird sie jedenfalls nicht im Internet finden.

„So, ich muss wieder los. Bis morgen, Tida, und danke fürs Nachschauen, Juna." Fröhlich winkend springt Siri die zwei Stufen hinunter und schwingt sich wieder auf ihr Rad.

Besuch bei der Chefin

Auf dem Rastplatz sind alle Lehrer wieder eingetrudelt. Auch Tan und Jom kommen pünktlich zurück von ihrer kleinen Tour. Jom hat seine speziellen USB-Sticks gefunden, seine Gedanken wandern schon wieder zu seinem Computer.

„Vielen Dank für die gute Beratung und die Fahrt", säuselt Tan. Nur widerwillig verlässt sie Joms Wagen, um in ihren kleinen Flitzer umzusteigen. Aber anders geht es diesmal beim besten Willen nicht. Dazu liegt ihr Haus zu weit ab, und irgendwie muss Jom ja auch nach Hause kommen. Noch jedenfalls.

„Ich fahre langsam vor, und ihr kommt hinterher", ruft Tan den anderen mit aufgeregter Stimme zu. So viele Gäste hat sie zum ersten Mal eingeladen.

Die Wagenkolonne setzt sich in Bewegung.

Nach einer Weile wird Lisa ungeduldig. Meine Güte. Wie lange müssen wir denn noch fahren? Die Fahrt entlang der Reis- und Zuckerrohrfelder kommt ihr vor wie eine Ewigkeit.

Außerdem muss Tong einige Male rechts heranfahren, um auf die Lehrer zu warten, die den Anschluss verpasst haben. Die Direktorin fährt aber auch ein ziemliches Tempo. Von wegen langsam.

„Das Haus liegt ja ganz schön weit weg von der Schule."

„Stimmt. So etwa 40 Kilometer. Die Direktorin braucht für eine Strecke fast eine Stunde, weil die Straßen hier draußen nicht mehr so gut ausgebaut sind."

Endlich biegen sie ab in eine kleine Siedlung und holpern langsam über die nun nicht mehr asphaltierten Wege.

„Stop! Da vorne ist es", ruft Trang, die vom Rücksitz aus alles konzentriert mit verfolgt.

Tan hat ihr Auto direkt in der Einfahrt geparkt und wartet ausgelassen winkend vor ihrem Haus, während die anderen noch versuchen, ihre Wagen irgendwo in der engen Gasse unterzubringen.

Jom macht große Augen, als er das Haus sieht. Das muss ja ganz schön viel gekostet haben, so eine Villa zu bauen. Wirklich beeindruckend. Allein die hohe weiße Mauer rund um das Grundstück wird sehr teuer gewesen sein. Und dann noch das schmiedeeiserne Tor. Wow! Das hat er Tan ja gar nicht zugetraut.

„Was für ein herrliches Haus", ruft Lisa, ehrlich begeistert.

Zwischen all den flachen Holzhäusern in der Nachbarschaft wirkt es wie ein kleiner Palast. Die grünlasierten Ziegel auf dem leicht geschwungenen Dach schimmern in der tief stehenden Nachmittagssonne. Die dunkelrot gestrichenen Säulen, die das Dach der ausladenden Veranda tragen, verleihen dem Ganzen einen leicht japanischen Anstrich. Alles geschmackvoll, schlicht und ziemlich neu.

„Ich habe das Haus vor fünf Jahren bauen lassen. Alles genau nach meinen Vorstellungen", erklärt Tan mit nicht zu überhörendem Stolz in der Stimme.

„Aber kommt doch erst mal herein." Sie tritt einen Schritt zur Seite und wedelt einladend mit ihrer rechten Hand.

Lisas Blick fällt auf das Geisterhäuschen „San phra phum", das direkt neben der Einfahrt steht.

Auf einer weißen Säule thront ein etwa fünfzig Zentimeter hoher Miniaturtempel, aus Teakholz geschnitzt und mit zahlreichen kleinen Spiegeln aufwendig verziert. Eine kleine orangefarbene Blumenkette hängt akkurat über dem kleinen Dach.

Solche Häuschen stehen vor fast jedem Gebäude in Thailand. Denn bei einem Neubau werden die hier lebenden Geister verjagt, das Geisterhaus dient ihnen dann als Ersatzheim. Sie müssen schließlich besänftigt werden und den Hausbesitzern gegenüber gnädig gestimmt sein. In diesen Häuschen wohnen die guten Geister und wollen regelmäßig mit Speisen und Getränken versorgt werden. Im Gegenzug helfen sie dann, die bösen Geister von Haus und Hof fernzuhalten.

Geister leben überall, in Bäumen, Höhlen, Seen, davon sind die Thailänder überzeugt. Auch Tan macht hier keine Ausnahme.

Eine im Hintergrund der Veranda stehende, schmale und hochgewachsene Frau mit grauem Haarknoten beobachtet die Ankömmlinge erwartungsvoll. Tans Mutter ist schon ganz neugierig darauf, den von ihrer Tochter auserwählten Lehrerkollegen kennenzulernen. Ihre braunen Augen huschen unauffällig hin und her. Sie erkennt Tans Auserwählten sofort. Er ist ja auch der einzige junge Mann in der Gruppe.

„Mama, dass hier sind meine Kollegen, und das hier", Tan zeigt auf Lisa, „ist unsere Englischlehrerin aus Deutschland."

„Sawat dii kha, „Sawat dii khrap", alle verneigen sich höflich und etwas zurückhaltend.

„Sawat dii kha, herzlich willkommen."

Um nicht allzu interessiert zu wirken, verschwindet Tans Mutter rasch wieder in der Küche, um Geschirr und Gläser zu holen.

Bunte Bastmatten werden ausgerollt, und die Veranda verwandelt sich plötzlich in ein großes Esszimmer. Natürlich ohne Tisch und Stühle, aber daran ist Lisa ja mittlerweile gewöhnt.

Während Trang bei der Bank war, müssen die anderen auf dem Markt eingekauft haben. Auf dem Boden werden jedenfalls jede Menge Köstlichkeiten ausgebreitet.

Der Geruch nach Chillies, Ingwer, Zwiebeln und Knoblauch, Basilikum, Koriander und Zitronengras lässt einem das Wasser im Mund zusammenlaufen.

Bierflaschen klirren, Nam bringt Eiswürfel aus der Küche, und eine Flasche Whisky wird mit einem satten „Plopp" geöffnet.

Das Gelächter der fröhlichen Tafelrunde schallt bis in die letzte Ecke des Dorfes. In der Nachbarschaft ist Tans Mutter sehr beliebt, und so freuen sich die Nachbarn, dass es auch in ihrem Haus mal vergnügt und lebendig zugeht. Das wird aber auch mal Zeit.

Besonders humorvoll scheint der Herr Kollege jedenfalls nicht zu sein, stellt Tans Mutter fest, während sie ab und zu unauffällig durch die Küchentür lugt. Das ist schon mal ganz schlecht. Denn mit einem Lachen lässt sich doch beinahe jedes Problem aus der Welt schaffen.

Dieser Jom macht den Eindruck, als trüge er die ganze Last der Welt auf seinen Schultern. Und er sieht auch kein einziges Mal zu ihrer Tochter hinüber. Entweder ist er extrem schüchtern oder aber kein bisschen an Tan interessiert. Das gefällt ihr alles gar nicht. Sie wird gut überlegen müssen, was sie zu ihrer Tochter sagt. Tan möchte später sicher ihre Meinung hören.

Ganz unvermittelt erhebt sich Tan und holt zwei gerahmte Fotos aus dem Wohnzimmer.

„Das hier ist mein verstorbener Verlobter." Mit einem leichten Zittern in der Stimme hält sie das Bild in die Höhe. Es zeigt einen jungen Mann in einer schmucken Polizeiuniform.

„Ach, was für ein schöner Mann", seufzen die Damen unisono. „Wie traurig, dass er so früh sterben musste."

„Ja, wirklich bedauerlich."

Der fordernde Blick nützt nichts. Von Jom kommt keine Reaktion. Er findet es nur peinlich, dass die Direktorin ihr Privatleben einfach so vor ihnen ausbreitet. Er greift hastig nach der Flasche mit der rötlichen Limonade und schenkt sich reichlich ein. Schade, dass er noch Auto fahren muss. Ein Whisky hätte das dargebotene Drama sicher weicher gezeichnet.

„Und das hier", unbeeindruckt von Joms Desinteresse hält Tan voller Stolz das zweite Foto hoch, „bin ich bei meiner Examensfeier."

Ihr junges Gesicht blickt ernst unter dem schwarzen Bachelor-Hut hervor.

Alle klatschen, nicken beifällig und setzen dann ihre Gespräche fort.

Es dämmert schon, als sich die kleine Gesellschaft verabschiedet und in die Autos steigt. Schließlich müssen noch die Einkäufe in die Schule gebracht und dort sicher verstaut werden.

Tong winkt ein letztes Mal und lässt den Motor an. Es war wirklich ein sehr gelungener Tag.

Beziehungen

Tan kehrt nachdenklich zurück ins Haus. Jom hat sie während des Essens nicht einmal angesehen. Aber das Haus hat ihm gefallen. Das war ganz offensichtlich. Leise Zweifel machen sich breit. Bildet sie sich vielleicht nur etwas ein?

Ach was, Tan schiebt ihre Bedenken entschlossen beiseite. Jom ist eben eher der zurückhaltende Typ und macht sich wegen seines Examens zu viele Gedanken. Sehr überzeugt hat sie vor allem, dass er so gut wie keinen Alkohol getrunken hat. Ihr eigener Vater ist das beste Beispiel dafür, wohin einen zu viel Alkohol bringen kann.

„Du hast aber wirklich nette Kollegen." Tans Mutter tritt zu ihrer Tochter auf die Terrasse. „Und die ausländische Lehrerin scheint mir auch sehr freundlich zu sein."

„Ja, das ist wahr. Ich fühle mich an der Schule auch ausgesprochen wohl", erwidert Tan und hakt gespannt nach: „Und wie hat dir Lehrer Jom gefallen?"

„Ich habe ihn ja nur kurz gesehen", antwortet ihre Mutter ausweichend.

„Ach komm, Mama. Irgendeine Meinung wirst du doch sicher haben."

„Na ja, er ist ein wenig zurückhaltend. Aber", fügt sie rasch hinzu, „er trinkt kaum Alkohol. Das schätze ich bei einem Mann. Da war dein Vater leider anders."

„Stimmt. Wenn du Jom näher kennenlernen würdest, wärst du auch meiner Meinung. Er ist wirklich nett."

Die Mutter nickt hastig, froh darüber, dass dieses heikle Thema nicht fortgeführt wird.

„Es war ein schöner Nachmittag. Danke für deine Hilfe, Mama." Zufrieden vor sich hin summend räumt Tan die gespülten Gläser ins Regal.

Auf der Rückfahrt klingelt Joms Smartphone.

„Oh, hallo Jin. Wie geht's dir?" meldet er sich. „Ich bin gerade auf dem Weg nach Hause."

„So spät erst", wundert sich Jin. Ihr müsst ja den halben Laden leergekauft haben, wenn das so lange gedauert hat."

„Hmmh", Jom zögert. „Wir waren noch alle bei der Direktorin zum Essen eingeladen."

„Sieh an, sieh an! Bei der Frau Direktorin", kommentiert Jin mit spitzer Stimme. „Sie scheint ja sehr viel Wert auf einen engen Kontakt mit ihren Lehrern zu legen. Ganz speziell mit einem, wie mir scheint."

Jom schluckt und nimmt sich vor, jetzt bloß nicht die kleine Einkaufstour zu zweit zu erwähnen.

„Was du wieder denkst", Jom bemüht sich um den empörten Tonfall eines zu Unrecht Verdächtigten. „Sie hat uns eingeladen, damit sie ihrer Mutter unsere deutsche Lehrerin vorstellen konnte. Sie mag unseren Gast nämlich sehr."

„Natürlich." Die Ironie ist deutlich herauszuhören.

Erstaunlicherweise ist Jin kein bisschen eifersüchtig auf die blonde Lehrerin, von der sie ein Foto gesehen hat. Sie ist viel zu groß und auch zu alt, als dass sich Jom ernsthaft für sie interessieren würde. Soviel ist klar. Aber der Direktorin traut sie nicht über den Weg.

„Wie wohnt sie denn so deine Chefin?"

„Ooch, ganz nett. Ein hübsches kleines Haus. Wie Häuser halt so sind. Sie lebt mit ihrer Mutter dort. Ich muss jetzt Schluss machen", fügt er rasch hinzu. „Da vorne ist eine Polizeikontrolle. Ich ruf dich morgen an." Jom spitzt die Lippen und produziert etwas angestrengt ein Kussgeräusch.

„Schlaf gut." Er legt auf.

Ein Kuss durchs Handy, registriert Jin geschmeichelt. Das hat Jom ja noch nie gemacht. Langsam scheint etwas mehr Schwung in ihre Beziehung zu kommen. Ihre Eifersucht auf die Direktorin ist verflogen, gut gelaunt vor sich hin summend schließt sie die Schlafzimmertür.

Familienleben

Kim, der noch einige Stunden mit seinem Vater unterwegs war, freut sich darauf, zu Hause endlich wieder seine Ruhe zu haben. Jedenfalls, so lange seine Schwestern noch nicht da sind.

Mist! Schon von weitem hört er sie kichern und aufgeregt schwatzen. Wahrscheinlich geht es mal wieder um Jungs und das nächste Treffen.

Übermorgen wird der monatliche Karaoke-Abend in dem kleinen Restaurant am Ortsrand stattfinden. Für die Jüngeren eine willkommene Gelegenheit, sich beim Singen etwas näher zu kommen. Die Älteren begnügen sich mit reichlich Bier und Whisky.

Die Tür wird mit einem Knall aufgestoßen, und die Mädchen stürzen sich sofort auf die Fernbedienung. Die Stille wird mit einem Klick beendet, der Fernseher springt an. Gleich werden sie wieder gebannt auf den Bildschirm starren, um nur nicht die neueste Folge ihrer Lieblingsserie zu verpassen.

„Ooch, immer noch die blöden Nachrichten", mault Nisha, die Ältere. „Dann hole ich uns noch eben schnell eine Cola."

„Iieh! bloß keine Cola", quiekt die Jüngere, „davon wird man nur fett."

„Von Chips aber auch", kontert Nisha und schnappt ihrer Schwester die Tüte vor der Nase weg.

Ein kleines Gerangel setzt ein.

An solche Spielchen gewöhnt, verfolgt Kim unbeeindruckt die Nachrichten.

Auf dem Bildschirm erscheint gerade ein knatterndes, dunkelgrünes Flugzeug, das aus kleinen Düsen irgendeine Flüssigkeit versprüht. Die Kamera macht einen Schnitt und zeigt nun den schneidigen Piloten im Inneren der Maschine, wie er stolz den rechten Daumen in Höhe hält.

„Auf Anordnung Seiner Majestät, König Bhumibol Adulyadej, wurden in Chiang Mai und Nakhon Sawan zwei neue Regenzentren eröffnet", hört Kim die Nachrichtensprecherin sagen. „Von den insgesamt landesweit neun Stationen starten die staatlichen Regenmacher mit ihren Flugzeugen und bringen mit Chemikalien künstliche Niederschläge, der von Landwirten sehnlich erwartet wird. Seit März wurden bereits über dreitausend Flüge durchgeführt, informierte das Königliche Regenmacher-Büro. Insbesondere im thailändischen Nordosten hat es seit Monaten nicht mehr geregnet, und die Wasserreservoire und Flüsse führen zu wenig Wasser, um die Landwirte ausreichend zu versorgen."

„Mann, das ist doch mal ein toller Job", begeistert sich Kim. „Ich glaube, ich werde später auch Pilot".

„Ja, genau. Und dann fliegst du über Papas Reisfelder und versprühst Dünger", veralbern ihn seine Schwestern. „Wie gut du dann riechen wirst. Da werden die Mädchen sicher Schlange stehen. Kim der Düngerpilot." Sie kreischen vor Lachen.

„Ach, ihr habt doch keine Ahnung", ärgert sich Kim. Dumme Gänse, können nichts anderes als kichern und

Blödsinn reden. Aber das spricht er vorsichtshalber nicht laut aus.

Als die Einleitungsmelodie der Serie ertönt, verlässt er das Haus, um noch eine Runde mit dem Rad zu drehen. Die werden sich noch alle wundern. Er wird sein Leben sicher nicht zwischen Reisfeldern verbringen.

Beim Abendessen knetet Siri gedankenverloren eine Reiskugel zwischen ihren Fingern, als ihre Mutter plötzlich mit leiser Stimme sagt:

„Siri, ich habe heute meine Kollegin Pui gefragt, wie es ihrer Schwester so geht. Die ist nämlich vor kurzem nach Deutschland gezogen, um ihrem Onkel dort im Restaurant zu helfen. Du interessierst dich doch für Deutschland."

„Ja, klar." Siri hebt interessiert den Kopf. „Und wie gefällt es ihr in Deutschland?"

„Sie hat ihrer Schwester erzählt, dass es dort Schnee gibt. Und alles ist so ordentlich. Der Schnee vor den Häusern muss sofort weggeschaufelt werden, das ist von der Regierung vorgeschrieben. Stell dir vor, danach streuen sie jede Menge Salz auf die Straße, damit es nicht glatt ist und niemand ausrutscht."

Sehr merkwürdig, findet Siri. Warum gehen die Leute nicht einfach etwas vorsichtiger, anstatt eimerweise Gewürze wegzuschütten. Wie sich Schnee wohl anfühlt?

Siris Mutter kommt jetzt richtig in Fahrt und erzählt weiter.

„Die Deutschen mögen es nicht, wenn man laut ist. Puis Schwester hat in der Wohnung ihres Onkels die Karaoke-

Anlage benutzt, und sofort haben sich die Nachbarn beschwert."

„Das würde doch hier bei uns keinen stören."

„Und die deutsche Sprache ist wohl sehr schwer zu lernen. Aber viele verstehen auch etwas Englisch."

„Siehst du, Mama. Deswegen lerne ich so gerne Englisch. Man kann es überall auf der Welt gebrauchen."

Deutschland scheint ein seltsames Land zu sein, aber das schreckt sie nicht ab. Ganz im Gegenteil. Es wird sicher sehr interessant sein, dorthin zu reisen.

Die Pfadfinder sind los

Donnerstagmorgen.

Pon nestelt ungelenk an den Knöpfen seines beige-braunen Uniformhemdes.

Mist! Er ist schon wieder etwas dicker geworden. Das Hemd geht kaum noch zu und spannt über dem Bauch. Dabei liebt er seine Pfadfinderuniform und freut sich jedes Mal wieder auf den Pfadfinderunterricht. In allen thailändischen Schulen ist der Donnerstag der Pfadfinder-Tag. Die Jungen tragen dann beige Pfadfinder-Uniformen, die Mädchen dunkelgrüne Trachten als Kombination oder Kleid. Gekrönt wird die ganze Aufmachung von einem gelben Halstuch und passenden Hüten.

Wie alle Kinder wurde Pon bei seinem Eintritt in die Schule automatisch Pfadfinder und bekam seine erste Uniform.Nach seinem Schulabschluss wird er natürlich auf jeden Fall dabeibleiben. Er kennt keinen in seiner

Klasse, der dann die Möglichkeit des Austritts nutzen würde. Außer vielleicht bei den Mädchen. Nein, er wird seinem König treu bleiben.

Es gibt in Thailand zahlreiche regionale Pfadfinder-Gruppen, alle sind Mitglied in der großen Pfadfinder-Organisation National Scout Organization of Thailand mit dem König als Vorsitzendem. Mehr als 1,2 Millionen thailändische Pfadfinder gehören dazu. Gegründet wurde der erste thailändische Pfadfinderverband am 1.6.1911. Eingeweiht hat ihn damals König Rama VI.

Auch Tong und Trang ziehen an diesem Morgen ihre Pfadfinder-Uniformen an.

„Guten Morgen, Lisa! Gut geschlafen?", grüßt Tong munter. „Du fährst übrigens heute mit Trang zur Schule."

Das ist ja mal ganz was Neues. Irgendwie ist sie davon ausgegangen, dass Trang gar keinen Führerschein besitzt. Lisa schaut Tong fragend an.

„Ich fahre heute mit dem Traktor zur Schule. Wir bekommen jede Menge Erde für den neuen Schulgarten angeliefert, und ich muss sie dann verteilen. Wir haben nicht genug Geld, um das von einer Firma machen zu lassen." Tongs Augen blitzen. Es ist nicht zu übersehen, dass ihm die Arbeit mit Erde Vergnügen bereitet.

„Bis später." Schon ist er um die Ecke verschwunden.

Lisa greift nach ihrer Tasche und will wie gewohnt in den Pickup einsteigen.

„Mái chái, kha." Trang schüttelt den Kopf und deutet auf den orangefarbenen Toyota, der direkt vor der Haustür steht. Er ist bestimmt schon über dreißig Jahre alt, aber offensichtlich noch fahrtüchtig.

Pöt, pöt, pöt...! Es dauert eine Weile, bis der Motor stotternd anspringt. Trang ist ein wenig aus der Übung und weiß nicht so recht, wann sie den Schalthebel betätigen muss. Also fahren sie die ganze Strecke etwas holprig im dritten Gang. Der Motor bemüht sich tapfer, in dieser Konstellation die ganze Bandbreite an erforderlichen Geschwindigkeiten abzudecken.

Heute nehmen sie einen anderen Weg zur Schule. Eine ruhige Straße durch die Felder. Ohne Lastwagen, die laut hupen und dabei fast ihre Stoßstange berühren.

Schön, Umwege erhöhen die Ortskenntnis. Lisa schaut interessiert aus dem Fenster. Auf diese Weise sieht sie mal etwas anderes von der Gegend. Sie versucht, das Holpern zu ignorieren und entspannt zu bleiben. Der farbenprächtige Wagen fällt schon auf. Sonst fahren auf den thailändischen Straßen ja fast nur Pickups herum. Später wird Tong ihr erklären, dass es dafür ganz klare finanzielle Gründe gibt. Die beim Kauf eines Wagens anfallende einmalige Konsumsteuer richtet sich nämlich nach der jeweiligen Fahrzeugklasse. Nutzfahrzeuge werden hierbei begünstigt. Der Kaufpreis für Pickups liegt also dementsprechend deutlich unter dem für normale Pkw.

Für die Haltung des orangen Toyotas sprechen ebenfalls finanzielle Gründe.

Die Kraftfahrzeug-Steuer verringert sich erstaunlicherweise mit zunehmendem Alter des

Fahrzeuges. So muss Tong für sein altes Schätzchen nur noch eine sehr niedrige Kraftfahrzeug-Steuer zahlen. In Thailand wird das Alter eben noch geehrt.

Als die Beiden endlich unfallfrei ihr Ziel erreicht haben, thront Tong bereits auf dem Traktorsitz und schiebt mit einer großen Schaufel und unter lautem Getöse die Erdmassen an die gewünschten Stellen auf dem Schulhof.

„Hey!" Mii stößt seinen Freund mit dem Besenstiel an. „Schau mal, was Lehrer Tong alles kann." Bewundernd verfolgt er jede Bewegung des Traktors. Wenn er später als Hausmeister arbeiten würde, dann...

„Schlaf nicht ein." Jetzt ist es sein Freund, der Mii mit dem Ellenbogen anstupst. „Wir müssen den Hof noch zu Ende fegen. Gleich geht die Glocke."

„Okay okay." Mii rückt seinen Pfadfinderhut zurecht und fegt unkonzentriert weiter.

Das Rattern und Knattern begleitet den Unterricht den ganzen Morgen lang. Immer mehr Erde wird angeliefert. Die Versuchung für die Schüler ist wirklich groß. Wann hat man schon die Gelegenheit, seinen Lehrer bei solchen Arbeiten zu beobachten. In Trauben hängen die Jungs über dem Geländer. Zeigen, gestikulieren gegen den Lärm an und lachen. Was für ein Spaß.

Irgendwie gelingt es Lisa, ihre Schüler trotz dieser Attraktion im Klassenraum zu halten. Einige werfen zwar neugierige Blicke in Richtung Fenster, insgesamt aber bleibt die Aufmerksamkeit beim Unterricht. Das Interesse, für das eigene Team Punkte zu holen, ist einfach größer als das Vergnügen, Lehrer Tong beim Erdschaufeln zuzusehen. Das können sie nach der Schulstunde immer noch tun.

Deutsche Männer

„Hallo Nam. Kann ich dir helfen?" Siri lehnt am Türrahmen und schaut in den dunklen Küchenraum.
Heute hat sie zusammen mit drei anderen Schülerinnen Mittagsdienst und will die Gelegenheit nutzen, um Nam zu fragen, ob sie etwas über Deutschland weiß. Je mehr Informationen sie sammeln kann, umso besser.
„Ja, kannst du. Deck doch bitte da drüben den Lehrertisch." Sie zeigt in den hinteren Teil des Raumes.
Glück gehabt! Normalerweise dürfen die Kinder Nam nur außerhalb der Küche helfen, aber heute ist sie wohl etwas spät dran.
„Die deutsche Lehrerin ist freundlich, findest du nicht auch?" Siri eilt eifrig zwischen Tisch und Anrichte hin und her.
„Ja, das finde ich auch", grummelt Nam und konzentriert sich auf ihre blubbernden Töpfe.
„Wie leben die Menschen wohl so in Deutschland?"
„Keine Ahnung. Ich weiß nur das, was mir meine Cousine Amy erzählt. Die arbeitet in einer Strandbar in Pattaya und muss sehr viele deutsche Touristen bedienen."

„Die deutschen Männer müssen ja ganz schön reich sein, wenn sie sich den Flug nach Thailand leisten können", überlegt Siri.

„Stimmt", pflichtet Nam ihr bei. „Sie tragen auch Goldketten und haben dicke Bäuche. Und sie können richtig laut werden, wenn sie ein paar Biere getrunken haben. "

„Bumbui", lacht Siri und streckte demonstrativ ihren Bauch nach vorne. „Ich mag keine dicken Männer."

„Mögen, mögen. Viel wichtiger ist doch, dass dir dein Ehemann ein gutes Leben bieten kann. Und großzügig sollen sie schon sein, die deutschen Männer. Das merkt Amy beim Trinkgeld. Da ist doch der Bauch egal."

Nam rührt noch einmal kräftig im großen Topf und hebt ihn dann ächzend vom Herd.

„So. Jetzt muss ich aber die Bäuche der Kleinen füllen. Bist du fertig?"

„Ja, alles okay. Bis später." Siri huscht aus der Küche.

Laut sollen sie sein. Komisch. Puis Schwester hat doch berichtet, dass ihre Nachbarn in Deutschland keinen Lärm mögen. Egal. Sie will auf jeden Fall studieren, sich einen interessanten Beruf suchen und in der Welt herumreisen. Dann muss sie auch nicht mehr andere Leute über fremde Länder ausfragen.

„How are you, my name is…", leise murmelnd wiederholt Siri die englischen Wörter, die Lisa heute mit ihnen geübt hat.

Pfadfinder- und andere Spiele

Ein großer Berg sattbrauner Erde ist direkt vor dem Schulgebäude abgeladen worden. Für Tong ist es schwierig, diesen Teil des Grundstücks mit dem Traktor zu erreichen, weil einige Betonbänke davorstehen.

Während der Mittagspause bittet Tong einige seiner Schüler, Schaufeln zu holen, mit denen sie die Erde verteilen sollen. Die Jungen machen sich mit Feuereifer an die Arbeit.

Ungelenk rammt Pon die Schaufel in die Erde.

„Pass doch auf, Mann", kreischt Pana erschrocken. „Du hast mir fast den Fuß abgehackt."

„Entschuldigung", murmelt Pon betreten und verzieht sich rasch an eine andere Stelle des Erdhügels.

Die vorwitzigsten Kinder nutzen das allgemeine Getümmel, um sich lachend mit Erdklümpchen zu bewerfen. Dao schießt dabei wie immer über das Ziel hinaus. Sie greift sich eine große Handvoll Erde und zielt breit grinsend auf ihre Mitschülerin, die eilig versucht, über den Hof zu flüchten.

„Dao, hör auf damit!", ermahnt Lehrerin Su sie mit strenger Stimme. Übertrieben laut lachend wischt sich Dao die dreckigen Finger an ihrem Rock ab und trollt sich grimassenschneidend.

Die größeren Mädchen halten gebührenden Abstand zu dem Erdhügel und achten sehr darauf, ihre Scout-Uniformen bloß nicht schmutzig zu machen.

„Die veranstalten ja eine ganz schöne Sauerei. Guck dir mal die Wege an", flüstert Yok ihrer Freundin ins Ohr.

„Wie gut, dass wir morgen keinen Hofdienst haben", murmelt die zurück.

Als die Mittagspause vorbei ist, scheint der Erdhügel trotz intensiver Aktivitäten der schaufelnden Schüler nicht wesentlich geschrumpft zu sein.

Tong beschließt, später mit dem Traktor nachzuhelfen. Erst aber muss der wöchentliche Pfadfinder-Unterricht durchgeführt werden.

„Formiert euch!" Auf Tongs Befehl sammeln sich die Schüler der Klassen vier bis sechs vor der Halle und stellen sich in strammer Haltung in Reih und Glied auf.

„Ich schwöre bei meiner Ehre, dass ich gegenüber der Nation, der Religion und zum König loyal bin, und dass ich immer anderen Menschen helfen werde und das Pfadfinder-Gesetz achte."

Laut und deutlich schallt der Treueschwur der kleinen Scouts über das Schulgelände. Die Übungen können beginnen.

Zuerst werden Kommandos geübt.

„Aaachtung! Schwenkt links!", ruft Tong im vorgeschriebenen Befehlston. Seine sonst so sanfte Stimme überschlägt sich fast.

Chi tritt vor lauter Aufregung nach rechts.

„Links", zischt sein Nachbar, und Chi versucht rasch seine Stellung zu korrigieren. Jemand kichert.

„Und geradeaus!" Die Befehle kommen immer schneller, die Kinder versuchen, eifrig Schritt zu halten. Eine leichte Unordnung macht sich breit.Trotz des vermeintlichen Drills herrscht eine lockere Atmosphäre. Man merkt deutlich, wie sehr Tong alles Militärische fremd ist. Wenn die Kinder Fehler machen, fällt es ihm schwer, sich ein Lächeln zu verkneifen. Ihre Fehltritte korrigiert er mit gespielter Strenge.

„Schneller, schneller. Ihr seid hier schließlich nicht zuhause."

Puh, das ist ganz schön anstrengend. Siri bleibt schweratmend auf der Stelle stehen. Wie gut, dass die Kommandoübung endlich vorbei war. Jetzt werden die Wetterregeln geübt.

„Es kann manchmal durchaus lebenswichtig sein, die Entwicklung des Wetters richtig einzuschätzen. Nun Kim, was fällt dir dazu ein?" fragt Tong.

„Um eine Vorhersage über das Wetter treffen zu können, sollten möglichst viele Anzeichen gefunden werden." Die Antwort kommt wie aus der Pistole geschossen.

„Sehr gut. Kim. Woran erkennt man beständiges Wetter? Yok?"

Wie immer, wenn sie direkt angesprochen wird, ist ihr Hirn wie leergefegt. Yok versucht krampfhaft, sich zu erinnern.

„An der Windstille?" antwortet sie zögernd mit eingesunkenen Schultern. Windstille scheint auch in ihrem Kopf zu herrschen.

„Richtig. Wer kennt noch weitere Anzeichen?" Jetzt sind die anderen dran. Erleichtert richtet sich Yok wieder auf.

Mii meldet sich. „Frühnebel oder Hochnebel, mattblauer wolkenarmer Himmel." Er ist zwar sonst nicht der Hellste, aber was die praktischen Dinge des Lebens angeht, da kann ihm niemand so schnell etwas vormachen.

„Sehr gut, Mii! Du wirst es als Pfadfinder noch weit bringen."

Danach lässt Tong die Schüler noch ein paar Knoten üben, und dann ist der Unterricht auch schon vorbei.

Lisa hat sich währenddessen in den kleinen Pavillon zurückgezogen, um in Ruhe eine Tasse Kaffee zu genießen.

Nicht weit von ihr entfernt spielt ein Grüppchen jüngerer Kinder mit Ausdauer „Ching-Chang-Chung". Das Spiel wird ausschließlich mit den Händen gespielt und ist bei Jungen und Mädchen gleichermaßen beliebt. Jedes der drei Symbole Schere, Stein, Papier kann gewinnen oder verlieren. Die Chancen sind fair verteilt.

Nin und Ganja stehen sich gegenüber. Fixieren sich mit kämpferischen Blicken, die rechte Hand zur Faust geballt.

„Ching, chang, chung!" Sie schwenken die Fäuste und öffnen sie gleichzeitig.

„Jaah! Gewonnen. Schere schneidet Papier", jubelt Nin.

„Nochmal", beharrt Ganja, wild entschlossen, diesmal zu siegen.

„Ching, chang, chung!"

„Jippiieh!" triumphiert Ganja. „Stein schleift Schere."

Yut steht bei den Zuschauern und wirft ab und zu einen Blick zu Lisa hinüber. Ihm ist die neue Lehrerin noch ein wenig unheimlich. Sie benutzt Wörter, die er nicht versteht. Und sie ist so riesig groß. Gestern hat er versucht, seiner Mutter zu zeigen, wie groß Lisa ist. Er war dabei fast an die Decke des kleinen Hauses gestoßen und alle hatten gelacht.

Die kleine Kairi hingegen ist neugierig. Sie macht einige Schritte in Richtung Pavillon und ruft dabei mutig: „Hello, teacher!"

Lisa winkt ihr freundlich zu: „Hello. Good afternoon, student."

Verblüfft bleibt Kairi stehen. Sie hat sich ganz allein mit der Lehrerin unterhalten.

Jetzt trauen sich auch die übrigen Kinder. Sie schreien: „Good afterrnoon" so laut, als ob die Lehrerin taub wäre, kichern nervös herum und rennen wieder weg. Lisa macht eine auffordernde Geste mit der geschlossenen Faust. „Ching, chang, chung?"

Vorsichtig trippelt Nin näher. Sie hebt ihre kleine Faust und Lisa muss lächeln.

„One, two, three", wandelt sie die Wettkampfansage ab und öffnet ihre Faust, um sie blitzschnell wieder zu schließen.

Nins Handfläche bleibt geöffnet. Papier! Papier wickelt Stein ein. Nin schaut ungläubig. Sie hat doch tatsächlich gegen die Lehrerin gewonnen. Jetzt gibt es kein Halten mehr. Immer mehr Kinder strömen zu dem hölzernen Pavillon, um sich mit der Lehrerin zu messen.

Ein riesiger Spaß. Das „One, two, three" geht allen auf einmal ganz leicht über die Lippen. Englisch? Das ist in diesem Moment kein Problem. Unsichtbare Mauern werden eingerissen.

Auf Lisas Stirn bilden sich Schweißtropfen. Ihr rechter Arm kribbelt vor Anstrengung.

Hinter ihr steht ein Schüler in seiner Pfadfindermontur und schwenkt seinen breitkrempigen Hut als Erste-Hilfe-Maßnahme. Luft zufächeln ist jetzt ganz wichtig, denn nur so lässt sich die Lehrerin frisch halten für weitere Spiele.

Sie lächelt dem kleinen Kerl dankbar zu.

„Ein letztes Mal noch, dann ist aber Schluss."

Wasserspiele

Tong hat inzwischen einen erneuten Anlauf gemacht, den großen Erdhaufen für die neuen Blumenbeete angemessen zu verteilen. Er manövriert die Traktorschaufel vorsichtig an einer Betonbank vorbei. Offenbar aber nicht vorsichtig genug, denn ein Schaufelzahn verhakt sich dabei im Wasserhahn, der für die Bewässerung der Pflanzen installiert worden ist. Mit einem knirschenden Geräusch bricht das ohnehin schon leicht angerostete Rohr.

Eine Wasserfontäne schießt in hohem Bogen aus der defekten Leitung.

Starr vor Schreck bleiben die Schüler wie angewurzelt stehen und wissen nicht, wie sie auf dieses Missgeschick reagieren sollen.

Tong stoppt den Traktor, lacht über das ganze Gesicht und ruft auffordernd: „Hopp, hopp! Pfadfinder rührt euch! Stoppt das Wasser! Zeigt, was ihr könnt."

Sofort kommt Bewegung in die Menge. Wildentschlossen sehen die Jungen dem Feind ins Auge. Das ist jetzt kein Wasserrohr mehr. Nein, das ist ein feuerspeiender Drache, der ihre Schule bedroht. Auf in den Kampf.

Mii reagiert als Erster. Einfallsreich reißt er sein Halstuch herunter, knüllt es zu einem Pfropfen und versucht, ihn in das Rohr zu stopfen.

Gegen den hohen Wasserdruck zu arbeiten ist jedoch ein zweckloses Unterfangen. Das Tuch flutscht aus der Öffnung, Mii wird von oben bis unten nassgespritzt. Die Kinder johlen begeistert und feuern die mutigen Kämpfer an. Immer neue Techniken werden von den Schülern ausprobiert.

Das Wasser verteilt sich unterdessen rasend schnell auf der Erde und verwandelt alles in braunen Schlamm.

Tong sieht entspannt zu, wie seine Pfadfindertruppe herumspringt und trotz nasser, verdreckter Uniformen einfach nicht aufgeben will. Die haben wirklich Biss, seine Jungs, denkt er anerkennend. So leicht kann aus einem kleinen Missgeschick eine vergnügliche praktische Übung werden.

Aber jetzt ist es auch genug. Tong eilt um die Hausecke und dreht den Haupthahn zu. Die beeindruckende Fontäne verdünnt sich zu einem kleinen Rinnsal. Morgen wird er ein neues Stück Rohrleitung mitbringen. Für heute haben die Pflanzen jedenfalls genug Feuchtigkeit bekommen.

Am Abend sitzt Lisa zufrieden auf dem kleinen Steinmäuerchen der Dachterrasse und öffnet eine eiskalte

Bierdose. Heute hat sie zum ersten Mal das Gefühl, den Kindern ein wenig näher gekommen zu sein. Die Fremdheit und die Distanz zwischen ihnen sind durch das gemeinsame Spiel ein ganzes Stück kleiner geworden.

Nins Vater, ein stämmiger Mann, dessen Haar am Hinterkopf schon etwas lichter wird, schaut mit Stolz auf seine niedliche Tochter. Seine breiten Zimmermannshände greifen nach der Whiskyflasche.

„Na, mein Sonnenschein. Was hast du denn heute so gemacht?", erkundigt er sich liebevoll, und mit einem Blick über die Schulter Richtung Küche ruft er laut zu seiner Frau: „Wann ist denn endlich das Abendessen fertig?"

Nin legt ihren Hula-Hoop-Reifen beiseite und hüpft auf ihren Vater zu.

„Es war toll heute in der Schule. Ich habe mit der fremden Lehrerin gespielt und sogar gewonnen", verkündet sie mit glänzenden Augen."

„Was hast du?" Der Vater ist entsetzt.

„Gespielt?" Nins Mutter kommt neugierig aus der Küche geeilt.

„Ja, wieso. Das ist doch nichts Schlimmes", antwortet Nin verunsichert. „Wir haben in der Pause „Ching-Chang-Chung" gespielt. Und dabei englische Zahlen gelernt", fügt sie rasch hinzu.

„Ich hoffe, du hast dabei den nötigen Respekt nicht vergessen", ermahnt der Vater sie streng. „Du musst deine Lehrer ehren und ihnen dankbar sein. Erst recht bei einem wichtigen ausländischen Gast. Sie wohnt doch bei deinem Khun Khru, oder?"

Nins Vater ist gut informiert. Als nachgefragter Zimmermann kommt er viel herum und kennt jede Neuigkeit im Dorf als einer der Ersten.

„Nein, nein, Papa. Habe ich nicht. One, two, three. Siehst du, ich kann schon auf Englisch zählen." Nin spreizt die Finger und sieht ihren Vater verschmitzt an.

„Na dann ist ja alles gut." Besänftigt lehnt er sich zurück und schaufelt sich einen Berg Reis auf den Teller.

„Lasst es euch schmecken."

Lehrertag

Die Morgensonne strahlt von einem blitzblauen Himmel. Das angemessene Wetter für den offiziellen Lehrertag.

Tong hat bereits in aller Frühe die Schweine gefüttert und genießt jetzt seinen ersten Kaffee.

Heute werden die Lehrer, die in Thailand sehr geachtet werden, im Mittelpunkt stehen. Der Staat sieht den Lehrerberuf als sehr wichtig an. Immerhin sind die Pädagogen ja – nach den Eltern – die zweitwichtigsten Erzieher, und üben einen entsprechend großen Einfluss auf die Jugend aus. Um den Lehrern Mut zu machen und sie zu ehren, veranstaltet der thailändische Staat deshalb jedes Jahr am 16. Januar den offiziellen Lehrertag, an dem an allen Schulen, Hochschulen und Universitäten der Unterricht ausfällt.

Tong freut sich schon sehr auf die Festlichkeiten, die den ganzen Tag andauern und spät nachts mit einer

Riesenparty enden werden. Das wird Lisa bestimmt gefallen.

Die Kollegen werden vielleicht Augen machen, wenn er mit seinem Besuch dort auftaucht.

Jom wacht viel zu früh auf und kann nicht wieder einschlafen. Ein unbehagliches Gefühl breitet sich langsam in ihm aus und legt sich wie ein graues Tuch auf sein Gemüt.

In seinem Kopf pocht es.

Ich bekomme bestimmt eine Erkältung, versucht er sich selbst zu überzeugen.

Etwas nagt an ihm. Lehrertag! fährt es ihm durch den Kopf. Heute werden alle Lehrer aus dem gesamten Distrikt zusammenkommen, um sich ehren zu lassen und gemeinsam zu feiern. Auch Jin wird dort sein. Genauso wie seine Direktorin. Was, wenn die beiden ins Gespräch kommen? Und wie soll er sich verhalten, wenn sie zu dritt zusammentreffen? Das ist Jom alles viel zu kompliziert, und er sucht angestrengt nach einer Lösung. Das dumpfe Pochen hinter seiner Stirn verstärkt sich. Soll er sich krankmelden?

Nein, das geht nicht. Als künftiger Direktor muss er einfach anwesend sein und mit den wichtigsten Leuten ein paar Worte wechseln. Er grübelt und grübelt.

Während er sich unter der Dusche einseift, fällt ihm die rettende Strategie ein. Ja, genau so wird er es machen. Erleichtert zieht er sein weißes Hemd an und schaut zufrieden in den Spiegel.

Der große Saal des Huai Khrom-Kollegs ist fast voll besetzt, als Lisa, Tong und Trang ankommen. Bunte Blumengirlanden schmücken die Wände, und über der Bühne prangt ein lebensgroßes Bild des Königspaares. Stimmengewirr erfüllt den Raum. Stühle werden gerückt. Erwartungsvolle Gesichter überall.

Ihr fällt auf, wie sorgfältig hier alle gekleidet sind. Unzufrieden schaut sie an sich herunter. Die bunte Bluse ist ja ganz hübsch. Aber eben auch nicht mehr. Als Lisa ihren Koffer für Thailand gepackt hat, stand praktische Kleidung im Vordergrund. An festliche Anlässe hat sie nun wirklich nicht gedacht.

„Schau mal, Kan! Da vorne. Die Direktorin winkt uns zu. Wir sollen uns zu ihr setzen."

Trang eilt mit ihrer Cousine im Schlepptau zu den vorderen Sitzreihen.

„Ich bleibe lieber hier hinten", murmelt Lisa und setzt sich auf einen Plastikstuhl nahe am Gang. Wie im Kino. Sie ist halt ein typischer Kantenhocker. Die vielen Ansprachen würde sie ohnehin nicht verstehen. Außerdem muss Lisa immer mal wieder aufstehen, um jemanden zu begrüßen, den Tong ihr vorstellt.

Sie fühlt die Blicke, die auf ihr ruhen und rutscht unbehaglich auf dem Stuhl herum. Es sind bestimmt über zweihundert Lehrer hier im Saal, und sie scheint die einzige Ausländerin zu sein. Das fällt natürlich auf.

„Wie kann sich so eine kleine Schule bloß eine ausländische Englischlehrerin leisten?", flüstert einer der Direktoren seiner Nachbarin zu.

„Keine Ahnung, aber das werden wir bestimmt noch herausbekommen."

Jom beobachtet das Geschehen vom hinteren Ende des Saales aus. Er hat seine Bekannten und die wichtigen Leute freundlich begrüßt und sich allen gezeigt. Jin hat er allerdings noch nicht erblickt.

Rasch setzt er sich in die letzte Stuhlreihe.

Die Veranstaltung dauert endlos. So kommt es Lisa jedenfalls vor.

Medaillen und Preise werden vergeben, Ansprachen gehalten. Gerade verliest der Bürgermeister eine Botschaft des Kultusministeriums. Danach betreten Mönche die Bühne. Es wird gebetet und viel geklatscht.

„Tong, ich muss mal auf die Toilette", flüstert sie.

„Moment, ich zeige dir den Weg." Beide stehen auf und schlüpfen leicht gebeugt an den beiden Gästen, die am äußersten Rand der Stuhlreihe sitzen, vorbei ins Freie. Nach dem gedämpften Licht in der Halle scheint das Sonnenlicht draußen umso greller. Lisa muss die Augen zusammenkneifen.

„Dort drüben."

Tong zeigt auf ein flaches, meerblau gestrichenes Schulgebäude.

„Hinter diesem Haus liegen die Toiletten. Ich warte hier auf dich oder soll ich dich begleiten?"

„Nein, nein. Nicht nötig. Ich finde den Weg schon allein." Mit schnellem Schritt strebt sie in die angegebene Richtung.

Tong hat gerade wieder Platz genommen, als Jom auf den jetzt freien Stuhl neben ihm gleitet.

„Pi Tong", flüstert er ehrerbietig hinter vorgehaltener Hand. „Es tut mir so leid, aber ich fühle mich gar nicht wohl und werde wohl besser nach Hause gehen und mich hinlegen." Jom fasst sich an die Stirn. „Ich glaube, ich habe Fieber. Könnten Sie mich bitte bei der Direktorin entschuldigen?"

„Aber natürlich. Das ist ja schade. So ein schönes Fest und das gerade jetzt, so kurz vor der Prüfung." Tong schaut ihn voller Mitleid an. „Gute Besserung."

„Danke."

Erleichtert verlässt Jom den Saal, gerade noch rechtzeitig, bevor der Schlussapplaus ertönt. Er wirft keinen Blick zurück und eilt zum Parkplatz.

Sport muss sein

Der offizielle Teil ist endlich beendet, laut schwatzend ziehen die Lehrergrüppchen über die große, sonnenverbrannte Wiese zum baumbestandenen Picknick-Areal. Jetzt beginnt der vergnügliche Teil des Tages. Die meisten Lehrer ziehen sich rasch um.

Jede Schule stellt Poloshirts in einer speziellen Farbe bereit. Auch Tong und Trang wechseln ihre Kleidung und sind als pinkrosa Farbkleckse in dem allgemeinen Getümmel gut zu erkennen. Tong wuselt geschäftig herum und unterhält sich mal hier mal dort. Er scheint hier jede Menge Leute zu kennen.

Matten werden im Schatten ausgebreitet und Kleinigkeiten mit Essen bereitgestellt.

Vorsichtig knabbert Lisa an einem Hühnerflügel.

Neben ihr hockt eine gutaussehende junge Frau mit hüftlangen, glatten schwarzen Haaren. Lisa überlegt krampfhaft, an wen sie sie erinnert.

Ah, genau. Demi Moore. Sie lächelt sie an und ist ganz erstaunt, als ihre Nachbarin sie auf Englisch anspricht.

„Hallo, ich heiße Jin und bin Englischlehrerin."

„Ich bin Lisa aus Deutschland und helfe Lehrer Tong im Unterricht."

„Ich weiß", entgegnet Jin. „Es hat sich schon herumgesprochen, dass Tong eine ausländische Lehrerin zu Gast hat." Sie verschweigt, dass Jom ihr bereits ein Foto des Gastes gezeigt hat.

Es entspinnt sich eine angeregte Unterhaltung.

„Hast du Lust, drüben bei den Wettkämpfen und Spielen zuzusehen?", unterbricht sie Tong, der inzwischen wieder an der Matte eingetroffen ist.

„Ja, gerne", Lisa bemüht sich interessiert zu klingen. Eigentlich würde sie lieber hier im Schatten sitzen bleiben und sich weiter mit Jin unterhalten. Es ist ein richtig heißer Tag heute, und die Aussicht, in die Gluthitze hinauszugehen, behagt ihr gar nicht.

Doch höflich erhebt sie sich langsam.

„Wir sehen uns bestimmt heute Abend bei der Party." Jin winkt zum Abschied.

Schon von weitem sind die Lehrerteams zu erkennen, die trotz der Hitze vollen sportlichen Einsatz zeigen. Im Moment laufen gerade die Wettkämpfe im Sackhüpfen. Tong und Lisa überqueren ein langes Rasenstück und quetschen sich in die Zuschauermenge. Mit hochroten Wangen hüpft gerade ein etwas korpulenter junger Mann auf die mit bunten Fähnchen markierte Zielgerade zu. Das kurzgeschorene schwarze Haar glänzt vor Schweiß.

Die Zuschauer feuern ihn an.

„Yeah, yeah!! Halt durch. Gleich hast du es geschafft."

Neben ihm hüpft grazil eine junge Frau in einem gelben Poloshirt Richtung Zielgerade. Den Rand des Sacks beinahe bis unter das Kinn gezogen, gewinnt sie zunehmend an Strecke. Ihr dunkelbrauner Pferdeschwanz wippt.

Die beiden befinden sich jetzt fast auf gleicher Höhe, und das Johlen und Kreischen der Zuschauer wird immer lauter. Da! Plötzlich stolpert der junge Mann und rollt wie eine Kugel einen Meter vorwärts, um kurz vor der Zielmarkierung schwer atmend liegenzubleiben.

Ein vielstimmiges „Ooohh" der enttäuschten Fans wogt wie eine Welle über das Areal, gefolgt von schallendem Gelächter über das Missgeschick. Die junge Lehrerin hüpft als Siegerin ins Ziel und wird heftig beklatscht.

Was für ein Spaß. Aus den Augenwinkeln heraus bemerkt Lisa, dass auch Tong sich köstlich amüsiert.

Sie ringt sich mühsam ein Lächeln ab. Schon als Kind hatte sie ein Problem damit, über Missgeschicke anderer zu lachen. Auch Clowns findet sie heute noch fürchterlich. Hier aber wird ihr zum ersten Mal so richtig bewusst, dass es doch ein Unterschied ist, ob man eine Person auslacht oder ob man sich gemeinsam über das Missgeschick amüsieren kann.

Für Lisa bedeutet das eine Gratwanderung. Am besten hält sie sich in solchen Situationen zurück, denn eines darf auf gar keinen Fall passieren:

dass ein Thailänder das Gefühl hat, sein Gesicht zu verlieren. Und das kann schnell geschehen, wenn der Eindruck entsteht, eine Farang wie sie, wolle ihn auslachen und womöglich bloßstellen.

Tong zieht mit seinem Gast weiter zu einer anderen Ecke des Spielfeldes. Hier neigen sich gerade die Wettkämpfe im Eierlaufen ihrem Ende zu, und die Mannschaften für das Tauziehen formieren sich. Jeder kann mitmachen und sich einem Team anschließen. Wer muss wohl mehr Kraft einsetzen? Derjenige, der am Ende des Seils zieht oder der Erste im Team?

Es ist der ideale Mannschaftssport zum Kräftemessen. Ein Klassiker unter den Wettkampfspielen überall auf der Welt.

Auch in Thailand besitzt das Tauziehen eine lange Tradition. Wann genau es allerdings im alten Siam bekannt wurde, lässt sich nicht mehr nachvollziehen. Belegt waren lediglich Tauziehwettkämpfe in China, der Mongolei und Burma seit dem 13. Jahrhundert. Die rituellen Wettkämpfe wurden oft als Darstellung des Kampfes zwischen Gut und Böse durchgeführt.

Doch hier geht es nicht um Gut oder Böse, sondern nur um das Vergnügen, und das ist offensichtlich groß an diesem sonnig heißen Lehrertag.

Nach werbenden Aufrufen sind schließlich alle Plätze am dreiundzwanzig Meter langen und drei Zentimeter dicken Tau belegt. Der Schiedsrichter pfeift zum Start. Die Wettkämpfer stemmen ihre Beine in den Boden und lehnen sich so weit zurück, dass einige Hinterteile beinahe den Boden berühren.

„Hau Ruck! Und zieh! Und zieh!" Die Zuschauer gehen begeistert mit. Plötzlich rutscht die eine Hälfte des Taues mitsamt Mannschaft wie von Riesenhand gezogen bis kurz vor die Mittellinie.

Das gegnerische Team zieht synchron, so dass kein Quäntchen Kraft verloren geht. Ein letzter Einsatz, und schon tritt der erste über die Mittellinie. Ein Pfiff und das Spiel ist aus.

Lisa hat das Treiben fasziniert beobachtet. Alle Spiele hier sind offenbar auf Teambeteiligung ausgerichtet, nach dem Motto „Wir ziehen alle an einem Strang". Genau das versucht sie auch, mit der Gruppenarbeit in der Schule zu erreichen.

„Komm, lass uns wieder in den Schatten gehen", schlägt Tong vor, und sie folgt ihm nur zu gern.

Das große Los

Unter den Bäumen kommt Nam auf sie zu. Eine kleine schwarze Ledertasche baumelt vor ihrem Bauch. Sie sieht aus wie eine Straßenbahnschaffnerin.

„Hallo Lisa, willst du auch bei unserer Lotterie mitmachen? Einmal Mitspielen kostet fünfzig Baht." Sie zückt erwartungsvoll und mit glänzenden Augen einen großen Block, auf dem schon allerlei geschrieben steht. Ihre Leidenschaft für Glücksspiele teilt Nam mit den meisten ihrer Landsleute. Siebzig Prozent der Thais spielen mehr oder weniger regelmäßig in der staatlichen Lotterie oder in den sogenannten schwarzen Lotterien.

Der Lehrertag bietet eine ausgesprochen günstige Gelegenheit für ein kleines Spiel, denn heute wird wie an jedem ersten und sechzehnten Tag im Monat die öffentliche Ziehung der Lotteriezahlen stattfinden.

„Okay." Fragend blickt sie zu Tong, der aufmunternd nickt. „Ich nehme ein Los." Umständlich kramt Lisa die geforderten fünfzig Baht aus der Tasche und wartet auf ihr Los.

„Nein, nein. Ein Los brauchst du nicht. Du musst nur zwei Zahlen nennen. Nam schreibt sie dann auf, und vielleicht gewinnst du ja."

Sehr mysteriös. Ich verstehe überhaupt nichts, will aber auch nicht durch dumme Fragen auffallen und wie eine überkorrekte Deutsche wirken, denkt Lisa verwirrt.

„Die Vier und die Neun", entscheidet sie dann doch mit fester Stimme.

Damit ist sie, ohne es zu wissen, Teilnehmerin einer der zahlreichen privaten Lotterien geworden, bei der man Wetten auf die zwei letzten Zahlen abschließen kann, mit denen das große Los bei der nächsten Ziehung der staatlichen Lotterie herauskommen wird.

Tong und Trang nennen ebenfalls zwei Zahlen.

„Komm Lisa. Du musst dich bestimmt ein wenig ausruhen. Wir fahren jetzt erst einmal nach Hause und kommen heute Abend zur großen Party zurück."

Eine gute Idee. Sie ist erleichtert. Sie hat sich schon gefragt, wie sie bei der Hitze bis zum Abend durchhalten soll. Außerdem kann sie sich dann noch etwas Passenderes anziehen.

Als die drei gerade zum Parkplatz aufbrechen wollen, kommt ihnen die Direktorin entgegen.

„Ah, Pi Tong. Haben sie vielleicht Lehrer Jom gesehen? Ich kann ihn gar nicht entdecken." Sie blickt sich suchend um und runzelt die Stirn. „Seltsam. Hoffentlich ist ihm nichts passiert."

Ach du Schreck! Das hat er ja ganz vergessen. Tong zuckt zusammen.

„Er lässt sich bei Ihnen entschuldigen, Frau Direktor. Es geht ihm nicht gut, er ist nach Hause gefahren. Wahrscheinlich hat er eine Erkältung."

Tan schluckt. Ihr steht die Enttäuschung ins Gesicht geschrieben. Kein romantischer Tanz unter freiem Himmel. Kein Essen bei Kerzenschein.

„Der Arme." Sie fasst sich schnell. „Gut, dass er sich schont. Er hat ja bald seine Prüfung. Wir sehen uns dann heute Abend." Sie lächelt und verschwindet wieder im fröhlichen Trubel der Lehrer.

Wie herrlich! Es geht doch nichts über ein kleines Nachmittagsschläfchen. Mit einem Seufzer lässt sich Lisa auf das Bett fallen und ist kurz darauf eingeschlafen.

Ohne das auf Weckruf gestellte Smartphone hätte sie mit Sicherheit die Feier verschlafen.

Zweifelnd steht sie vor ihrem Koffer und begutachtet die übersichtliche Garderobe.

Ich nehme die lange blaue Hose, entscheidet sich Lisa schließlich. Die ist bequem und sieht gediegen aus. Ich will ja schließlich auch tanzen. Außerdem findet die Party draußen statt, und abends wird es doch noch ziemlich kühl. Dazu das türkisfarbene T-Shirt und ein passender Schal. Zufrieden dreht sie sich vor dem Spiegel und geht nach unten.

Tong scheint sie schon erwartet zu haben. Er wirkt aufgekratzt.

„Du hast gewonnen!" Seine Stimme überschlägt sich fast vor Begeisterung und er strahlt über das ganze Gesicht. „Nam hat das Geld auch schon vorbeigebracht."

Lisa braucht eine Sekunde, bis sie versteht. Ach, die Lotterie. Daran hat sie ja gar nicht mehr gedacht.

Tongs Freude ist ansteckend.

„Tatsächlich? Das gibt's doch gar nicht. Wie viel habe ich denn gewonnen?"

„Eintausendzweihundert Baht." Tong dehnt die Zahl mit bedeutungsvoller Stimme.

Das sind ja…. sie rechnet schnell nach, fast dreißig Euro. Ganz schön viel Geld.

„Wow! So viel?" Lisa kann es kaum glauben. Vielleicht hat es ihr ja wirklich Glück gebracht, die Fische „freizukaufen".

„Du bist ein Glückspilz." Tong reicht ihr ein Bündel Geldscheine.

„Nein", wehrt sie ab. „Lass mal. So viel Glück muss gefeiert werden. Wir holen von dem Geld richtig guten Whisky und Bier für alle. Was meinst du?"

„Das ist eine großartige Idee. Wir fahren gleich auf dem Weg zur Party am Supermarkt vorbei und kaufen ein."

Tongs Sympathie für Lisa ist weiter gestiegen. So hätte er auch gehandelt, wenn er der Gewinner gewesen wäre. Andere am Glück teilhaben zu lassen, ist wichtig und zeigt, was für ein freigiebiger Mensch man ist.

Auch wenn dabei der ganze Gewinn wieder draufgeht: Hauptsache, alle haben Sanuk und der glückliche Gewinner hat etwas für sein „Gesicht" getan.

Partytime

Auf dem Weg zum Huai Khrom-Kolleg hält Tong vor dem kleinen Supermarkt mit der offenen Ladenfront, in dem sie auch sonst immer ihre Bierpaletten holen. Während er einkauft, bleibt Lisa im Wagen sitzen. Ein kleines Schwätzchen mit der Besitzerin, und schon ist Tong zurück. In der einen Hand trägt er vorsichtig den teuren Lieblingsbrandy seines Freundes, in der anderen Hand hat er eine Tüte voller Bierflaschen. Alles wird sorgfältig neben Trang auf dem Rücksitz verstaut, und gut gelaunt streben die drei der Party entgegen.

Auf dem Parkplatz erinnert Lisa Tong daran, den Brandy mitzunehmen.

„Nein, nein." Er winkt ab. „Das brauchen wir nicht. Auf jedem Tisch steht schon eine Flasche Thai-Whisky. Du kannst dir aber dein Bier mitnehmen. Ich habe es ja extra für dich geholt."

Ach so. Lisa zieht enttäuscht die Mundwinkel nach unten. Sie hat geglaubt, dass alle die Getränke selber zahlen müssen und wollte deshalb den Gewinn einsetzen, um die Lehrerkollegen einzuladen. Damit hat sie ja wohl ziemlich falsch gelegen.

Stimmengewirr und Gelächter weisen den Weg.

Lisa staunt nicht schlecht, als sie auf dem Schulhof die zahlreichen Tische und die große, aufwendig geschmückte Bühne erblickt.

Die runden Achtertische sind eingedeckt wie in einem vornehmen Restaurant. Weiße Decken, blankpolierte Gläser, Kerzen, ein Blumengesteck, und – tatsächlich – in der Mitte prangt eine Flasche Whisky.

„Da ist ja unsere Gewinnerin. Ich gratuliere." Mit einem breiten Lachen und ausgestreckten Armen kommt Nam auf den Glückspilz zu.

Wie ärgerlich, dass die gute Flasche Brandy im Auto liegt. Verlegen lächelnd schaut Lisa zu Boden. Nam denkt jetzt bestimmt, dass ich alles für mich behalten habe. Hilfesuchend sieht sie herüber zu Tong. Doch der sagt nur bekräftigend: „Ja wirklich, was für ein Glück Lisa doch hat."

Eine besondere Sitzordnung ist nicht vorgesehen, an Tongs Tisch finden sich nach und nach weitere Lehrer von seiner Schule ein.

„Ich schau später noch mal an eurem Tisch vorbei", entschuldigt sich Nam und schlendert vier Tische weiter zu ihrem Mann, der schon leicht glasig in die Ferne schaut.

Dann beginnt auch schon das mehrgängige Abendessen. Kellner in blütenweißen Hemden und schwarzen Hosen eilen hin und her, um die Suppe zeitgleich an alle Tische zu bringen.

„Mmmh, köstlich." Die Direktorin lässt es sich schmecken. Offenbar wirkt sich Joms Abwesenheit nicht negativ auf ihren Appetit aus.

Die Dunkelheit kommt rasch, und die ersten Sterne blinken am Himmel. Kein Wölkchen ist zu sehen. Das perfekte Wetter für solch einen Abend.

In rascher Folge werden weitere Gänge aufgetragen. Der Tisch biegt sich beinahe unter all den Schüsseln mit Hühnerfleisch, Garnelencurry, verschiedenen Gemüsen und den typischen Körben, gefüllt mit Klebreis.

Die ersten Kerzen werden angezündet und der Geräuschpegel steigt stetig.

Die ersten Gäste sind bereits fertig mit dem Essen und wechseln zu anderen Tischen, um dort Freunde oder Bekannte zu begrüßen.

Auf der Bühne starten die Vorbereitungen für den ersten Auftritt. Musikinstrumente werden hin und her geschoben. Die Bühnenbeleuchtung wird kurz ausprobiert, und dann beginnt die Show.

Mit vor Begeisterung hoher Stimme kündigt der Moderator den ersten Gast an.

Offenbar ein kleiner Star, denn das Publikum klatscht und johlt, als der jugendlich aussehende Sänger mit dramatischer Geste durch einen glitzernden Vorhang tritt und die ersten Töne anstimmt.

„Sieht der nicht gut aus?" Tan sieht bewundernd zur Bühne.

Lisa muss ihr zustimmen. Schlanke Figur, ebenmäßiges Gesicht. Das tiefschwarze Haar zu einer Elvis-Tolle gegelt. Doch, der Sänger gefällt ihr auch. Die Musik hingegen ist gewöhnungsbedürftig und klingt für europäische Ohren eher unharmonisch.

Tan beginnt leise mitzusingen und steigert die Lautstärke ihres Gesangs mit jedem Lied.

Lisa schaut sich um. Die meisten Frauen singen leidenschaftlich mit. Sie scheinen die Texte zu kennen, wahrscheinlich ziehen sich die Songs quer durch die thailändische Hitparade, und mit Sicherheit handeln sie von Liebe und Glück. Der Sänger wird euphorisch zu mehreren Zugaben angefeuert, bevor er unter höflichen Verbeugungen die Bühne verlässt.

Jetzt tauchen die großen Scheinwerfer die Bühne in ein pinkfarbenes Licht.

Eine Gruppe Tänzerinnen in extrem kurzen, knallblauen Glitzerkleidchen formiert sich, und die Musiker legen sich ins Zeug. Einer spielt auf der für Thailand typischen „Glong Song Naa"- Trommel, ein anderer auf dem Xylophon. Die Lautsprecher dröhnen etwas zu laut, aber das scheint hier niemanden zu stören. Die Damen oben auf der Bühne lassen leicht anzüglich ihre Becken kreisen. Einige Männer im Publikum johlen.

Das muss doch alles wahnsinnig viel kosten. Ob das der Staat mitfinanziert oder ob alle zusammenlegen? Lisa will aber auf keinen Fall fragen. Tong würde sich über so eine Frage nur wundern. Soweit glaubt sie ihn schon zu kennen. Entscheidend ist, dass sich alle vergnügen. Geld hin oder her. Sanuk eben.

Ein Mann tritt an ihren Tisch.

„Das hier ist unser früherer Direktor, und das ist unsere deutsche Lehrerin Lisa", stellt Tong sie gegenseitig vor.

Der dünne, noch recht jugendlich wirkende Mann mit den ausgeprägten Backenknochen deutet ein Lächeln an. Er sieht gar nicht aus wie ein Direktor. Trotz seiner eingezogenen Schultern scheint er aber gerne zu tanzen, denn er lotst Lisa höflich, aber bestimmt zur Tanzfläche.

Dort bewegen sich schon viele Tanzbegeisterte mit sparsamem Körpereinsatz und vielen Drehungen der weit ausgestreckten Arme und der Finger. Die Bässe hämmern, und langsam formen sich die Töne zu einem halbwegs tanzbaren   Rhythmus. Lisa fängt schnell Feuer und dreht sich voller Lebensfreude, ganz in die Musik versunken auf der Tanzfläche. Dabei bemerkt sie gar nicht, wie sie von zahlreichen Augenpaaren angestarrt wird. Neugierige, aber auch anerkennende Blicke wandern hin und her.

Tan stupst ihre Nachbarin an und schreit ihr ins Ohr:

„Sie tanzt ganz gut, findest du nicht auch?"

„Jaa. Für eine Ausländerin, richtig gut. Und sie hat Spaß dabei", schreit diese zurück.

Kaum legt Lisa eine Tanzpause ein und sitzt wieder am Tisch, da wird sie schon vom Nächsten aufgefordert. Kamon, ein guter Bekannter von Tong, strebt mit ihr zurück zur Tanzfläche. Stolz wie ein Angler auf seinen großen Fisch. Kamon ist ein wenig füllig und wogt wie ein freundlicher Tanzbär um seine Tanzpartnerin herum.

Plötzlich nähert sich ein Unbekannter. Stark alkoholisiert schwankt er auf Lisa zu und will sich unbedingt zwischen sie und Kamon drängen. Die unterschwellige Aggression ist fast körperlich zu spüren, und Lisa entfernt sich rasch aus dem Tanzgetümmel. Mit betrunkenen Thaimännern ist nicht zu spaßen.

Ob Pop, Dance Musik, Rock oder Volksmusik – das Programm bietet für alle etwas, und die leicht bekleideten Damen auf der Bühne heizen die Stimmung mit ihren Tanzeinlagen zusätzlich an.

Tan steht etwas abseits, um eine kleine Tanzpause zu machen.

Plötzlich taucht neben ihr eine hübsche junge Frau auf.

„Sawat dii, kha", sie legt die Handflächen ehrerbietig zusammen. „Sie sind doch die Direktorin von Joms Schule. Darf ich mich vorstellen: Jin ist mein Name, und ich bin die Freundin von Jom. Er hat schon viel von Ihnen erzählt."

Tan weicht unwillkürlich einen Schritt zurück. Freundin? Ihr Magen zieht sich zusammen. Das kann doch nicht sein. Jom hat ihr doch etwas ganz anderes erzählt. Doch schon Sekunden später eilt ihr der Verstand zu Hilfe, um ihr eine beruhigende und logische Erklärung der Situation zu liefern.

„Sawat dii, kha", erwidert Tan höflich. „Wie schön, Sie kennenzulernen."

Die Arme, denkt sie dabei bedauernd. Sie will es einfach nicht wahrhaben, dass Jom mit ihr schlussgemacht hat. Bei manchen Frauen dauert es eben etwas länger, bis sie die volle Wahrheit ertragen können. Trotzdem wird sie

Jom gleich morgen anrufen und ihm von diesem merkwürdigen Treffen erzählen.

„Schade, dass Lehrer Jom krank ist und jetzt nicht mit uns feiern kann. Finden Sie nicht auch, Jin?" säuselt Tan verständnisvoll.

Krank? Aha, deshalb kann sie ihn also nicht finden. Jin spürt, wie die Wut in ihr hochsteigt. Sie ist schon den ganzen Abend verärgert darüber, dass er so einfach von der Bildfläche verschwunden ist und auch nicht an sein Smartphone geht. Dabei hat sie ihm mehrfach auf die Mailbox gesprochen. Wieso hat er die Direktorin informiert und sie nicht. Na warte.

„Ja wirklich, der Arme", pflichtet sie Tan mit mühsam beherrschter Miene bei. „Ich gehe dann mal wieder zu meinen Kollegen. Viel Spaß noch, Frau Direktorin." Jin verbeugt sich leicht und zieht sich an ihren Tisch zurück.

Irgendwie ist Tan der Spaß vergangen. Es fühlt sich an, als hätte jemand die Luft aus einem bunten Ballon gelassen. Das Joms frühere Freundin so unerwartet gut aussieht, trägt nicht unbedingt zur Verbesserung ihrer Laune bei.

Sie verabschiedet sich von ihren Kollegen und verlässt beinahe fluchtartig das Fest.

Tong, Trang und ihr Gast bleiben noch. Morgen ist Samstag, da können alle mal so richtig ausschlafen. Jedenfalls nach Lisas Vorstellung.

Wieder falsch gedacht.

„Wir müssen übrigens morgen früh in die Schule", verkündet Tong auf der Rückfahrt.

„Wieso Schule? Es ist doch Wochenende."

„Schon. Aber manchmal sind wir auch samstags zum Schuldienst eingeteilt."

„Ich muss ja nicht mitkommen, oder? Dann könnte ich nämlich noch ein wenig am Computer arbeiten. Ich muss noch einige Unterlagen für ein neues Projekt durchlesen."

Tong blickt über die Schulter nach hinten zu seiner Frau.

„Meinst du, wir können sie allein im Haus lassen?", fragt er Trang besorgt.

„Natürlich. Ich stelle ihr genug zu essen hin, und wenn etwas sein sollte, hat sie ja unsere Handynummer."

Zwischen den Stühlen

Was für ein störendes Geräusch.

Noch schlaftrunken greift Jom zu seinem Smartphone und blickt missmutig auf die Zeitanzeige.

Sieben Uhr. Wer ruft ihn denn an einem Samstag so früh an? Jin natürlich. Er zögert kurz, ob er das Gespräch annehmen soll, entscheidet sich aber dann dafür, dem Unvermeidlichen tapfer entgegen zu treten. Immer noch besser, als wenn sie wieder unangemeldet bei ihm vor der Tür steht.

„Guten Morgen, meine Süße", meldet er sich betont langsam und versucht seine Stimme kratzig klingen zu lassen. „Wie geht's dir? War es noch schön gestern und hast du ....?"

„Ich habe gehört, du bist krank", unterbricht ihn Jin grußlos und mit zorniger Stimme. „Das hat mir gestern

Abend deine Direktorin erzählt", wobei sie „deine" unmissverständlich betont.

Jom zuckt erschrocken zusammen. Die beiden haben sich offenbar kennengelernt. Genau das hat er verhindern wollen.

„Wie stehe ich denn jetzt da", fährt sie mit vor Ärger zitternder Stimme fort. „Mir, deiner Freundin sagst du nichts, obwohl ich ganz in deiner Nähe war. Aber Zeit genug, mit deiner Direktorin zu reden, hattest du. Ja?"

„Ähm", Jom beginnt zu stottern. „Ich habe gar nicht mit ihr gesprochen, sondern Pi Tong gebeten, mich zu entschuldigen", versucht er wahrheitsgemäß zu erklären. „Die Direktorin weiß doch außerdem gar nicht, dass du meine Freundin bist", fährt er beschwichtigend fort.

„Doch, das weiß sie. Ich habe mich ja schließlich so vorgestellt."

„Oh, das tut mir wirklich leid, meine Süße." Und wie ihm das leidtut. Die zwei hätten sich nicht begegnen sollen. Gleich kommt bestimmt der nächste Anruf.

„Kannst du mir noch mal verzeihen? Es war dumm von mir, mich auf Pi Tong zu verlassen. Aber mir ging es gestern richtig schlecht. Ich lade dich zum Essen ein, wenn ich wieder gesund bin. Okay?"

Es folgt eine lange Pause.

„Okay. Dieses eine Mal verzeihe ich dir", Jins Zorn verraucht langsam. „Wenn du etwas brauchst, ruf mich an. Gute Besserung, Jom, und schon dich."

Ein Kussgeräusch ist zu hören und dann ist das Gespräch beendet. An Schlaf ist jetzt nicht mehr zu denken.Jom steht missmutig auf und setzt sich mit einer Tasse Tee an den Schreibtisch.

Schon neun Uhr, und Tan hat immer noch nicht angerufen. Ist das nun ein gutes oder ein schlechtes Zeichen?

Tan hat schlecht geschlafen und ist bereits seit fünf Uhr früh wach. Ungeduldig hat sie immer wieder auf die Uhr geschaut. Am liebsten hätte sie den Zeiger angeschoben.

„Du wirkst heute irgendwie nervös", stellt ihre Mutter beim Frühstück fest. War die Party gestern nicht schön?"

„Doch, doch. Es hat viel Spaß gemacht. Es gab wirklich tolle Livemusik, und ich habe viel getanzt. Unser Gast aus Deutschland kann übrigens auch richtig gut tanzen, und ich bin oft gefragt worden, wieso sich unsere Schule eine ausländische Englischlehrerin leisten kann." Leichter Stolz schwingt in Tans Stimme mit.

„Na, dann ist ja alles in Ordnung", erwidert ihre Mutter betont fröhlich, aber alles andere als überzeugt. Da war doch bestimmt wieder dieser junge Lehrer mit im Spiel, vermutet sie und beginnt den Tisch abzuräumen.

Tan blickt verstohlen auf die Uhr. Endlich! Zehn Uhr. Um diese Zeit ist es sicher nicht unhöflich, bei Jom anzurufen. Sie greift nach dem Smartphone und verschwindet in ihrem Zimmer.

Obwohl er den Anruf erwartet, schreckt Jom beim ersten Klingelton zusammen. Erst kurz bevor der Anrufbeantworter anspringt, nimmt er das Gespräch an. „Guten Morgen", krächzt er. Viel Mühe bereitet ihm das nicht, da er vor lauter Nervosität ohnehin einen staubtrockenen Hals hat.

„Guten Morgen", erwidert Tan mitfühlend. „Pi Tong hat mir erzählt, dass du krank bist. Wie geht es dir denn heute? Etwas besser?"

„Nein. Ich glaube, ich muss noch ein paar Tage zu Hause bleiben."

„Es war eine gute Party gestern, du hast was verpasst." In möglichst beiläufigem Ton fügt sie hinzu: „Ich habe übrigens bei der Gelegenheit deine frühere Freundin Jin kennengelernt."

„Ach ja"? Jom bemüht sich uninteressiert zu klingen.

„Stell dir vor, sie sagte, sie sei deine Freundin." Tans Stimme bekommt einen schrillen Unterton.

„Vielleicht hat sie die Trennung doch noch nicht verkraftet. Verstehe ich nicht, es ist doch schon eine Weile her. Kümmere dich einfach nicht darum." Joms Antwort klingt wie einstudiert, aber es ist genau das, was Tan hören möchte.

„Genau das habe ich mir auch schon gedacht", sagt Tan erleichtert, und im gleichen Atemzug fährt sie fort: „Brauchst du etwas? Hast du genug zu essen?"

„Jaja. Ich habe alles da. Ich brauche nur etwas Ruhe, und dann geht's schon wieder. Wenn etwas sein sollte, melde ich mich."

„Ganz bestimmt?" insistiert Tan.

„Ganz bestimmt. Genieß dein Wochenende. Bis bald." Jom legt auf. Ist das heiß heute. Er wischt sich den Schweiß von der Stirn.

Tan hingegen schaut noch eine Weile ganz versonnen auf ihr Smartphone, so als ob Joms vermeintliche Bedürftigkeit ein neues Band zwischen ihnen geknüpft hätte, und überlegt, wie sie den Tag gestalten soll.

Familienbesuch in den Bergen

Es ist für Lisa völlig ungewohnt, alleine im Haus zu sein. Tong und Trang sind schon längst zur Schule aufgebrochen, als sie sich den ersten Kaffee des Tages zubereitet.

Zahlreiche Schüsseln mit Essen stehen auf dem Tisch. Davon könnte sie sich locker eine Woche lang ernähren, ohne hungern zu müssen.

Lisa nimmt ihr Notebook mit nach draußen in die offene Küche und liest konzentriert in ihren beruflichen Unterlagen. Ab und zu lässt sie sich nur allzu gerne ablenken und beobachtet die Hühner, die direkt neben dem Tisch laut gackernd um einzelne Reiskörner streiten und den Begriff „Hackordnung" sehr anschaulich darstellen.

Die Zeit vergeht wie im Flug, und Lisa schaut ganz erstaunt auf die Uhr, als der Pickup in die Einfahrt biegt.

Am Nachmittag packt Tong Decken und eine große Kiste ins Auto. Ein Ausflug in die Berge ist geplant, damit ihr Gast auch mal etwas anderes als ihr Dorf sieht. Tong soll bei der Gelegenheit seinen Vater bei seinem jüngsten Bruder Nung abholen. Es ist eine lange Fahrt dorthin und eine Übernachtung deshalb unumgänglich. Um seinem

Bruder und seiner Frau möglichst keine Umstände zu machen, werden Bettzeug und Handtücher für alle mitgenommen.

„Wann kommt Tong mich denn abholen?", erkundigt sich der alte Noom. Er thront wie ein König auf seinem Matratzenlager vor dem Fernseher. Auf dem Kopf eine aus dicker grauer Wolle gestrickte Mütze. Hier oben in den Bergen kann es manchmal richtig kalt werden. Noom zieht die Steppdecke bis ans Kinn. Der Besuch bei seinem jüngsten Sohn, der als Hausmeister eines riesigen Pfadfindercamps arbeitet, war schön. Aber eine Woche reicht ihm dann auch.

„Ich weiß es nicht genau. Ich glaube, sie kommen heute am frühen Abend, und morgen fahrt ihr dann zusammen zu Jao", antwortet Nung.

Er weiß, dass sein Bruder einen ausländischen Gast mitbringen wird. Viel Zeit, sich darüber Gedanken zu machen, bleibt ihm und seiner Frau aber nicht. Sie arbeiten beide im Camp, das dieses Wochenende voll belegt ist. Entsprechend viel gibt es dort zu tun. Zweihundert Pfadfinder müssen untergebracht und verpflegt werden. Aber Tong hat ihm am Telefon versichert, dass sein Gast äußerst pflegeleicht sei.

Es dämmert schon, als der Pickup auf den holprigen Weg zu Nungs Haus abbiegt. Straßenbeleuchtung gibt es hier nicht, man kann nur mit Mühe die Umrisse des einstöckigen Holzhauses erkennen. Nung hat den Wagen schon gehört und kommt heraus, um die Gäste zu begrüßen.

Wie jung er noch aussieht, dabei hat er schon zwei erwachsene Kinder. In seinem freundlichen Lächeln entdeckt Lisa gleich die Familienähnlichkeit. Er lächelt genau wie Ploy.

Leicht gebückt schlüpft sie durch die niedrige Tür und begrüßt den alten Noom, der sie aber wie schon bei ihrem letzten Zusammentreffen, kaum zu bemerken scheint.

Alles in diesem Raum kommt Lisa so merkwürdig klein vor. Aber der Eindruck veränderter Proportionen hat wohl mit der niedrigen Decke und den kleinen Sitzhockern zu tun. Einen Tisch kann sie nicht entdecken. Hier spielt sich das häusliche Leben offenbar in Bodennähe ab. Tong packt das mitgebrachte Bier aus und Trang trägt die Decken in das obere Stockwerk.

„Du schläfst oben", legt Tong fest.

„Okay, dann bringe ich meine Tasche schon mal rauf."

Ohne eine Antwort abzuwarten, marschiert Lisa zügig zu der schmalen Holztreppe. Oje, die knarzt ganz schön. Da werde ich ja alle aufwecken, wenn ich nachts zur Toilette muss, fährt es ihr durch den Kopf.

Lisa will ihre Tasche gerade in dem erleuchteten Zimmer abstellen, als Trang sie erblickt und - wie ertappt – abwehrend den Kopf schüttelt. Sie fegt gerade den Boden des Schlafraumes und ist offenbar noch nicht ganz fertig damit.

Trang möchte dem Gast gerne den sauber gefegten Raum präsentieren, denn sonst denkt Lisa womöglich noch, es sei nichts vorbereitet und sie sei nicht willkommen im

Haus. Dabei hatte ihre Schwägerin nur keine Zeit, etwas vorzubereiten, weil sie im Camp für die Küche verantwortlich und kaum noch zuhause ist.

Lisa spürt, dass sie mal wieder zu voreilig gewesen ist, und wartet leicht betreten vor der Tür.

„So. Fertig. Du kannst hereinkommen." Trang macht eine einladende Handbewegung.

„Ein schönes Zimmer." Hier hat bestimmt die Tochter gewohnt, geht es Lisa beim Anblick des rosa Bettüberwurfs durch den Kopf. Mit so einem hübschen Einzelzimmer hat sie gar nicht gerechnet.

Später trinkt sie dann noch ein Bier mit den Männern, bevor sie allen eine gute Nacht wünscht und sich in die obere Etage zurückzieht.

Es ist kühl hier in den Bergen, und sie wickelt sich bis über die Ohren in die Decke ein. Mit Rührung betrachtet sie den aufgeklebten Sternenhimmel über dem Bett, bevor ihr langsam die Augen zufallen.

Ein Abstecher in die „Schweizer Berge"

Am nächsten Morgen liegen zarte Nebelschleier über den bewaldeten Hügelkuppen. Noom sitzt an einer kleinen Feuerstelle vor dem Haus und röstet Reisfladen, sein Lieblingsfrühstück. Neben ihn hat sich der weiß-graue Hofhund mit schräggestelltem Kopf postiert, die Ohren aufmerksam gespitzt. Vielleicht fällt ja ein Happen für ihn ab.

Mit einem dampfenden Becher Tee setzt Lisa sich auf ein kleines Mäuerchen und schaut den beiden zu.

Nooms wache braune Augen in seinem von Wind und Wetter gegerbten Gesicht strahlen Zufriedenheit aus, und das verschmitzte Lächeln stimmt gleich positiv auf den Tag ein.

„Guten Morgen, gut geschlafen?" Tong tritt aus dem Haus und atmet tief durch. Diese frische Luft hier oben. Kein Staub, der von vorbeidonnernden Lastwagen aufgewirbelt wird. Herrlich ist das. „Wir holen dich dann später ab, Vater. Wir wollen Lisa vorher nur noch ein bisschen die Gegend zeigen", fährt er fort und in ihre Richtung gewandt: „Komm, wir frühstücken nachher auf dem Weg in die Berge."

Kein Frühstück im Haus? Wüsste sie nicht, wie stark Nung und seine Frau in die Arbeit im Camp eingebunden sind, würde sie die ganze Situation als wenig gastfreundlich wahrnehmen. Aber so ist es eben nur der falsche Zeitpunkt für einen Besuch.

Die Straße schlängelt sich durch eine hügelige Landschaft und steigt immer weiter an. Mit der Ruhe und Einsamkeit ist es schnell vorbei, denn diese Gegend wird von den hitzegeplagten Bangkokern sehr gerne für einen Wochenendausflug genutzt.

Die drei halten in einem kleinen Dorf, das sich unverkennbar zu einem touristischen Zentrum gemausert hat. Verkaufsstände mit Andenken, typischen Produkten wie Honig oder Erdbeeren, T-Shirts und vielem mehr reihen sich endlos weit aneinander. In bester Ferienstimmung drängen sich die Besucher auf dem engen Gehweg, um etwas zu kaufen.

Nach einer kurzen Frühstückspause in einem der kleinen Restaurants fahren sie weiter in das hochgelegene Tal hinein. Überdimensionale Erdbeerskulpturen aus Plastik weisen wie Comicfiguren auf die zahlreichen Erdbeerfelder hin, die die Straße säumen.

„Halt!", ruft Trang plötzlich von hinten. „Halt doch bitte mal da vorne mal."

Tong bremst scharf und biegt auf den Parkplatz einer Gärtnerei.

Beim Aussteigen bemerkt Lisa den schweren süßen Duft, der in der Luft hängt.

Trang zeigt so begeistert auf das Feld voller weiß- und rotblühender Blumen, als hätte sie es eigenhändig bepflanzt.

„Das sind Frangipani oder auch Plumari", erklärt Tong. „Ich kenne sie eigentlich nur als Trauerblume. In den neunziger Jahren wurde sie dann in den lokalen Namen Leelavadee umbenannt, und seitdem sind in Thailand alle ganz versessen darauf. Trang auch. Sie liebt Leelavadee. Nicht war, Trang?"

„Sehr", bestätigt seine Frau.

„Hmmh, riecht das gut." Lisa schnuppert an einer Blüte. „Ein bisschen wie Jasmin, finde ich."

„In Laos ist die Plumeria übrigens die Nationalblume. Dort heißt sie Dok Champa."

„Du kennst dich aber ziemlich gut aus in der Botanik."

Tongs vertiefte landwirtschaftliche Kenntnisse konnte sie ja bereits kennenlernen. Aber dass er auch noch Blumenspezialist ist. Erstaunlich.

Nachdem Trang das Feld von allen Seiten fotografiert hat, wird der Ausflug fortgesetzt.

Pilzfarmen, Obstplantagen, in dem lang gestreckten fruchtbaren Tal scheint fast alles mühelos zu gedeihen. Berggipfel schaffen ein beeindruckendes Panorama. Zwischendurch erblickt Lisa immer wieder europäisch anmutende Häuser und versteht jetzt, warum die Thailänder diese Gegend hier die „Thailändische Schweiz" nennen.

„Es war ein wundervoller Ausflug", bedankt sie sich, als sie wieder vor Nungs Haus halten, um den alten Noom mitsamt Gepäck abzuholen.

Die Ladefläche des Pickups füllt sich immer mehr, weil auch noch kiloweise Früchte mitgenommen werden. Allein die riesige Jackfrucht, die Nung seinem Bruder mitgibt, misst bestimmt einen halben Meter. Die Bäume rund um sein Haus tragen in diesem Jahr so viele Früchte, dass er sie gut auf dem Markt hätte verkaufen können. Leider lässt ihm seine Arbeit im Camp dazu keine Zeit.

„Bis bald Bruder. Schön, dass ihr da wart. Hier, nimm das auch noch mit." Nung reicht noch rasch ein Bündel reifer Bananen durch das offene Wagenfenster, und los geht die Fahrt.

Nach zwei Stunden erreichen sie das Haus von Jao, der seinen Großonkel Noom am nächsten Tag wieder zurück in dessen Dorf bringen wird. Die Beförderungskette der Familie funktioniert wirklich reibungslos, wenngleich die

Transportaufgabe nicht von jedem Familienmitglied mit echter Freude übernommen wird.

Jao erwartet sie bereits vor dem geöffneten Gartentor und winkt einladend. Zusammen mit seiner Verlobten bewohnt er einen weiß verputzten Bungalow, umgeben von einem mit Oleanderbüschen bepflanzten Garten. Die Auffahrt zum Haus ist mit Kies bestreut, neben der Eingangstür thronen zwei Löwen aus Stein. Als Computerfachmann scheint Jao nicht schlecht zu verdienen. Das alles hier wirkt jedenfalls alles andere als schlicht.

Nooms Gepäck ist rasch ausgeladen.

„Hier. Vergiss deine Mütze nicht." Trang reicht ihm seine rote Baseballkappe mit den verblichenen Schriftzeichen.

„Bis bald, Vater." Tong verneigt sich leicht.

„Ja, bis bald. Das nächste Mal kommt ihr zu mir." Noom lächelt so breit, dass seine große Zahnlücke zu sehen ist. Wie schön, dass er so wohlgeratene Kinder hat. Zufrieden schlurft er mit langsamen Schritten ins Haus.

Im Steakhouse

Auf dem Weg zurück nach Patai hält Tong in Larang, damit Trang ihrer Schwägerin ein kleines Neujahrsgeschenk übergeben kann, und nach einem kurzen Besuch brechen sie auf, um rechtzeitig wieder zuhause zu sein.

Rechtzeitig genug, um in fröhlicher Runde zu speisen.

244

Trang telefoniert fast die ganze Zeit. Es ist schließlich noch ein großes Vergnügen geplant, und das muss sie natürlich ihren Freundinnen mitteilen.

Lisa hat sie, Tong, Wat und Pong zum Abendessen eingeladen. Es ist abgesprochen in das einzige Steakhouse in ganz Patai gehen. Zwei Freundinnen von Trang betreiben es, und die beiden freuen sich schon sehr auf die kleine Gesellschaft.

Dass sich die Eingeladenen ausgerechnet einen Besuch im Steakhouse wünschen, damit hat Lisa nun wirklich nicht gerechnet. Rindfleisch isst sie nicht besonders gerne. Fisch oder Geflügel, das ja. Sie versucht, ihre Enttäuschung zu unterdrücken, als Tong ihr das Lokal mit begeisterten Worten zu beschreiben versucht.

Schnell kommt ihr aber wieder zu Bewusstsein, dass die Einladung in erster Linie die Gäste erfreuen soll, und Steaks scheinen hier auf dem Land offenbar etwas ganz Besonderes zu sein.

Um achtzehn Uhr wollten sie eigentlich aufbrechen, doch nichts tut sich.

Trang telefoniert, während Lisa demonstrativ auf die Uhr schaut. Ihre deutsche Pünktlichkeit lässt sich einfach nicht verleugnen. Ungeduldig wendet sie sich schließlich an Tong.

„Auf was warten wir noch? Es ist doch schon nach sechs Uhr."

„Ich glaube, Trangs Freundin Malie und ihr Mann würden auch gerne mitkommen." Er versucht, Trangs Unterhaltung am Telefon zu folgen.

„Sie kennen den Weg aber nicht, deshalb werden wir jetzt vor dem Haus auf sie warten und dann gemeinsam zum Lokal fahren", erläutert Tong, ihre Ungeduld ignorierend.

Zu dritt steigen sie in den Pickup und postieren sich in Fahrtrichtung vor dem Haus, um auf die anderen zu warten.

„Ah, da sind ja Wat und Pong", verkündet Tong mit einem Blick in den Rückspiegel. „Fehlen nur noch Malie und ihr Mann."

Jetzt stehen immerhin schon zwei Pickups auf dem schmalen Seitenstreifen.

Es ist bereits dunkel, als hinter ihnen zwei Scheinwerfer aufblenden und ein kurzer Hupton ertönt.

„Endlich. Da sind sie ja." Erleichtert startet Tong den Wagen, um die vier Kilometer zum Steakhouse in Angriff zu nehmen.

„Du brauchst für Malie und ihren Mann natürlich nicht zu bezahlen. Sie waren ja nicht eingeladen. Ich übernehme das dann", bietet Tong an.

Hoppla! Da könnte wieder ein kultureller Fettnapf lauern. Lisa überlegt blitzschnell und erwidert mit gespielter Empörung:

„Auf gar keinen Fall. Natürlich sind sie auch meine Gäste. Das ist doch selbstverständlich. Hauptsache wir haben Spaß."

Tong lacht erleichtert und freut sich offensichtlich über diese Antwort, die für einen Thai allerdings selbstverständlich gewesen wäre. Aber sein Gast kommt aus Deutschland, und dort haben sie andere Sitten. Das weiß er von seiner Schwester.

Auf dem Parkplatz vor dem Restaurant werden sie mit großem Hallo von den beiden Besitzerinnen begrüßt.

„Schön, dass ihr da seid. Wir haben uns schon so lange nicht mehr gesehen. Kommt doch herein."

Die Terrasse ist wunderschön dekoriert. Orchideen und Palmen in großen Kübeln schaffen den Eindruck eines tropischen Gartens. Die rötliche Beleuchtung hüllt die Gäste in ein schmeichelhaftes Licht, ganz anders als die sonst in Restaurants üblichen grellen Neonröhren.

Ein Brunnen plätschert beruhigend, und nur die karierten Tischdecken erinnern entfernt an das rustikale Ambiente eines amerikanischen Steakhouse.

„Hier. Das ist der schönste Tisch. Extra für euch."

„Habt ihr etwas dagegen, wenn wir uns zu euch setzen? Wir haben auch noch nichts gegessen?", fragen die beiden fröhlich und erwarten eigentlich gar keine Antwort. Selbstverständlich werden sie die vergnügte Runde erweitern.

Essen ist absolut sanuk – Spaß. Je mehr Leute an einem Essen teilnehmen, desto mehr sanuk ist es. Alleine essen, wie langweilig.

Tong blickt fragend zu Lisa hinüber, während diese im Geiste rasch ihre Bargeldvorräte überprüft. Hoffentlich werden es nicht noch mehr, sorgt sie sich. Das wäre ihr mehr als unangenehm, wenn das Geld nicht reichen würde. Aber anstatt der geplanten vier Gäste sind es jetzt doppelt so viele. Sie selbst nicht eingerechnet.

Da muss sie jetzt einfach durch. Die lebensfrohe Einstellung hier in Thailand macht jede Planung überflüssig.

„Aber klar doch, ihr seid alle meine Gäste", gibt sie zur Antwort und bekräftigt die Einladung mit einem strahlenden Lächeln in die Runde.

„Es gibt heute Schweinesteaks", verkündet die eine Chefin stolz. „Mögt ihr die?"

Zustimmendes Gemurmel ertönt. Lisa zuckt leicht zusammen. Auch das noch. Schweinefleisch mag sie überhaupt nicht. Aber wo sollte hier auch Rindfleisch herkommen? Das wäre einfach viel zu teuer.

„Und dazu macht uns der Koch dann noch Pommes frites und Papayasalat."

„Herrlich. Das magst du doch auch, Lisa. Oder möchtest du vielleicht etwas anderes"? erkundigt sich Tong.

„Nein, das hört sich toll an." Sie versucht begeistert zu klingen. „Und Bier für alle. Leo natürlich."

Wat hat auch heute wieder seinen Spezialbrandy dabei, den er in Reichweite auf den Tisch stellt.

„Einen Kübel Eiswürfel, bitte noch", ruft er dem Kellner hinterher.

„Chock dee khrap!" Tong erhebt sein Glas. „Auf uns. Auf einen schönen Abend und auf unsere Gastgeberin." Gläser klingen als sich alle vergnügt zuprosten.

Das Essen wird, wie in Thailand üblich, rasch serviert.

Lisa säbelt etwas lustlos an ihrem Steak herum. Die Trockenzeit scheint sich auch auf das Schlachtvieh auszuwirken. Schnell spült sie mit einem Schluck Bier nach und tunkt ein Pommesstäbchen in den Ketchup. Das kulinarische Angebot ist dürftig.

Um sie herum herrscht fröhliches Stimmengewirr. Irgendwie ist da schon etwas dran, muss sie zugeben. Je mehr Leute um eine Tafel sitzen, desto lustiger geht es zu. Da wird das Essen beinahe zur Nebensache.

„Wie macht sich dein Gast denn so"? fragt Malie voller Neugier ihre Freundin Trang, wohlwissend, dass Lisa kein Thailändisch versteht.

„Ganz hervorragend. Die Kinder mögen sie sehr. Außerdem schmeckt ihr unser Essen, ich muss gar nichts Besonderes einkaufen. Es ist alles ganz unkompliziert. Sie trinkt auch gerne Bier." Schmunzelnd blickt Trang zu Lisa hinüber, die sich gerade die zweite Flasche Bier einschenkt.

„Habt ihr nicht Lust, uns in Larang zu besuchen? Ich würde euch gerne zum Essen einladen."

„Gerne, aber ich fürchte, das wird nicht mehr klappen. Lisa fliegt in einer Woche schon wieder nach Hause, und vorher schaffen wir es nicht mehr nach Larang", erwidert Trang bedauernd. „Aber vielleicht kommt sie ja nächstes Jahr wieder."

Die Stimmung steigt und der Geräuschpegel auch. Aus dem Lautsprecher klingen internationale Popsongs. Fast alle singen mehr oder weniger text- und tonsicher mit.

„Es ist leider Zeit für uns zu gehen. Wir müssen ja noch eine gute Stunde fahren." Malie erhebt sich. „Danke für den wundervollen Abend, Lisa. Ich hoffe, wir sehen uns wieder."

„Bestimmt sehen wir uns wieder, vielleicht schon im nächsten Jahr."

Aufbruchstimmung macht sich breit. Lisa lässt sich die Rechnung geben und legt lässig ein paar Scheine auf den Tisch.

„Stimmt so."

Leider muss sie sich nicht nur von Malie und ihrem Mann verabschieden, sondern auch von Wat und Pong. Beide wird sie vor ihrer Abreise nicht mehr sehen.

„Es war eine schöne Zeit mit euch. Bis nächstes Jahr."

Beinahe rührselig hebt Wat die Hände zu einem Wai und murmelt etwas in Lisas Richtung.

„Wenn du wiederkommst, kann ich bestimmt ein paar Worte Englisch", übersetzt Tong die Worte seines Freundes.

Annäherungen

Montagmorgen.

„Was meinst du wohl, welches Spiel heute drankommt?", schreit Kim, um den Krach der überholenden Mopeds zu übertönen. Wie jeden Morgen radeln er und sein Freund Chi gemeinsam zur Schule. Kim tritt kräftig in die Pedale, so dass Chi Mühe hat, auf gleicher Höhe zu bleiben.

„Stille Post" und auf jeden Fall „Richtig oder Falsch', ruft Chi lauthals zurück. Er kennt jetzt die Spielregeln und freut sich sogar auf den Unterricht. Er kann sich überhaupt nicht mehr vorstellen, warum er am Anfang so ängstlich gewesen war.

„Von mir aus könnte der Unterricht immer so sein. Wie lang bleibt die neue Lehrerin eigentlich?"

„Keine Ahnung." Mit quietschenden Bremsen halten sie vor der Schule und überqueren vorsichtig die Straße.

„Good morning, teacher." Fröhlich winkend radeln sie langsam an Lisa vorbei zum Fahrradabstellplatz.

Nach der üblichen Morgenzeremonie ist Lisa ich schon halb auf dem Weg in die oberen Klassenräume, als sie Tongs Stimme hört:

„Warte! Wir gehen heute in den großen Raum hier unten."

In diesem Raum, der dreimal so groß ist wie ein normales Klassenzimmer, ist sie noch nie gewesen. Nur einmal hat sie kurz durch die Tür geschaut, als gerade der buddhistische Unterricht stattfand. Um die Kinder nicht abzulenken, hat sie sich aber rasch wieder zurückgezogen. Die buddhistische Lehre ist in Thailand fester Bestandteil eines jeden Lehrplanes, außer an den Schulen im muslimischen Süden, und so erscheint auch hier jeden zweiten Montag ein Mönch aus dem benachbarten Kloster, um die Schüler zu unterweisen.

„Da hast du mehr Platz für deine Spiele", fügt Tong erklärend hinzu.

Prathom 4 hat sich dort bereits versammelt. Das erkennt Lisa sofort an den vielen schwarzen Schuhen, die vor der Tür des Saales auf ihre Besitzer warten.

„Good morning, teacher!", brüllen die Kinder und schauen sie erwartungsvoll an.

251

„Good morning, students. How are you?"

„Fine, and you?"

Die morgendlichen Begrüßungsformeln sind ihr schon so vertraut, dass sie gar nicht mehr groß nachdenken muss. Sie klettert auf das Podium, das sich über die gesamte Stirnseite des Raumes erstreckt und beginnt den Unterricht mit dem Spiel „Richtig oder Falsch".

Hier haben die Kinder jede Menge Platz für ihre wilden Sprünge nach rechts und links und können auch die Motivkarten besser sehen, die Lisa in rascher Abfolge in die Höhe hält. Es war wirklich eine gute Idee, den Raum zu tauschen.

In Prathom 6 herrscht wie immer ein ziemlicher Geräuschpegel. Jedes Mal versuchen die Kinder bei den Gruppenspielen ein wenig zu schummeln und kreischen vor Freude, wenn es ihnen gelingt. Lisa fühlt sich genervt und merkt, wie der Ärger langsam in ihr hochkocht.

Könnten sich die Kinder nicht wenigstens ein bisschen zusammenreißen? Wissen sie denn überhaupt nicht zu schätzen, dass ich ihnen etwas Vernünftiges beibringen möchte? Undankbare Bande, denkt sie aufgebracht.

Die Kinder bemerken wohl, dass ihre Lehrerin heute nicht so gut gestimmt ist, bringen das aber in keinen Zusammenhang mit ihrem Verhalten. Sie haben einfach Spaß. Was sollte daran schlecht sein?

Trotz der stressigen Stunde in Prathom 6 vergeht der Vormittag wie im Flug, und Lisa genießt das leckere Mittagessen. Langsam verflüchtigt sich der Ärger.

Eigentlich bin ich doch hier, um eine fremde Kultur kennenzulernen und nicht, um den Kindern erfolgreich irgendwelchen Lehrstoff einzutrichtern. Ich bin hier in Thailand, um etwas für mich zu tun. Wenn hier jemand dankbar sein sollte, dann doch wohl ich selbst. Wer hat schon die einmalige Gelegenheit, so herzlich und vorbehaltlos in eine thailändische Gemeinschaft aufgenommen zu werden.

Alles eine Frage der Perspektive.

Satt, entspannt und gut gelaunt verlässt Lisa die schummrige Küche und ist kurze Zeit später wieder umringt von einer begeisterten Kinderschar, die „Ching, chong, chung" mit ihr spielen wollen.

Tan hingegen hat ganz andere Pläne für ihre Mittagspause. Sie muss ununterbrochen an den armen kranken Jom denken, der alleine in seiner kleinen Wohnung liegt. Gerade wenn man krank ist, sollte man besonders gut essen.

Kurzentschlossen bittet sie Nam, zwei ordentliche Portionen des frischgekochten Mittagessens einzupacken.

„Ich fahre kurz zu Lehrer Jom und bringe ihm etwas zu essen. Er muss wieder zu Kräften kommen. Bald ist ja seine Prüfung", erklärt sie mit fester Stimme.

So viel Fürsorge für einen Lehrer. Sie bringt ihm sogar das Essen nach Hause. Das hätte unser früherer Direktor niemals gemacht, denkt Nam arglos und verknotet die Plastiktüte mit dem Reis.

„Ich geh nur noch rasch zu Tong, um ihm Bescheid zu sagen." Tan eilt über den Hof.

Wenig später ist sie auf dem Weg zu Jom.

Der sitzt nichtsahnend am Schreibtisch und lernt ungestört seinen Prüfungsstoff. Wunderbar. Hier zu Hause hat er doch viel mehr Ruhe. Man muss eben Prioritäten setzen. Er lehnt sich zufrieden mit über dem Kopf verschränkten Armen zurück.

Das Schrillen der Türklingel zerstört die angenehme Arbeitsatmosphäre. Missmutig schlurft er zur Tür und öffnet sie einen Spalt. Ach du Schreck, durchfährt es Jom, das ist ja die Direktorin persönlich.

„Hallo Jom", zwitschert sie. „Ich hoffe, ich komme nicht ungelegen. Aber du musst ordentlich essen, um wieder gesund zu werden. Hier", sie stellt die Tüte mit den Schüsseln auf den Tisch, „das hat Nam gekocht. Riecht köstlich, nicht wahr." Tan zieht demonstrativ die Luft ein.

Jom ist für einen Moment sprachlos und überlegt fieberhaft, wie er das Beste aus der Situation machen kann.

„Ich versuche schon den ganzen Vormittag wenigstens ein bisschen zu lernen", seine Stimme klingt leidend, „aber mit den Kopfschmerzen...." Er reibt sich die Schläfen.

„Komm, ess erst einmal etwas, und dann versuchen wir gemeinsam ein bisschen zu lernen. Okay?"

„Ja", erwidert Jom mit schwacher Stimme und setzt einen dankbaren Blick auf.

Nachmittags in der Schule sind dann wieder die unteren Klassen an der Reihe.

Lisa wählt drei Karten mit den Tiermotiven Katze, Schwein, Schaf und platziert sie an drei weit auseinander liegenden Stellen im Raum. Die bedruckte Seite nach unten.

Danach marschiert sie mit den Kindern im Kreis, stoppt plötzlich und ruft „Schaf". Ein wildes Gedränge setzt ein. Yut erreicht als Letzter an der Stelle mit der Schafkarte und muss ausscheiden. Das Jubelgeschrei der Siegerin ertönt, und dann werden die Karten erneut verteilt.

Nach einer halben Stunde sind die Schüler so erschöpft, als wären sie fünf Runden um den Sportplatz gelaufen. Trotzdem herrscht ungebrochene Begeisterung. Mit roten Wangen und leuchtenden Augen fordern sie eine Fortsetzung des Spiels.

„Morgen komme ich wieder", verspricht Lisa den Kleinen beschwichtigend. „Dann machen wir weiter, aber für heute ist es genug."

Die Kinder winken, rufen ihr ein aufgeregtes Goodbye hinterher und kehren wieder zu ihren Schulheften zurück.

Straßenfest in Patai

Am nächsten Tag fühlt sich Lisa zum ersten Mal so richtig sicher und locker im Unterricht. Sie merkt, wie die Schüler eifrig mitmachen und sich begeistert auf die Spiele einlassen. Der Schultag fliegt nur so vorüber.

Auf dem Heimweg fragt Tong:

„Wie wär's, Lisa? Hast du Lust, heute Abend mit uns auf das Straßenfest in Patai zu gehen? Wir könnten dort auch etwas essen. Und trinken natürlich", fügt er augenzwinkernd hinzu.

„Na klar." Eine freudige Überraschung. Hier auf dem Land scheint ja immer etwas los zu sein.

Trang freut sich auch schon sehr. Sie liebt es, „shoppen" zu gehen und mit ihren Freundinnen ein Schwätzchen zu halten. Für beides wird das Straßenfest genug Gelegenheiten bieten.

Die Hauptstraße des kleinen Stadtzentrums ist aus Anlass des Festes für den Autoverkehr gesperrt, nun reiht sich ein Verkaufsstand neben den anderen.

Lampions und Lichterketten tauchten die sonst eher graue Straße in ein magisches, varietéhaftes Licht. Thailändische Popsongs dröhnen mit tiefen Bässen aus unsichtbaren Lautsprechern, und es herrscht eine ausgelassene Jahrmarkt-Stimmung.

Eine Verkaufsbude mit bunten Luftballons, Zuckerwatte und anderen Süßigkeiten ist belagert von einer Schar von Kindern, die am liebsten alles gleichzeitig kaufen würden. Auch gegenüber vor dem Ticketschalter des altmodischen Karussells mit weißen Holzpferden, grünlackierten Polizeiautos und kleinen Kutschen hat sich eine Schlange aufgeregt schnatternder Kinder gebildet.

Kleinere Haushaltsartikel werden ebenso verkauft wie Schuhe oder Modeschmuck. Aus zahlreichen mobilen

Garküchen, an denen frisches Essen zu kleinen Preisen serviert wird, steigen verführerische Düfte.

Garküche. Lisa dachte immer, das habe etwas mit Garen, also Kochen zu tun, aber bei ihrer letzten Reise nach Nepal hat ihr jemand die eigentliche Bedeutung des Wortes erklärt. Der Begriff stammt ursprünglich aus der Antike und leitet sich vom römischen Gewürz „Garum" ab.

Bildung hin oder her, der Appetit lenkt den Blick schnell wieder auf das Wesentliche.

Die oft winzigen Straßenküchen sind meist einfach eingerichtet, sie besitzen noch nicht einmal eine Speisekarte.

Die Vielfalt der Angebote ist einfach überwältigend. Fertige Curry-Gerichte und Suppen brodeln auf kleiner Flamme vor sich hin. Gebratene Hühner und Enten werden in mundgerechte Stücke geschnitten und mit Gemüse angerichtet. Tintenfisch mit Reis, Nudelgerichte, süßer Pudding, es gibt hier einfach alles.

Tong berät sich mit seiner Frau.

„Wir gehen am besten zu Tuktas Stand", schlägt Trang vor. „Da können wir sitzen, und das Essen hat eine hervorragende Qualität. Man weiß ja nie, wie empfindlich so ein ausländischer Magen ist."

„Gute Idee. Ich glaube, ihr Stand ist so ziemlich am Ende der Straße." Er zupft Lisa am Ärmel, um sie weiter durch die Menge zu lotsen. Die ist gerade in die Betrachtung eines Topfs mit cremigem Hühnchen-Curry vertieft.

„Komm, wir müssen noch ein Stückchen gehen."

Schade. Nur widerstrebend lässt sie den verführerischen Duft von Ingwer und Zitronengras hinter sich.

Als sie dann bei Tukta auf der winzigen Terrasse vor ihren Nudelgerichten sitzen, ist Lisa doch ein wenig enttäuscht. Es schmeckt gut, aber Nudeln sind eben kein Ersatz für ein cremiges Hühnchen-Curry.

„So", Trang tupft sich den Mund mit einer Serviette ab, „ich gehe dann mal ein wenig schauen. Wo wollt ihr noch hin?"

„Wir gehen zu „Leo's" und können uns ja später dort auch treffen."

„In Ordnung, bis nachher." Trang steht auf und verschwindet im Menschengewühl.

„Leo's" entpuppt sich als ein richtiger Biergarten, in dem frisches Fassbier ausgeschenkt wird. Leo natürlich. Die Attraktion des Lokals ist der sogenannte „Tower", eine hohe, durchsichtige Kunststoffsäule, gefüllt mit drei Litern frisch gezapftem Bier.

„Ist das nicht ein bisschen viel für uns beide?" Lisa, sonst trinkfreudig blickt unschlüssig auf die Getränkekarte.

„Wir könnten ja jeder ein Glas nehmen", schlägt sie vor.

„Du machst Witze", lacht Tong einnehmend. „Ein Glas? Ach was", wischt er alle Bedenken beiseite, „es gibt diesen Biergarten hier doch nur einmal im Jahr, also lass uns einfach Spaß haben."

Stimmt. Lisa lässt sich nicht lang bitten. Das eiskalte Bier schmeckt köstlich.

„Sawat dii khrap. Das ist ja eine Überraschung." Kamon, der sympathische Lehrerkollege, mit dem sie auf der

Party getanzt hat, tritt mit einem breiten Lachen an ihren Tisch. Neben sich eine großgewachsene Frau.

„Das hier ist meine Ehefrau Ailin", stellt er sie vor.

Irgendwie kommt sie Lisa bekannt vor. Diese breiten, fast mongolisch wirkenden Backenknochen und das sparsame Lächeln. Vielleicht war sie ja auch auf dem Fest. Auf jeden Fall ist Ailin ebenfalls Lehrerin. Lehrerpaare, die an derselben Schule unterrichten, gibt es hier in der Provinz auffallend oft.

„Setzt euch doch." Tong macht eine einladende Handbewegung und winkt dem Kellner. „Bitte noch zwei Gläser."

Der Pegel im Tower sinkt so rapide, wie der individuelle Bierpegel ansteigt. Es wird Nachschub geordert.

„Habt ihr nicht Lust, am Donnerstagabend zu uns zu kommen? Wir besorgen etwas zu essen und bestellen uns das Bier hier vom Stand telefonisch", schlägt Kamon vor. „Die bringen es dann bis ins Haus."

Seine Frau nickt zustimmend.

Eine private Einladung. Tong freut sich, dass sein Gast solchen Anklang findet.

„Wunderbar, wir kommen gerne."

Inzwischen ist auch Trang wieder eingetroffen, hat aber keinen nennenswerten Shopping-Erfolg vorzuweisen. Dafür hat sie aber viele Bekannte getroffen und kann nun mit den neuesten Geschichten aus der Stadt aufwarten. Ailin und Trang stecken die Köpfe zusammen und kichern.

Kamon sorgt sich eher um die Getränkevorräte und möchte unbedingt noch einen Biertower bestellen.

Lisa winkt höflich ab.

„Danke. Für mich bitte nichts mehr, ich habe genug getrunken."

Nach einem kurzen Blick auf die Uhr und den müden Gesichtsausdruck seiner Begleiterin beschließt Tong schweren Herzens, dass es Zeit ist aufzubrechen.

Lisa besteht darauf, die Rechnung zu übernehmen, und Kamon fügt sich. Allerdings nur mit Blick auf die anstehende Einladung in sein Haus.

„Wir sehen uns dann übermorgen. Schöne Träume."

Beschwingt machen sich die drei auf den Weg zu ihrem Wagen.

Ein kleines Missgeschick

Am nächsten Morgen tappt Lisa mit leicht verquollenen Augen ins Bad. Uups! Wie sehe ich denn aus? Sie stützt sich mit beiden Händen am Rand des Waschbeckens ab, um besser in den Spiegel schauen zu können.

Ein hässlich knirschendes Geräusch lässt sie erschrocken zusammenfahren. Urplötzlich bricht das ganze Becken aus der Halterung und zerschellt mit einem ohrenbetäubenden Knall auf dem Fliesenboden.

Das Wasser schießt mit voller Wucht aus der zerbrochenen Leitung in der Wand und flutet das Bad in Sekundenschnelle. Völlig entgeistert und triefnass läuft sie panisch zur Schlafzimmertür und schreit: „Toong! Tooong! Komm schnell!"

Trang hört das Geschrei und rennt die Treppe hoch. Gelobt sei unsere Schutzgöttin! Ihr Gast ist nicht verletzt. Kein Blut zu sehen.

Ich muss allerdings aussehen wie eine nasse Katze, vermutet Lisa. Denn Trang unterdrückt mühsam ein Schmunzeln. Am liebsten würde sie wohl laut lachen.

Tong hat das Malheur inzwischen auch mitbekommen und dreht als erste Maßnahme den zentralen Wasserhahn zu. Die Fontäne fällt in sich zusammen, bis nur noch ein kleines Rinnsal aus der Wand läuft und schließlich mit einem letzten Tropfen ganz versiegt.

Während Trang Schaufel und Besen holt, denkt Lisa fieberhaft über eine mögliche Beseitigung des Schadens nach. Wir werden wohl in die Stadt fahren müssen, um ein neues Becken zu kaufen. Vielleicht lässt sich der Schaden ja auch über meine Haftpflichtversicherung abwickeln. Dann muss ich aber rasch ein Foto machen. Sie kramt hastig ihr Smartphone hervor. Dann brauche ich aber auch eine Quittung, die ich einreichen kann. Ihr Kopf schwirrt.

„Lass das mal alles so liegen", weist Tong sie mit gelassener Stimme an. „Ich habe noch ein neues Waschbecken hier. Wir brauchen also nur noch nach der Schule ein paar Ersatzteile holen, und dann repariere ich das Ganze heute Abend."

„Wirklich?" murmelt Lisa mit zweifelndem Unterton.

„Ja, alles halb so schlimm." Tong ist schon auf dem Weg zur Küche.

Rasch zieht sie sich ein paar trockene Sachen an, und der weitere Morgen verläuft so, als sei nichts Besonderes passiert.

Während der Mittagspause in der Schulküche ist das morgendliche Missgeschick ein gelungener Gesprächsstoff. Schon von weitem kann man das Gekicher hören, dass Trangs pantomimisch untermalter Erzählung folgt.

„...Und da schrie sie. So etwas habt ihr noch nicht erlebt. Toooong! Tooong!"

Sie versucht den Tonfall ihres Gastes zu imitieren.

Das Gelächter hört auch nicht auf, als Lisa die Küche betritt. Warum auch.

Das Lachen hat schließlich nichts mit Auslachen oder Schadenfreude zu tun. Ein Thai freut sich natürlich nicht wirklich darüber, dass ein anderer den Schaden hat. Die Situation war aber einfach zu komisch, und an dieser unfreiwilligen Komik muss man andere doch einfach teilhaben lassen.

Warum sollte man seine heitere Stimmung verbergen?

Inzwischen muss sie ja beinahe selbst lachen, und so setzt sich Lisa voll Vorfreude auf das leckere Essen zu den anderen an den niedrigen Tisch.

„Heute gibt es etwas ganz Besonderes." Nam reicht eine Schüssel mit länglichen weißen, undefinierbaren Stückchen herüber. „Probier mal."

Vorsichtig fischt Lisa eines dieser Teile heraus und schiebt es langsam in den Mund. Es schmeckt glibberig und irgendwie nach Nichts. Da hat sie schon besser gegessen.

„Lecker?" Nam schaut erwartungsvoll, hofft auf eine positive Reaktion.

„Geht so. Was ist es denn?"

„Das sind gekochte Seidenraupen."

Igitt! Lisa schüttelt sich innerlich. „Nein danke. Ich glaube, ich esse lieber von dem Hühnchen da. Das sieht ja wieder köstlich aus." Sie häuft sich kleine Hühnerstücke auf den Teller. „Du bist wirklich eine tolle Köchin, Nam."

Nam lächelt zufrieden.

Auf dem Heimweg hält Tong vor einer Art Mini-Baumarkt. Er hat die erforderlichen Teile, die Lisa selbstverständlich bezahlt, schnell gefunden, und so können die Reparaturarbeiten im Bad zügig beginnen. Unter all den in der Außenküche gestapelten Dingen hat sich doch tatsächlich ein nagelneues Waschbecken gefunden.

Während Tong virtuos mit Bohrer und Dübeln hantiert, lehnt Lisa im Türrahmen. Dieser Mann ist wirklich ein Allround-Talent. Unglaublich!

„So, fertig."

„Was für ein schickes neues Bad", versucht sie zu scherzen und greift nach Eimer und Wischlappen.

Zwölf Kilometer entfernt sitzt Siri mit ihren Eltern beim Abendessen.

„Wir haben heute in Englisch über das Wetter gesprochen. Regnerisch, sonnig, schneereich...."

Die Worte sprudeln nur so aus ihr heraus. „Jeder kommt mal dran, weil wir uns so einen Ball zuwerfen müssen."

Einen Ball zuwerfen? Im Unterricht? Ihr Vater schaut seine Frau fragend an. Sehr merkwürdig.

Siris Mutter zuckt kurz mit den Schultern, will aber auch nicht nachfragen, um den Redefluss ihrer Tochter nicht zu stoppen. Sonst ist Siri nämlich nicht so gesprächig.

„Stell dir vor, ich kann schon richtige Sätze auf Englisch sagen." Ihre Augen leuchten. „Wenn ich später in andere Länder reisen will, muss ich Englisch sprechen können." In Gedanken sieht sie sich schon durch den deutschen Schnee laufen.

„Prima, mein Schatz. Wenn du glücklich bist, sind wir es auch." Die Mutter lächelt ihr einziges Kind liebevoll an. Sie selber ist nie aus ihrem Dorf fortgegangen und hat auch nicht viel lernen können. Ihre Tochter soll die Chance bekommen zu lernen, obwohl sie nicht die geringste Ahnung hat, wie sie das Geld für die höhere Schule jemals bezahlen soll.

Auch Kim gehen die englischen Vokabeln nicht aus dem Kopf.

Er nervt seine beiden Schwestern, indem er ihnen ausführlich englische Konversation vorführt.

„Hello, how are you? I am fine and you? My name is Kim. I have two sisters......", deklamiert er lautstark gegen den Lärm des Fernsehers an.

„Halt doch endlich mal den Mund", unterbricht ihn seine eine Schwester unwirsch, während die andere Schwester fast schon etwas neidisch auf die guten Englischkenntnisse ihres Bruders ist.

„Nun lass ihn doch." Beschwichtigend schaltet sich ihre Mutter ein. „Ist doch toll, was Kim alles kann. Nicht wahr, Khoa?" Sie dreht sich zu ihrem Mann zu, der es sich gerade auf der Bank bequem gemacht hat.

„Hmmh", brummt er scheinbar uninteressiert. In Wahrheit denkt er aber mit väterlichem Stolz: Aus dem Jungen wird noch mal was.

„Wenn man viel Geld verdienen will, muss man Englisch verstehen und sprechen können", trumpft Kim auf. „Aber ihr braucht das ja nicht. Ihr heiratet ja später sowieso."

Damit ist das Geplänkel beendet, und entspannt wenden sich alle wieder dem Fernseher zu, der gerade eine Werbung für Hautcreme mit integriertem Bleichmittel zeigt.

Good bye, Teacher

Am nächsten Morgen bittet die Direktorin alle Lehrer zu einer kurzen Besprechung ins Lehrerzimmer. Auch Jom ist dabei. Der fürsorgliche Besuch seiner Chefin hat ihn schlagartig gesunden lassen. Lisa wird nicht dazu gebeten, und so gibt sie wie immer ihre erste Stunde in Prathom 4.

„Morgen ist für Lisa der letzte Tag hier in unserer Schule", beginnt Tan. „Sie hat uns so engagiert im

Unterricht geholfen, dass wir als Dank eine kleine Abschiedsfeier für sie ausrichten sollten."

Die Anwesenden nicken zustimmend.

„Erst verabschieden wir sie zusammen mit den Kindern, und danach können wir sie in ein schönes Restaurant zu einem Abschiedsessen einladen", fährt sie fort.

„Ich kenne ein sehr schönes Restaurant in der Nähe von Ko Khrep, direkt an einem See gelegen. Sehr romantisch."

Jom weicht ihrem Blick aus, während Lehrer Ton seine Frau kurz ansieht, die offenbar das gleiche denkt wie er: Ko Khrep? Da sind wir ja ziemlich lange unterwegs.

Ihrer beider Skepsis verflüchtigt sich aber rasch wieder bei der Aussicht auf einen abwechslungsreichen Tag morgen.

„Wir sollten die Kinder bitten, ein Bild zu malen oder ein kleines Geschenk mitzubringen", schlägt Tong vor.

„Gute Idee. Ich werde Lisa auch eine Kleinigkeit schenken. Sie hat sich wirklich so viel Mühe gegeben, und sie ist so nett", sagt Kan und rückt ihre große schwarze Brille zurecht.

„Wir könnten mit den Kindern ein kleines Lied einüben." bringt Trang sich ebenfalls in das Gespräch ein.

„Großartig!" Die Direktorin klatscht in die Hände. „Dann ist ja alles soweit klar." Damit ist die Besprechung zu Ende, und die Lehrer beginnen wie gewohnt mit dem Unterricht. Tan weiß schon, wie ihr Abschiedsgeschenk aussehen wird: himmelblauer Seidenstoff, aus dem sich Lisa etwas Schönes nähen lassen kann. Das Blau passt bestimmt perfekt zu ihren blonden Haaren.

Siri hat schon länger darüber nachgedacht, was sie der Lehrerin zum Abschied schenken könnte.

Etwas, das sie immer an Thailand erinnern wird. Viel besitzt sie ohnehin nicht, aber es gibt da einen kleinen Schatz, den sie sorgsam hütet. Vor zwei Jahren hat ihre Cousine aus Bangkok sie auf einen Ausflug in die Berge mitgenommen. An einem der zahlreichen Verkaufsstände für Andenken hing ein hellblau und weiß gestreifter Schal mit dem Schriftzug des Bergortes. Siri hat ihn vorsichtig zwischen die Finger genommen. War der schön, und wie warm er sich anfühlte.

„Gefällt er dir?", hat die Cousine damals gefragt, „dann schenke ich ihn dir."

Sie reichte dem Verkäufer ein paar Baht, und Siri nahm den Schal staunend entgegen.

Seitdem liegt er sicher verstaut in einem kleinen Pappkistchen unter ihrem Bett und wird nur ab und zu wieder hervorgeholt, um die Erinnerung an den wunderbaren Ausflug wieder wach werden zu lassen.

Das ist genau das richtige Geschenk für Lisa. In Deutschland ist es so kalt, da kann sie den Schal sicher gut gebrauchen.

Zufrieden mit ihrer Wahl packt Siri ihn vorsichtig in ihre Schultasche.

Wehmütig streicht Yok über das herzförmige Kissen aus rotem Plüsch. Morgen wird alles vorbei sein, Lehrerin Lisa fliegt zurück in ihr Land. Wie schade. Zum Schluss ist es ihr im Englischunterricht gar nicht mehr so schwergefallen, etwas zu sagen. Lisa ist immer so freundlich zu ihr gewesen und hat ihr Mut gemacht.

Das Kissen gefällt ihr bestimmt. Yok ist mit der Wahl des Geschenks zufrieden. Sie greift zu Papier und Schere, schneidet ein kleines Herz aus und schreibt „Love Yok" darauf. Dann befestigt sie es vorsichtig an dem roten Plüschstoff. Damit Lisa auch weiß, von wem das Geschenk ist.

Der Biertower

Währenddessen ziehen sich Tong und Trang für die Abendeinladung bei den Lehrerkollegen Kamon und Ailin um. Die beiden wohnen nur etwa fünf Kilometer weit entfernt; so ist es noch hell, als sie vor dem Haus ankommen.

Durch ein schmiedeeisernes Tor erkennt man eine schneeweiße, einstöckige Villa mit großen Bogenfenstern. Das leicht gestufte Dach prunkt mit strahlend blauen Dachziegeln, deren besonderer Lack in der Abendsonne schimmert. Üppige Grünpflanzen wachsen rund um das Gebäude und sorgen für tropisches Flair.

„Tolles Haus", murmelt Lisa anerkennend. Sie möchte Tong gegenüber nicht allzu beeindruckt wirken, er wohnt ja schließlich auch recht hübsch. Wie man sich von einem doppelten Lehrergehalt eine solche Villa wie diese hier leisten kann, ist ihr allerdings rätselhaft.

Erst nach mehrmaligem Klingeln erscheint Kamon auf einem der oberen Balkone. Er trägt ein ärmelloses, weißes T-Shirt im Bauarbeiter-Chic und wirkt leicht verschlafen.

„Ah, ihr seid es. Moment, ich komme runter."

Das große Tor gleitet wie von Zauberhand beiseite, so dass Tong auf das große Grundstück fahren kann. Mit einem Klick schließt es sich sofort wieder.

Vom Nachbargrundstück erklingt wütendes Gebell.

Als gute Gäste schlüpfen sie sofort aus den Schuhen und steigen vorsichtig die kleine Treppe hinauf.

Der Boden der überdachten Terrasse besteht aus terrakottafarbenen Keramikfliesen, die sich unter den nackten Fußsohlen herrlich kühl und glatt anfühlen. Bougainvillea-Pflanzen in sämtlichen Lila-und Rosatönen ranken um die Verandasäulen, und ein schlichter Brunnen sprudelt leise und beruhigend vor sich hin.

Ein luxuriöses Ambiente.

„Setzt euch doch bitte." Ailin zeigt auf den gedeckten Tisch. „Ich hole nur schnell das Essen aus der Küche."

„Warte, ich komm mit", ruft Trang und eilt ihr hinterher.

„So." Kamon tritt auf die Terrasse und reibt sich voller Vorfreude die Hände.

"Jetzt bestelle ich uns erst einmal einen Tower mit Bier."

Er hat immer noch das Unterhemd an und räkelt sich zufrieden auf seinem Stuhl, während Trang und Ailin die Schüsseln auftragen. Wozu die Mühe mit dem Outfit. Ich hätte einfach im Pyjama erscheinen sollen, denkt Lisa ein wenig pikiert.

„Alles ganz frisch vom Abendmarkt", verkündet Ailin. „Du musst unbedingt das hier probieren." Sie zeigt auf ein Schälchen, voll mit daumennagelgroßen Teilchen von undefinierbarer Farbe.

Vorsichtig pickt sich Lisa mit einer Gabel etwas davon heraus und schaut es prüfend an. Insekten, aber eindeutig tot. Plattgedrückte Heuschrecken, vermutlich frittiert, die Beinchen sind noch deutlich zu erkennen. Ist das die Nahrung der Zukunft? Beherzt knabbert sie darauf herum, begleitet von vier Augenpaaren, die diesen Prozess der kulinarischen Annäherung erwartungsvoll verfolgen.

Mmmhh! Lecker! Die Dinger schmecken richtig gut.

Lisa häuft sich eine große Portion davon auf den Teller. Es schmeckt ein bisschen wie Chips. Sie strahlt in die Runde und reibt sich anerkennend den Bauch.

Jetzt lachen alle am Tisch.

Ja, Lisa kann man wirklich überall hin mitnehmen, denkt Tong entspannt und nickt seiner Frau zu.

Ein knatterndes Moped kündigt das baldige Eintreffen des Bierturmes an. Der Bote befördert die gefährlich schwankende Biersäule in einem Drahtkorb, der vorne am Lenker befestigt ist.

Nichts verschüttet. Erleichtert stellt er die Säule mitten auf den Tisch, kassiert und verschwindet rasch wieder zu seinem Bierzelt.

Gläser klirren es wird eifrig gezapft. Man muss das Bier schließlich trinken, solange es kalt ist.

Witzchen machen die Runde.

„Jetzt weiß ich, an wen mich Ailin erinnert", platzt es plötzlich aus Lisa heraus. „An Pong, Wats Frau."

Trang beginnt zu lachen und meint begeistert:

„Stimmt. Die beiden sind Cousinen und stammen beide aus unserem Dorf."

„Toll, dass dir das aufgefallen ist." Tong nickt anerkennend.

In dieser vergnügten Runde ist der erste Tower im Nu geleert, und Kamon greift nach seinem Handy um Nachschub zu ordern.

Diesmal hat der Bierlieferant schon etwas mehr Übung, es gelingt ihm erneut ein fehlerfreier Transport. Das Leergut nimmt er gleich mit.

„Was sind schon drei Liter Bier bei so vielen Personen", meint Kamon lässig und zapft eine neue Runde.

Viele Personen ist gut. Eigentlich trinken ja nur drei. Lisa blickt zu den beiden Frauen, die offensichtlich irgendeine süße Limonade bevorzugen. Aber sie möchte keine Spielverderberin sein und langt selber noch einmal kräftig zu.

Eine Stunde später ist auch der zweite Turm geleert und sie fühlt sich schon ganz schläfrig. Sie schafft es kaum, die Augen aufzuhalten.

„Ein Tower geht noch!", ruft Kamon fröhlich.

„Oh, nein! Ich will nichts mehr", entfährt es Lisa mit unmissverständlicher Deutlichkeit. Doch im selben Moment rügt sie sich selbst: Dumme Nuss! Das hättest du jetzt aber auch höflicher ausdrücken können.

Aber nach so viel Bier ist ihre Konzentrationsfähigkeit eben nicht mehr so ganz auf der Höhe.

Lisa ringt sich rasch ein strahlendes Lächeln ab – oder jedenfalls das, was sie dafürhält – und fügt augenzwinkernd hinzu: „Natürlich geht noch einer. Eine so nette Runde finde ich doch so schnell nicht wieder."

Kamon, der bei ihrem ersten Kommentar merklich zusammengezuckt war, entspannt sich wieder. Was für ein schönes Kompliment.

„Genau", bekräftigt er und wählt die Nummer des Bierzeltes. Er ist schließlich ein guter Gastgeber und weiß, was sich gehört.

Lisa mobilisiert ihre letzten Reserven, und es gelingt ihr tatsächlich, den Rest des Abends im Hier und Jetzt zu genießen und nicht vorzeitig einzuschlafen.

„Gute Heimreise, und komm bald wieder."

„Bestimmt, und vielen Dank für den gelungenen Abend."

Beschwingt klettern die Drei in den Pickup. Seltsam. Die Einfahrt muss geschrumpft sein. Sie ist schmaler als bei der Ankunft, Tong raspelt jedenfalls beim Zurücksetzen jede Menge Zweige von den Bambussträuchern. Glücklicherweise schafft er es aber ohne Blechschaden durch das Tor.

Die übrige Heimfahrt gestaltet sich trotz reichlichen Alkoholgenusses unter viel Gekicher einwandfrei und der Wagen findet im Schneckentempo den Weg nach Hause.

Mit schwerer Zunge wünschen sich Tong und Lisa gegenseitig noch schöne Träume und rumpeln die Treppe hinauf. Lisa rollt ins Bett wie ein Fässchen Bier und ist im Nu eingeschlafen.

Abschied nehmen ist schwer

Der letzte Schultag hat begonnen.

Tong organisiert einen Beamer und einen CD-Player und beginnt den Unterricht im großen Saal zur Freude der Kinder mit einem Gymnastik-Zeichentrickvideo.

„Head, shoulders, knees and toes, knees and toes", singen die bunten Figuren auf der Leinwand mit piepsiger Stimme, und alle versuchen konzentriert, die Turnübungen nachzumachen.

Tong ist wirklich ein genialer Lehrer, denkt Lisa mit leichter Wehmut. Mit Musik und Tanz lässt sich der Abschiedsschmerz immer noch am besten bekämpfen.

Außer Atem bleiben die Schüler stehen. Die Pause ist nur kurz, denn dann erklingen auch schon die ersten Töne des „Ententanzes".

Das scheint ja ein international bekanntes Lied zu sein. Ich habe es immer als typisch deutsch eingeschätzt, staunt Lisa.

„Was ist denn das für ein Mist", flüstert Kim seinem Freund Chi entnervt zu. „Ich hasse diesen blöden Tanz. Der ist doch nur was für Mädchen."

„Alle machen mit!" Tong klatscht in die Hände. Lustlos beginnt Kim sich zu bewegen.

Zur Steigerung der allgemeinen Motivation und zum großen Vergnügen der Kinder reiht Lisa sich ein und ist bemüht, die ungemein grazilen Ententanzschritte und die Bewegungen der Arme in der richtigen Reihenfolge mitzumachen. Mit gegenseitig verschränkten Ellenbogen drehen sich jeweils zwei Schüler im Kreis, um sich dann wieder zu lösen und mit dem Nächsten die entgegengesetzte Drehbewegung zu vollführen.

Die Mädchen drängeln sich, um mit ihrer Lehrerin eine Runde zu drehen. Jetzt gibt es auch im wörtlichen Sinn keine Berührungsängste mehr.

Nach dem „Ententanz" sind alle ganz aufgekratzt.

„Setzt euch doch alle bitte hier vorne zu mir", bittet Lisa die Kinder, noch ganz außer Atem und hockt sich auf das flache Podest. Vor ihr auf dem Boden ausgebreitet, liegt eine große Weltkarte.

„Hier", sie zeigt auf einen kleinen orangefarbenen Fleck. „Das ist Deutschland. Und hier", der Finger wandert ein ganzes Stück nach links, „liegt Thailand. Ich bin elf Stunden geflogen, um zu euch zu kommen."

„Oohh!" Ein leises Raunen geht durch die Reihen.

„Elf Stunden", flüstert Yok beeindruckt. Das Deutschland so weit weg liegt, hat sie nun doch nicht gedacht.

„Habt ihr Fragen zu Deutschland oder möchtet ihr vielleicht etwas über mich wissen?", ermuntert Lisa die Kinder.

Fragen? Das kommt jetzt ein bisschen plötzlich. Das sind sie ja gar nicht gewohnt.

„Na los", fordert auch Tong seine Schüler auf. „Fragt ruhig."

„Kommen Sie wieder, teacher?", traut sich endlich ein Mädchen anzufangen.

„Ja, ich komme wieder, ganz bestimmt." Erst in diesem Moment wird Lisa so richtig bewusst, dass der Unterricht wohl gut angekommen ist und dass die Schüler sie mögen.

Mit dieser ersten Frage ist das Eis gebrochen, und jetzt prasseln die Fragen nur so auf sie ein. Siri hebt die Hand. „Warum sind Sie zu uns gekommen, teacher?" Jetzt ist es raus. Sie hat sich doch tatsächlich getraut zu fragen, was sie schon lange mit sich herumträgt.

„Die Antwort ist eigentlich ganz einfach. Ich wollte euer Land kennenlernen. In den Ferien nur am Strand liegen ist mir zu langweilig. Und", fügt sie hinzu, „ich mag Kinder und finde es toll, mit ihnen zusammen etwas zu lernen."

Siri nickt mit glühenden Wangen.

Es folgen praktische Fragen.

„Gibt es bei Ihnen in der Nähe einen Fußballplatz?"

„Haben Sie Kinder?"

„Haben Sie Geschwister?", und so weiter.

Plötzlich kommt Siri nach vorne und drückt Lisa zaghaft einen Stift und ein Stück Papier in die Hand.

„Schreiben Sie mir bitte ein Autogramm", sie hält den Blick schüchtern gesenkt.

„Aber gerne." Lisa lässt sich nicht lange bitten. Rasch schreibt sie einige nette Worte, die sie mit ihrem Namen verziert.

Jetzt wollen alle ein Autogramm und ein Abschiedsfoto von ihrer Lehrerin. Als der Vormittag herum ist, schmerzt zwar das Handgelenk, aber Lisa hat auch jede Menge Glückskäferlein im Bauch.

Nach dem Mittagessen beginnen sich diese kleinen Krabbler jedoch langsam in Flugzeuge zu verwandeln. Irgendwie fühlt sie sich außen vor, dabei ist sie doch sogar die Hauptperson des heutigen Tages.

Tong hat sie gebeten, noch nicht in den großen Saal zu kommen, sondern in aller Ruhe draußen einen Kaffee zu trinken. Die Atmosphäre scheint so aufgeladen wie kurz vor einem Gewitter.

Im großen Versammlungsraum werden Stühle gerückt. Musik ertönt kurz, dann bricht sie abrupt wieder ab. Papier raschelt, und flüsternde Stimmen dringen durch die geöffneten Fenster.

„Für uns stellen wir am besten eine Stuhlreihe vorne auf das Podium", schlägt Tong seinen Kollegen vor.

„Gute Idee. Vorne rechts kann dann das Rednerpult für unsere Direktorin stehen", schaltet sich Jom ein und beginnt das hölzerne Pult in die gewünschte Richtung zu schieben.

„Meinst du wirklich, der Stoff gefällt ihr?", fragt Kan und hält Trang zweifelnd das blaugrün gemusterte Stoffbündel entgegen.

„Auf jeden Fall. Das sind genau ihre Farben. Ich weiß das, weil Nam sie nämlich gestern nach ihren Lieblingsfarben gefragt hat."

Jom schaut mit leichtem Unverständnis auf das runde froschgrüne Pumpkin-Kissen, das ihm seine Cousine Su, die auch an der Schule lehrt, als Geschenk für Lisa besorgt hat.

Auf so eine Geschenkidee wäre er sicher nicht gekommen. Um ehrlich zu sein, er hat überhaupt nicht an ein Abschiedsgeschenk gedacht. Immerhin würden sie Lisa ja später noch zum Essen einladen. Man muss schließlich nicht übertreiben.

„Wir sind gleich soweit." Tong steckt kurz den Kopf durch die Tür.

Vor Aufregung sind Lisas Hände ganz kalt. Sie will eben noch kurz zur Toilette gehen, als Yok sie abfängt, leicht an Lisas Ärmel zupft und ihr aufgeregt ein rotes Plüschherz entgegenstreckt.

„Oh, wie schön", stößt Lisa hastig hervor, „aber gib es mir doch bitte gleich drinnen." Sie deutet auf den Versammlungsraum und huscht um die Ecke.

Genau das hat Yok vermeiden wollen. Bloß nicht vor allen Leuten. Sie beginnt vor Nervosität zu schwitzen.

Ihre Lehrerin ist mindestens genau so aufgeregt wie Yok. Als Lisa endlich mit klopfendem Herzen den Raum betreten darf, hocken die Schüler schon auf dem Boden und blicken erwartungsvoll nach vorne. Nach und nach erscheinen die Lehrer und nehmen neben ihr auf dem Podium Platz.

Tan tritt an das Pult und hält in gesetztem Ton eine Ansprache, die Tong anschließend kurz übersetzt. Dann wird Lisa ans Mikrofon gebeten. Mit vor Anspannung trockenem Hals dankt sie allen aufrichtig für die wunderbare Zeit und die großartige Gastfreundschaft.

Als dann alle, Lehrer wie Schüler, nacheinander vortreten, um ein kleines Geschenk zu überreichen, gelingt es ihr nur mit Mühe, die Fassung zu bewahren. Sie ist überwältigt von dieser Sympathiebekundung, ihre

Augen schimmern feucht. Stofftiere in allen Varianten, selbstgemalte Bilder, Briefe, Schals: Es ist wirklich beeindruckend, was die Kinder zum Abschied alles mitgebracht haben. Aber die Krönung ist natürlich das knallrote Plüschherz. So kitschig, dass es schon wieder schön ist.

Yok hat all ihren Mut zusammengenommen und sich in den Strom eingereiht. Als sie zögernd das Herz überreicht, nimmt Lisa sie in den Arm und drückt sie kurz. Mit dieser Umarmung ist der Kloß im Hals wie weggezaubert, und beide strahlen erleichtert in die Runde.

„Danke", flüstert sie Yok ins Ohr. „Danke."

Und dann das Finale. Die Kinder haben ein Abschiedslied einstudiert und singen nun aus voller Brust: „Goodbye, my friend, goodbye…" In seiner Begeisterung übertönt der dicke Pon sie alle.

Lisa winkt ein letztes Mal.

„Ich komme wieder. Ich komme ganz bestimmt wieder", murmelt sie ergriffen, das rote Herz noch in der Hand.

Besuch im Krankenhaus

Als sich der Schulhof langsam leert, versammeln sich alle Lehrer auf dem kleinen Parkplatz.

„Auf dem Weg nach Ko Phrep halten wir noch kurz beim Krankenhaus", erklärt die Direktorin. „Mein Vater liegt dort. Er ist schwer krank, und ich möchte ihn mit euch gemeinsam besuchen. Darüber wird er sich bestimmt freuen."

Zustimmendes Gemurmel.

Die Lehrer und Nam verteilen sich auf die Fahrzeuge, und los geht's. Kan fährt wieder in Tongs Pickup mit. Zu Tans großem Bedauern nehmen sie und Jom diesmal beide ihre eigenen Autos. Ihre Heimwege liegen so weit auseinander, dass eine gemeinsame Fahrt leider nicht in Betracht kommt.

Zu ihrem Vater hat Tan kein sehr gutes Verhältnis. Er lebt schon lange nicht mehr mit ihr und ihrer Mutter zusammen. Zu viel Alkohol war im Spiel, und jetzt liegt er mit Leber-Zirrhose im Krankenhaus. Aber sie hat von klein auf gelernt, die Eltern zu ehren und zu respektieren. Und daran hält sie sich noch heute. Bei ihr drückt sich dieser Respekt allerdings in erster Linie in finanzieller Unterstützung aus.

Wenn sie mit all ihren Lehrerkollegen am Krankenbett auftaucht, wird ihr Vater schon sehen, wie weit es seine Tochter im Leben gebracht hat, und stolz auf sie sein.

Nach einer Stunde Fahrt durch die hitzeflimmernde Landschaft parkt die Gruppe vor dem staatlichen Krankenhaus von Ko Phrep und die Lehrer klettern gut gelaunt schwatzend aus den Fahrzeugen.

Im Gänsemarsch folgen sie der Direktorin durch die endlos langen Krankenhausflure. Auf dem glänzend grauen Linoleumfußboden quietschen die Schuhe bei jedem Schritt. In der Luft liegt der so typische Geruch nach Desinfektionsmitteln und Urin.

Leicht befangen betritt das Grüppchen den großen Stationssaal.

Erschrocken schaut Lisa auf die vielen in Zweierreihen angeordneten Betten. Bestimmt über zwanzig männliche Patienten liegen dort, den meisten von ihnen leisten ihre Angehörigen Gesellschaft. Für die Vielzahl von Menschen im Raum ist der Geräuschpegel erstaunlich niedrig.

„Gibt es hier denn überhaupt keine Pflegekräfte?", flüstert Lisa in Tongs Ohr.

„Doch, natürlich", erwidert er leise. „In staatlichen Krankenhäusern ist die Unterbringung, Behandlung und Pflege für uns Thais zwar kostenlos, aber es wird auch erwartet, dass die Familie bei der Pflege mithilft. Fiebermessen, Essen verteilen, was halt so anfällt. Medikamente müssen sowieso selbst bezahlt werden."

In der Mitte des Saales stoppt Tan vor dem Bett ihres Vaters. Darin dämmert ein eingefallener Mann, das Gesicht hohlwangig und zerfurcht. Sein Blick irrt ziellos umher, und der fast zahnlose Mund ist erschrocken geöffnet. Lisa muss unwillkürlich an Edvard Munch denken.

Was wollen all diese Menschen hier? Wollen sie ihn holen und wegbringen? Tans Vater hebt abwehrend die Hand mit der festgeklebten Kanüle.

„Nein, nein", nuschelt er.

„Ich bin es doch, Vater. Tan, deine Tochter."

„Nein", kreischt der Vater „geh weg! Geh weg! Du bist nicht meine Tochter. So eine hässliche Tochter habe ich nicht."

Betreten schauen Tans Kollegen auf den Boden. Jom ist intensiv mit seinem Smartphone beschäftigt.

Tan blickt enttäuscht in die Runde und lächelt verlegen.

„Manchmal ist er eben so. Wenn er seine Medikamente genommen hat, erkennt er seine eigene Familie nicht", erklärt sie entschuldigend.

Lisa kann sich auf all das keinen Reim machen.

Warum nur hat Tan ihre Kollegen in diese peinliche Situation gebracht? Das ist doch viel zu privat. Und wer pflegt eigentlich den Vater hier im Krankenhaus? Gibt es noch andere Angehörige?

Abschiedsessen in Ko Phrep

Puh! Endlich frische Luft.

Als sie wieder auf dem Parkplatz stehen, ist allen die Erleichterung anzusehen, und Lisa atmet tief durch. Jetzt können sie endlich zum vergnüglicheren Teil des Tages übergehen.

Das Restaurant liegt in einer tropischen Gartenanlage, und der reservierte Tisch befindet sich auf einer großen, schattigen Terrasse direkt am Seeufer. Eine traumhafte Kulisse. Die dicht bewachsene Pergola sorgt für Sichtschutz zu den übrigen Gästen.

„Das ist ja wunderschön hier", staunt Kan, zur Direktorin gewandt.

„Das haben Sie wirklich gut ausgesucht", ergänzt Tong.

„Ich habe mir gedacht, dass es uns allen hier gefallen wird", erwidert die Direktorin geschmeichelt.

„Gibt es eine besondere Sitzordnung?", fragt Lisa.

„Nein, such dir einfach einen Platz aus", ermuntert sie Tong.

„Komm doch hier zu mir." Nam macht eine einladende Handbewegung. Mit der anderen Hand winkt sie der Kellnerin und bestellt einige Flaschen Bier. Was vor drei Wochen so schön mit einer Bierprobe begonnen hat, darf doch jetzt nicht bei einem Glas Wasser enden.

„Leo." Nam lächelt verschwörerisch und hebt ihr Glas.

„Prost! Auf uns." Gläser klingen als beide miteinander anstoßen.

Auf der Stirnseite des Tisches hat Tan Platz genommen, direkt neben Jom, der auf der Längsseite sitzt. Fast können sich ihre Knie berühren.

Verschiedene Gerichte werden bestellt. Mit Rücksicht auf den europäischen Gast sind auch einige weniger scharfgewürzte Speisen dabei.

Während das Essen aufgetragen wird, erkundigt sich Lisa bei Tong nach der Bedeutung der technischen Anlage, die sich direkt neben ihnen befindet.

„Karaoke", lautet die kurze Antwort.

„Karaoke?"

Weitere Nachfragen erübrigen sich, denn Tan erhebt sich und fängt an, die Musikanlage startklar zu machen. Der kleine Bildschirm beginnt zu flimmern, und Tan sucht nach einem passenden Lied.

Sie hat noch nichts von den köstlichen Gerichten probiert, die verlockend duften, aber ihren Appetit nicht anregen können.

Der Krankenhausbesuch ist ihr wohl doch auf den Magen geschlagen. Ein wenig Karaoke singen würde sie sicherlich wiederaufbauen. Tan versucht Joms Blick einzufangen und greift nach dem Mikrofon.

Wie kann man seine Gefühle besser zum Ausdruck bringen als mit einem romantischen Lied?

Die ersten Töne erklingen, auf dem Bildschirm erscheint der Liedtext in thailändischen und lateinischen Buchstaben. Tan beginnt langsam und gefühlvoll zu singen. Helene Fischer ist nichts dagegen. Die Gespräche am Tisch verstummen.

„Singt sie nicht wunderschön, unsere Direktorin"? fragt Trang und stupst Jom an, der wie gebannt auf das Display seines Smartphones starrt.

„Ja, ja. Sehr schön", grummelt er uninteressiert, ohne den Blick zu heben. Diese schmalzigen Liebeslieder behagen ihm überhaupt nicht. Genauso wenig gefällt es ihm, vor allen Kollegen so offensichtlich von der eigenen Chefin angehimmelt zu werden. Seine Laune sinkt beträchtlich.

Tans Stimmung hingegen bessert sich mit jedem Ton, und sie gerät erst richtig in Schwung. Die letzten Harfenklänge sind verflogen und sie verbeugt sich mit einem charmanten Lächeln vor ihren Zuhörern.

Aber was ist das?

Beinahe alle Kollegen klatschen begeistert Beifall, nur Jom hebt noch nicht einmal den Kopf. So bemerkt er auch nicht, wie sich Tans Mienenspiel unmerklich verändert. Was für ein unhöflicher Kerl; sie kann diesen Gedanken, der ihr spontan durch den Kopf geht, nicht unterdrücken.

Vielleicht gelingt es ihr ja, mit einem weiteren Liebeslied seine Aufmerksamkeit zu gewinnen.

Tan drückt auf die „Playtaste" und ihre hohe Stimme zwitschert süß wie Honig ins Mikrofon.

Sie legt all ihre Emotionen in dieses Lied, und wenn ihr Blick gerade mal nicht über die Textzeile auf dem Monitor huscht, wandert er sehnsuchtsvoll hinüber zu Jom. Der schaut mit unbewegtem Gesicht und ohne das kleinste Lächeln zurück. Noch bevor das Lied endet, hat er sich unauffällig zurückgezogen. Natürlich nicht ohne sich wenigstens kurz bei Tong zu verabschieden.

Aber noch nicht einmal Lisa sagt er Lebewohl.

Tan kämpft gegen den kleinen Frosch im Hals, schließt ihre musikalische Darbietung aber dennoch stilsicher ab.

Das kann doch wohl nicht wahr sein. Schleicht sich dieser Mann einfach heimlich davon. Was glaubt er denn, wer sie ist, dass er sie so behandeln darf? Tan wird immer zorniger, aber sie lächelt diszipliniert in die Runde.

„Bravo! Bravo!" Wieder wird überschwänglich geklatscht.

„Und jetzt du, Lisa", fordern die Lehrer lautstark. „Jetzt singst du uns etwas vor."

„Ich kann überhaupt nicht singen", wehrt diese verlegen ab. „Wirklich nicht."

Obwohl sie von ihrer musikalischen Unfähigkeit überzeugt ist, hat sie seltsamerweise Lust, sich das Mikrofon zu schnappen und einfach loszusingen.

„Na gut". Ihr Zögern ist eher kurzer Natur und sie lässt sich nicht lang bitten.

„Wie wäre es mit „Country Roads" von John Denver?"
Tong beginnt im Musikverzeichnis zu suchen.

„Da! Ich habe es gefunden. Ich stell die Tonlage am besten auf die mittlere Stufe. So, los geht's." Er drückt Lisa das Mikrofon in die Hand.

„Almost heaven....", beginnt sie zögernd „West Virginia"... Mit jedem Ton fühlt sie sich gelöster. Der Gesang lässt alles um sie herum verschwinden. Nur noch die Töne zählen und das gute Gefühl dabei. Was für eine Freude. Komisch, dass ihr so ein Auftritt in Deutschland peinlich wäre. Schadenfreude und Vergnügen liegen bei deutschen Karaoke-Veranstaltungen einfach dichter beieinander als hier in Thailand.

Freundlicher Beifall mischt sich in den Schlussakkord. Lisa möchte Tong gerade bitten, ein neues Lied auszusuchen, da steht Tan wieder auf und kommt nach vorne.

Sie übernimmt das Mikrofon und stimmt einen fröhlichen Pop-Song an.

Jetzt erst recht. Ihr Zorn verraucht mit jedem Ton und macht Rachegelüsten Platz.

Wie konnte sie nur so verblendet sein. Von wegen schüchtern. Jom ist einfach ein ungehobelter Klotz. Sie so vor allen Kollegen zu demütigen. Das werde ich ihm heimzahlen. Eine Idee keimt in ihr auf. Morgen werde ich Jin anrufen. Mal hören, ob Jom sich bei ihr auch so verhalten hat.

Nach und nach verabschieden sich die Lehrer und die Direktorin von ihrem Gast, und Lisa bedankt sich gerührt für die Einladung.

„Danke. Vielen Dank. Der Abend war wirklich so schön. Es war eine großartige Zeit mit euch allen. Ich komme bestimmt bald wieder."

„Und das nächste Mal bringst du einen netten Mann für mich mit", gibt Tan ihr schmunzelnd mit auf den Weg.

Alle lachen erleichtert. Wie gut, dass die Direktorin wieder scherzen kann. Jom hat sich wirklich unmöglich benommen. Sie fragen sich insgeheim, ob das noch ein Nachspiel haben wird. Tong, Trang, Kan und Lisa trinken ein letztes Bier und machen sich dann auf den Heimweg.

Frauenpower

Gleich am nächsten Morgen meldet sich Tan bei Jin.

„Sawat dii, kha Jin. Hier spricht Tan, die Direktorin von Joms Schule. Wir haben uns Freitag vor einer Woche auf dem Lehrertag kennengelernt."

„Sawat dii, kha Tan. Ja, ich erinnere mich", antwortet Jin erstaunt. Wieso ruft diese Frau sie an?

„Was kann ich für Sie tun?"

„Ähm, nun ja. Ich habe eigentlich nur eine kurze private Frage", stottert Tan nervös. Wie war sie nur auf die verrückte Idee gekommen, Jin so einfach anzurufen. Wie peinlich. Aber jetzt gibt es kein Zurück mehr.

„Es geht um Jom, Ihren früheren Freund."

„Wieso früheren? Ich verstehe nicht. Wir sind doch immer noch zusammen." Jins Erstaunen über dieses merkwürdige Telefonat wächst.

Tan stutzt.

„Mir hat er aber gesagt, Sie seien schon seit längerer Zeit getrennt."

„Was?" schreit Jin empört in den Hörer. Dieser Mistkerl! Langsam wird ihr so einiges klar.

„Wirklich. Das hat er mir mehrmals erzählt", beharrt Tan. „Sonst hätte ich ihn doch nie allein zu Hause besucht, als er krank war."

„Sollten wir das Gespräch nicht lieber bei einem persönlichen Treffen fortsetzen", schlägt Jin vor, ihren Zorn mühsam unterdrückend.

„Wie wäre es morgen am Nachmittag? Wir könnten uns in Ko Phrep auf einen Kaffee treffen."

„Ja, gerne. Das ist eine gute Idee. Direkt im Park ist ein nettes Café, das „Chiang Mai-Garden". So gegen 15 Uhr? Wäre Ihnen das recht?"

„Ja, das passt prima. Bis morgen, dann. Sawat dii, kha. "
„Sawat dii, kha."

Rückkehr nach Berlin

Lisa ahnt nichts von dem sich anbahnenden Drama und packt in aller Ruhe ihren Koffer. Gut, dass er so groß ist, da kann sie wenigstens all die schönen Geschenke mit nach Hause nehmen. Sie stopft ein weißes Stoffhäschen in eine kleine Lücke zwischen zwei Paar Schuhen.

„Ihr müsst leider hierbleiben", seufzt sie betrübt. Die beiden riesigen Stoffbären sind nämlich beim besten Willen nicht mehr unterzubringen. Was sollte sie auch zu Hause damit anfangen?

Sie platziert das Duo auf dem großen Bett und stellt eine Karte mit aufgemaltem Smiley dazu. Vielleicht kommen hier ja auch einmal Kinder zu Besuch.

„Ich bin dann soweit."

„Okay." Tong hilft beim Tragen und wuchtet den schweren Koffer auf die Ladefläche des Pickups.

Gemeinsam mit Trang steigt sie ein. Wie schnell doch die Zeit vergangen ist. Es kommt Lisa so vor, als sei sie eben erst angekommen.

Die Abschiedsszene am Flughafen in Bangkok ist kurz. Dennoch können alle drei ihre Rührung und den Trennungsschmerz kaum verbergen.

„Es war schön bei euch. Macht's gut und bleibt gesund." Lisas Stimme klingt heiser. Um sie herum brandet die Geräuschkulisse aus blechern klingenden Flugdurchsagen und aufgeregten Stimmen.

„Und grüß die Kinder von mir. Sag ihnen, ich komme bald wieder."

„Ja, das werde ich. Bye, bye, Lisa und pass auf dich auf." Tong und Trang winken und verschwinden rasch in der Menschenmenge.

Das Flugzeug rollt langsam zur Startbahn. Die Triebwerke heulen auf, der Pilot steigert das Tempo, und der Airbus hebt kraftvoll ab in den sternklaren

Nachthimmel. In einem weiten Bogen überfliegen sie das glitzernde Lichtermeer von Bangkok.

Lisa muss lächeln, als sie an die Schüler denkt und an all die interessanten kulturellen Erfahrungen, die sie in den letzten drei Wochen in Thailand machen konnte. Es war wirklich eine großartige Zeit.

Ich habe so viel über mich gelernt, sinniert sie entspannt zurückgelehnt. Zwischen den Zeilen zu lesen, aus dem Kontext richtige Schlüsse zu ziehen und vor allen Dingen nicht so direkt und ungeduldig zu sein.

Zufrieden bestellt sie etwas zu trinken und kommt rasch mit ihrer Sitznachbarin, einer älteren italienisch aussehenden Dame, ins Gespräch.

„Ich bin Francesca", stellt sich diese vor und prostet ihrer Nachbarin mit einem Glas Rotwein zu.

„Ich bin Lisa. Zum Wohl. Auf einen guten Flug."

Nach dem zweiten Glas Wein ist Francesca so richtig in Schwung gekommen. Irgendwann stellt sie die Frage „Bist du glücklich? Du strahlst so." Dabei klopft sie theatralisch mit der flachen Hand auf ihren Brustkorb, dort wo ihr Herz pocht, und schaut Lisa mit wissender Miene an.

„Ja, sieht man das? Du hast Recht. Ich bin glücklich."

Rache ist süß

Eine Woche später.
Joms Smartphone klingelt.
„Hallo?"

„Hallo Jom, mein Lieber", säuselt Jin verführerisch ins Telefon. „Ich habe eine Überraschung für dich. Hast du nicht Lust, morgen Abend bei mir vorbeizukommen?" Geschmeichelt antwortet Jom ohne zu zögern: „Aber natürlich, meine Liebe." Er kann sich schon denken, was Jin mit ihm vorhat. Voller Vorfreude grinst er von einem Ohr zum anderen. Endlich.

„Um wie viel Uhr soll ich denn bei dir sein", erkundigt er sich eifrig.

„17 Uhr wäre eine gute Zeit. Sei pünktlich. Ich freue mich schon."

„Ich freue mich auch. Bis morgen." Jom haucht einen Kuss in die Luft, und mit einem zufriedenen Gesichtsausdruck beendet er das Gespräch.

Am nächsten Tag klingelt Jom wie vereinbart um Punkt 17 Uhr an Jins Haustür. Er trägt ein neues blaues Hemd, und in der einen Hand hält er eine Rose. Ein bisschen nervös bin ich ja schon, gesteht sich Jom ein, während er die wenigen Stufen zu Jins Wohnung im ersten Stock hinaufsteigt. Vielleicht ist das mit der Rose etwas übertrieben. Er neigte ja sonst nicht zu solch emotionalen Anwandlungen. Aber Frauen mögen das.

Die Tür zu Jins Wohnung ist nur leicht angelehnt.

Jom holt tief Luft, klopft kurz und tritt dann voller Erwartung ein.

„Hallo, meine Sü...." Seine Gesichtszüge erstarren, er wird blass vor Schreck.

Direkt vor ihm am Tisch sitzen Jin und Tan kerzengerade nebeneinander. Die Hände haben sie flach vor sich auf die Tischplatte gelegt, so als wollten sie gleich eine Nachrichtensendung moderieren.

Jin und Tan fixieren Jom mit kühlem Blick und haben dabei ein breites Lächeln aufgesetzt.

Ein gemeißeltes Lächeln, das alles oder nichts bedeuten kann.

„Guten Abend, Jom", ertönt es wie aus einem Mund.

„Wir freuen uns, dass du da bist. Komm doch herein."

Lightning Source UK Ltd.
Milton Keynes UK
UKHW010920270620
365672UK00005B/1304

9 783751 950534